Des triplés pour Bella

*

Son rival brésilien

TINA BECKETT

Des triplés pour Bella

Traduction française de
CHRYSTELLE POULAIN

BLANCHE

HARLEQUIN

Collection : Blanche

Titre original :
ER DOC'S MIRACLE TRIPLETS

HARPERCOLLINS FRANCE
83-85, boulevard Vincent-Auriol, 75646 PARIS CEDEX 13
Service Clients — https://www.harlequin.fr/contenu/contactez-nous
ISBN 978-2-2805-1746-1 — ISSN 0223-5056

Édité par HarperCollins France.
Composition et mise en pages Nord Compo.
Imprimé en avril 2025 par ScandBook UAB en Lituanie
en utilisant 100% d'électricité renouvelable.
Dépôt légal : juin 2025.

FSC
www.fsc.org
MIXTE
Papier | Pour une gestion forestière responsable
FSC® C021394

Pour limiter l'empreinte environnementale de ses livres, HarperCollins France s'engage à n'utiliser que du papier fabriqué à partir de bois provenant de forêts gérées durablement et de manière responsable.

Prologue

— Bella. *Querida*... Je suis désolé, mais ce n'est plus possible. On s'était mis d'accord. On doit arrêter.

Le cœur gros, Bella se mordit la lèvre pour retenir ses larmes. Six semaines s'étaient écoulées depuis sa dernière fécondation in vitro. Or, elle avait eu des saignements cette nuit-là. Et comme toujours, l'espoir avait cédé la place au chagrin.

L'histoire se répétait selon le même scénario implacable, avec de légères variantes. Cette fois, la gynécologue avait modifié le traitement hormonal de Bella. Les embryons avaient tenu plus longtemps que d'habitude, mais au fond, c'était pire. Elle avait eu le temps d'y croire.

À tout prendre, la réaction de Sebastian, son mari, était logique. Quelques mois plus tôt, la tentative précédente aurait dû être la dernière. Ils avaient voulu se donner une ultime chance, mais là Seb avait atteint ses limites.

— Écoute...

Bella s'interrompit, puis inspira à fond. Ses prières n'aboutiraient à rien. Seb ne se laisserait pas amadouer. Elle en eut confirmation lorsqu'il secoua la tête, l'air sombre et le regard dur.

Comment pouvait-il renoncer maintenant ? À une époque, il avait évoqué l'adoption ou le recours à une mère porteuse. Il n'en parlait plus, à présent.

Submergée par une vague d'angoisse, elle leva les yeux vers le beau visage de l'homme qu'elle aimait.

Depuis quand n'avaient-ils pas fait l'amour jusqu'au bout de la nuit ? Depuis quand ne s'était-elle pas abandonnée dans ses bras sans arrière-pensée ? La peur des fausses couches avait rendu leurs étreintes timides. Ils ne se touchaient presque plus, ou alors avec d'infinies précautions.

Voyant Seb extraire un papier de sa poche, elle le fixa, tétanisée. Songeait-il au divorce ? Oh non, non, non. Ce n'était pas possible.

— Qu'est-ce... que c'est ?

— J'ai accepté une mission en Angola pour Médecins Sans Frontières. Tu as besoin de souffler, Bella. *On* a besoin de réfléchir.

Tout n'était pas terminé entre eux, mais y avait-il de quoi crier victoire ?

Seb allait partir. Il voulait s'éloigner d'elle, ce qui ressemblait à une séparation. Il serait probablement soulagé de ne plus la voir. Sans doute allait-il « réfléchir » avant de prendre une décision. Il ne s'était pas demandé quel effet cela lui ferait, à elle, de rester seule !

Malgré son envie de protester, elle se retint. Dire qu'elle allait trouver une solution ne changerait pas la donne. Il n'y avait peut-être plus grand-chose à sauver dans leur mariage.

— Quand dois-tu partir ?

— La semaine prochaine.

Un délai aussi court ne pouvait signifier qu'une chose : ce projet devait remonter à quelques semaines. Seb avait-il déposé sa candidature sans savoir si elle était enceinte ou non ? C'était probable...

Une vague de colère irrépressible déferla sur elle, lui donnant la nausée. L'attitude de son époux la rendait malade.

— Combien de temps resteras-tu là-bas ?

— J'ai signé un contrat de deux mois, modifiable en fonction des besoins.

En d'autres termes, la mission pouvait se prolonger indéfiniment. Eh bien, qu'il s'en aille ! Il avait pris sa décision seul. À aucun moment il ne lui avait demandé son avis, à elle, sa femme. Cela montrait quelle place il lui accordait dans son existence !

Soudain, une petite voix dérangeante résonna en elle. Quelques années plus tôt, Seb lui avait bel et bien demandé de le suivre à l'étranger. À l'époque, ils s'aimaient encore avec passion. Fonder une famille leur semblait une aventure joyeuse, amusante, pleine de promesses.

Au bout du compte, ils avaient abandonné leur idéal humanitaire pour se lancer dans la bataille de la procréation assistée. Seb n'avait jamais reparlé de Médecins Sans Frontières. Il n'allait pas lui proposer de venir, cette fois...

Elle inspira à fond pour refouler le chagrin et l'angoisse qui montaient en elle. Oui vraiment, qu'il parte. Loin de lui, elle arriverait mieux à retrouver un équilibre. Elle oublierait peut-être, enfin, ses rêves de maternité.

Après huit ans de combat acharné contre la nature, elle devait se montrer lucide. Elle avait trente-neuf ans et ses chances de tomber enceinte s'amenuisaient.

Si Seb demandait le divorce, elle accepterait. Elle s'investirait à fond dans sa carrière. Il ne lui resterait rien d'autre à quoi s'accrocher.

— D'accord. Pars en Angola si tu penses que cela peut te faire du bien.

Elle n'allait pas lui promettre de l'attendre. Il pouvait se passer beaucoup de choses en huit semaines. Il devait d'ailleurs penser la même chose car il ne fit aucun commentaire.

Abandonnant sa tasse encore pleine, elle se leva et quitta la cuisine. Elle avait mieux à faire que rester là, à discuter d'un avenir de plus en plus incertain.

Une nouvelle journée commençait. Elle avait du travail. Bon gré mal gré, la vie continuait.

1

Quand l'ambulance se gara dans un crissement de pneus, le Dr Sebastian Lopez accourut pour prêter main-forte aux secouristes.

À 9 heures tout juste, la chaleur était déjà écrasante. Les urgences fourmillaient d'activité et Sebastian songea que son retour à l'hôpital général de Buenos Aires n'allait pas être une sinécure.

Gabriel Romero, sauveteur en chef, sauta du van à reculons avec son agilité coutumière.

— Attention, ne touche pas la minerve, ordonna-t-il au collègue resté à l'intérieur.

Sebastian se pencha, mais il ne vit rien d'autre qu'un énorme tas de plumes jaunes dans l'habitacle. Interloqué, il mit quelques secondes à comprendre qu'il s'agissait d'un costume.

— Qu'est-ce qu'on a ? demanda-t-il.

Gabriel jeta un coup d'œil par-dessus son épaule, esquissa un sourire, puis il s'avança et lui donna une tape dans le dos.

— Hé, hé ! Alors comme ça, on est de retour, *porteño* ? Tout le monde pensait que tu avais oublié ta bonne vieille capitale.

En Argentine, on surnommait *porteño* les gens nés à Buenos Aires. Sebastian gratifia son ami d'une œillade faussement indignée.

— Comme si..., marmonna-t-il. Briefe-moi au lieu de raconter n'importe quoi. Notre patient s'entraînait-il pour le carnaval ?

— Bingo. Il a perdu l'équilibre et il est tombé de scène. Il a reçu un gros choc à la tête. L'arrière du crâne est bien enflé.

— D'accord. Allez, on le rentre.

Aidé par son équipier, Gabriel fit glisser le brancard roulant sur le bitume. Quelques secondes plus tard, ils franchirent les grandes portes coulissantes, tandis que Sebastian bataillait avec la coiffe emplumée afin d'évaluer l'état du patient.

Pour un retour en fanfare, c'en était un. Il avait atterri quelques heures plus tôt, et malgré sa fatigue il avait juste pris le temps de déposer ses bagages dans un hôtel proche de l'hôpital. Il n'avait pas osé rentrer chez lui, craignant la réaction de Bella. Elle n'allait sûrement pas lui dérouler le tapis rouge...

— Pupilles égales et réactives, annonça-t-il. C'est bon sig...

Il s'interrompit, sa torche lumineuse en suspens. Il venait d'apercevoir une silhouette familière au milieu du couloir.

— Qu'est-ce qu'on a ? demanda Bella en se rapprochant.

Si elle était surprise par les plumes, elle n'en montra rien. De même qu'elle ne manifesta aucune réaction face à lui. Était-il devenu transparent ? Voulait-elle lui signifier qu'il n'existait plus ?

Elle ne l'avait jamais contacté pendant son séjour en Angola. Il lui avait envoyé plusieurs SMS restés sans réponse. Elle n'avait pas décroché non plus quand il l'avait appelée. Cela augurait mal pour l'avenir de leur relation et, depuis quelques jours, il se répétait en boucle que les papiers du divorce devaient être prêts.

Il appréhendait tellement cette issue négative qu'il avait décalé son retour d'une semaine. Il avait justifié cette décision par les besoins médicaux du dispensaire où il exerçait, mais au fond il savait bien pourquoi il avait tardé à revenir.

Il avait fini par accepter l'idée de ne pas avoir d'enfant. Il s'était fait une raison. Il ne fonderait jamais de famille, ni avec Bella, ni avec une autre. Il avait été trop malheureux pendant toute la période où ils avaient essayé, en vain, de devenir parents. Sauf qu'il n'était pas prêt à renoncer à elle...

Alors qu'ils entraient en salle de traumatologie, il lui jeta un coup d'œil oblique. Elle n'avait pas l'air en mauvaise forme. Au contraire, il trouvait les contours de son visage moins émaciés, ses traits plus lisses. Elle avait dû prendre quelques kilos depuis son départ et cette prise de poids n'était pas un luxe. Avec les soucis, elle était devenue presque maigre, au point qu'il avait fini par s'inquiéter. Là, il retrouvait les jolies courbes qui l'avaient tant séduit à l'époque de leur rencontre.

Leur séparation avait, de toute évidence, été bénéfique pour elle. Et malgré le divorce qui se profilait il se réjouissait de la voir remonter la pente. Elle avait dû réfléchir, imaginer un nouveau chemin à prendre en dehors de la maternité. Il trouvait juste dommage qu'elle ne lui réserve aucune place dans cette histoire...

Soudain, le patient commença à gémir. Il se pencha sur lui.

— Restez tranquille, dit-il d'un ton apaisant. Vous êtes à l'hôpital. Nous allons bien vous soigner.

Quand il tourna la tête, il remarqua que Bella le regardait fixement. Elle était blême, et soudain elle ferma les paupières. Mais, lorsqu'elle les rouvrit, ses beaux yeux verts n'exprimaient rien d'autre que de l'indifférence et elle pivota vers le patient comme si de rien n'était.

Pendant cet échange muet, l'atmosphère s'était tendue de manière incroyable.

— Laisse-lui du temps, chuchota Gabriel au moment de quitter la pièce.

Sebastian retint un soupir. N'avait-il pas donné à Bella tout le temps nécessaire ? De quoi avait-elle besoin ? Il allait se retrouver à court de solutions, hormis la rupture définitive...

Tandis que les infirmiers transféraient le patient sur un lit, elle continua de s'activer en silence. Vraiment, quelle attitude puérile ! Il n'allait pas marcher sur des œufs chaque fois qu'ils devraient travailler ensemble. Une mise au point s'imposait.

L'air de rien, il se rapprocha d'elle.

— Il faut qu'on parle, lui chuchota-t-il à l'oreille.

— Plus tard. On a un patient à stabiliser, répliqua-t-elle d'un ton sec.

Cela allait de soi ! Ils n'allaient pas abandonner le blessé et les autres soignants pour aller régler leurs comptes. N'étaient-ils pas connus pour leur professionnalisme ? Il n'y avait aucune raison que cela change. À moins que Bella ne veuille plus travailler avec lui ?

Une vive douleur lui traversa la poitrine à l'idée que, peut-être, elle allait partir et le planter là. Il avait toujours considéré sa mission en Afrique comme temporaire. En aucun cas il n'avait prévu d'y rester. Et maintenant qu'il était revenu, il n'envisageait pas de changer d'hôpital...

Efficace comme toujours, Bella vérifiait les constantes du patient. Après l'avoir stabilisé, ils tombèrent d'accord pour lui faire passer une IRM en urgence. Il fallait vérifier qu'il ne présentait aucune lésion grave au niveau du crâne ou des cervicales.

Sachant que l'examen durerait environ quarante-cinq minutes, lecture des résultats comprise, ils avaient un peu de temps devant eux.

— Si on allait dans le bureau ? suggéra-t-il.

En tant que chefs des urgences, ils partageaient une petite salle où ils menaient les réunions d'équipe. Jadis, ils s'y étaient souvent enfermés pour prendre une pause, bavarder ou s'aimer avec passion. Peut-être aurait-il dû choisir un autre lieu ? Ils avaient vécu tant de choses ici...

Bella secoua la tête.

— Si cela ne t'ennuie pas, je préférerais aller au café du coin.

Elle devait penser, comme lui, qu'une pièce chargée de souvenirs heureux n'était pas le meilleur endroit pour discuter. Le bonheur avait déserté leur vie depuis longtemps, rongé par le désespoir et l'amertume.

— Bien sûr. Comme tu veux, Bella.

— Je vais juste dire à la surveillante où je vais, au cas où on aurait besoin de moi.

Elle avait dit « moi » et pas « nous », comme si elle voulait se dissocier de lui. Au fond, elle adoptait une ligne de conduite logique et raisonnable. Ils restaient virtuellement séparés. Chacun devait parler et agir pour soi-même.

Il fallait espérer que la situation se décanterait vite, dans un sens ou dans l'autre.

Bella avait eu l'impression que son cœur s'arrêtait.

Ces deux derniers mois, elle s'était beaucoup demandé si Sebastian allait rentrer. Mais il était revenu, aussi séduisant que le jour de son départ pour l'Angola. Et comme à chaque fois elle s'était enflammée en le voyant. Les hormones ne devaient pas être étrangères à ce feu d'artifice.

Allons, elle devenait ridicule. Elle savait bien que la passion et les sentiments ne suffisaient pas. L'amour explosait lorsqu'il se trouvait en terrain miné. Que restait-il des beaux serments, des promesses, des espoirs ? Pas grand-chose, en réalité.

Même si elle aimait toujours Seb, elle devait rester lucide. Leur mariage s'était usé au fil des ans, miné par les épreuves. Peut-être aurait-elle dû se montrer raisonnable quand Seb le lui avait demandé ? Mais alors elle n'aurait jamais connu la chance de…

Malgré elle, ses mains glissèrent vers son abdomen où battaient désormais trois petits cœurs. Trois êtres minuscules dépendaient d'elle pour leur survie. Elle devait rester calme, éviter les ascenseurs émotionnels. Le fait que Seb n'ait rien vu était révélateur, mais elle n'avait pas le choix : elle lui devait la vérité.

Jusqu'alors, elle avait préféré se taire, se refusant à lui annoncer la nouvelle par téléphone. Elle avait eu peur qu'il ne se dépêche de revenir, mû par le sens du devoir. Jamais elle n'aurait supporté qu'il rentre par obligation !

Seb se dirigeait vers leur table à présent, apportant un café pour lui et une verveine pour elle. Quand il s'assit, elle battit des paupières pour refouler ses larmes. Elle ne voulait pas donner dans le mélodrame. Elle maîtriserait ses émotions.

— As-tu fait bon voyage ? demanda-t-elle d'un ton neutre.

— Très bon, merci. Est-ce que… tu vis toujours à l'appartement ?

Dios. Avait-il cru qu'elle allait déménager en son absence ? Submergée par une douleur cuisante, elle inspira à fond.

— Pour autant que je sache, il m'appartient autant qu'à toi, répliqua-t-elle froidement.

Seb logea une main nerveuse dans ses boucles brunes. Son épaisse chevelure avait bien poussé en deux mois. Elle le trouvait encore plus sexy avec ces mèches en bataille qui lui tombaient sur le front.

— Bien sûr, Bella ! Ce n'est pas ce que je voulais dire. J'ai juste pensé que tu aimerais mieux... Je me suis demandé si tu n'allais pas sous-louer l'appartement.

— Sans t'en parler d'abord ? Génial... Eh bien, figure-toi que rien n'a bougé depuis ton départ. Et moi non plus. J'habite toujours *chez nous*.

Mais, vu les circonstances, qu'il vienne s'y réinstaller ne serait pas l'idée du siècle. Ils devaient d'abord mettre les choses à plat. Reprendre leur « vie d'avant » n'aurait aucun sens car un gros détail avait changé.

— J'ai quelque chose à te dire.

Seb la dévisagea en silence, la mâchoire crispée, comme s'il voulait lui enjoindre de se taire. Mais elle ne pouvait plus reculer. Il devait savoir.

— Je suis enceinte.

Un maelström d'émotions indescriptible se peignit sur son beau visage. Il y avait le choc, bien sûr, mais quoi d'autre ? Elle n'osait pas imaginer ce qu'il pouvait ressentir.

— Enceinte ? Mais je... La dernière FIV a échoué, alors...

Les mots moururent sur ses lèvres. Imaginait-il qu'elle portait l'enfant d'un autre homme ? Pourrait-il croire une chose pareille ?

— Non, elle n'a pas échoué, annonça-t-elle d'un ton ferme. Quand j'ai saigné, j'ai cru comme les fois précédentes que la grossesse était terminée. Avec ce nouveau choc, plus le stress lié à ton départ, j'ai mis quinze jours avant d'aller chez la gynécologue.

— Donc... tu n'as pas perdu le bébé ?

Il avait presque chuchoté sa question et elle devina son état d'esprit. Elle avait aussi eu cette réaction incrédule après qu'on lui eut annoncé la merveilleuse nouvelle.

— Les bébés, corrigea-t-elle.

Il se rejeta en arrière sur sa chaise. Elle aurait payé cher pour savoir s'il était heureux, perturbé ou même contrarié. Jadis, elle lisait en lui comme dans un livre ouvert mais, hélas, ce n'était plus le cas.

— Tu attends des jumeaux ? bafouilla-t-il.

Elle secoua la tête, incapable de réprimer le sourire qui lui montait aux lèvres.

— Non. Il y a trois bébés.

— *Dios*. Des triplés ? Attends… Non, non. C'est dangereux. Tu connais les risques aussi bien que moi. Pourquoi ne m'as-tu rien dit, Bella ? Tu aurais pu répondre à mes SMS. On en aurait discuté avant qu'il ne soit trop tard pour…

Pour enlever un ou même deux fœtus ? Jamais de la vie. Elle aurait refusé. C'était son choix !

— La nouvelle était trop importante pour que je te l'annonce au téléphone. Et oui, je connais les risques. Je suis prête à les assumer. J'en ai beaucoup parlé avec ma gynécologue.

— Tu as pris cette énorme décision toute seule, sans me demander mon avis ?

La détresse perceptible dans sa voix lui fit mal. Il devait croire qu'elle l'avait rayé de sa vie. Son intuition ne le trompait qu'à moitié car elle bien failli consulter un avocat.

Elle avait très mal supporté qu'il s'envole pour l'Angola du jour au lendemain. Ce jour-là, elle s'était sentie prête à le bannir de son existence. Néanmoins, la confirmation de sa grossesse avait changé la donne. Elle ne pouvait plus réfléchir ni agir uniquement pour elle-même.

— M'as-tu demandé mon avis, toi, avant de partir à des milliers de kilomètres de chez nous ?

Il la fixa de nouveau. On aurait dit qu'il s'était changé en statue de sel.

— Tu as raison, Bella. J'aurais dû t'en parler. Je suis désolé.

Devant son air malheureux, son cœur se serra de nouveau. Toutefois, elle devait rester prudente et maintenir une distance émotionnelle. Ils avaient souffert – et souffraient encore – tous les deux. Quelques mots d'excuse ne suffiraient pas pour faire table rase du passé.

Mais quoiqu'il advienne une nécessité s'imposait : ils devraient préserver leurs enfants.

— Je vais passer une échographie en fin d'après-midi. Si tu peux te libérer, tu es le bienvenu. Comme cela, tu pourras voir Liz et discuter avec elle.

Il parut hésiter, puis il opina.

— Bien sûr, je vais venir. Je... me suis installé à l'hôtel. J'y resterai le temps qu'on puisse réfléchir à la suite.

Même si elle l'avait anticipée, cette décision la blessa. Après ce qu'elle venait de lui dire, n'aurait-il pas pu changer d'avis ? Elle ne s'était pas attendue à une démonstration d'amour. Il avait le droit de ne plus s'intéresser à elle. En revanche, un peu d'enthousiasme à propos de la grossesse n'aurait pas fait de mal.

Donne-lui du temps pour digérer la nouvelle. Il a reçu un choc. Il a peut-être besoin d'être seul.

Elle finit sa tisane, puis se leva.

— On pourra en rediscuter après l'échographie. En attendant, je vais aller voir notre patient. Les résultats de l'IRM ne vont plus tarder.

— Moi, je vais aller ouvrir le courrier qui a dû s'empiler sur mon bureau.

Elle s'aperçut qu'il la regardait de la tête aux pieds, comme s'il cherchait à évaluer sa forme physique. Quand ils atteignirent la porte, il lui pressa le bras et un long frisson la parcourut.

— Je suis content pour toi, Bella. Vraiment. Je sais à quel point tu en rêvais.

Il se réjouissait pour elle, mais pas pour lui-même, ni pour leur couple. Et cette prise de conscience la rendit encore plus malheureuse que son départ, deux mois auparavant.

S'ils redémarraient sur ces bases-là, aucun espoir ne serait permis. Plus vite elle s'en convaincrait, mieux cela vaudrait.

Assis dans la salle d'attente du service de gynécologie, Seb avait l'impression de vivre un moment suspendu. Il se sentait déphasé, engourdi, comme si on l'avait propulsé dans un univers dont il ne maîtrisait pas les codes.

Les deux couples présents dans la pièce irradiaient de bonheur. À côté d'eux, il devrait offrir une image sombre et plutôt déprimante. D'ailleurs, il était arrivé seul au rendez-vous, mais n'était-ce pas la suite logique des choses ?

Bella et lui n'avaient quasiment rien fait ensemble au cours de l'année écoulée. Ils s'étaient éloignés peu à peu. Et il avait beau réfléchir, il ne comprenait pas pourquoi leur relation avait si mal tourné. Ils auraient dû réagir avant qu'il ne soit trop tard. Il n'était même pas sûr qu'il y ait encore quelque chose à sauver dans ce naufrage.

Découvrir que Bella était enceinte avait provoqué en lui un tsunami émotionnel.

Là-bas, en Angola, il avait commencé à se faire des films. Il l'avait imaginée tournant la page, prête à rencontrer un autre homme. À cette idée, il avait failli perdre la raison, sauf qu'il devait accepter l'évidence. Un divorce inéluctable se profilait.

Le temps, disait-on, apaisait beaucoup de blessures. C'était sans doute vrai. Mais comment réparer les plaies d'un couple marié pour lui donner une chance de se reconstruire ? L'équation lui semblait d'autant plus délicate qu'il portait une lourde responsabilité sur les épaules. Il était parti. En s'éloignant, il avait creusé le fossé qui le séparait de Bella.

Quand il l'avait vue aux urgences, un immense soulagement lui avait gonflé le cœur. Elle n'avait pas démissionné. Elle n'était pas encore sortie de son existence, du moins pas physiquement. C'était déjà quelque chose, non ?

Le grincement de la porte le tira de ses réflexions. Pivotant vers l'entrée, il vit Bella franchir le seuil et, pour la deuxième fois de la journée, un immense bonheur le submergea. Il lui adressa un petit signe, fidèle à ses habitudes. Elle arrivait souvent en retard lorsqu'ils se donnaient rendez-vous et il devait toujours lui signaler sa présence !

— Désolée, chuchota-t-elle en s'asseyant. J'avais un patient à stabiliser. Je n'ai pas pu m'éclipser.

Son petit ventre rond était plus visible sans la blouse blanche et le pantalon du bloc. Ou alors, faisait-il davantage attention à ce détail maintenant qu'il était au courant ? Gabriel n'avait rien dû remarquer, lui, sinon il aurait dit quelque chose…

— Tu n'es pas en retard. Tu as même cinq minutes d'avance, répondit-il doucement.

Elle jeta un coup d'œil incrédule sur la montre-bracelet qu'il lui avait offerte et qu'elle portait toujours au poignet droit.

— Eh bien… il faut un début à tout.

Il était resté parti deux mois, et tant de choses avaient changé. Comment pourrait-il jouer son rôle de père alors que son couple était sur la sellette ? Il n'en avait aucune idée, mais il devrait vite trouver des réponses.

Un silence tendu plana jusqu'à ce qu'une secrétaire les appelle. Ils gagnèrent la salle de consultation, où Liz Everly, la gynécologue spécialiste des FIV, les attendait. Elle les avait accompagnés durant tout leur parcours avec une bienveillance et un professionnalisme hors pair.

— Bonjour, Bella. Seb, je suis contente de vous voir !

Il lui serra la main et articula une vague réponse, l'esprit confus. Si elle avait remarqué son trouble, Liz n'en montra rien et désigna la table en souriant.

— Êtes-vous prêts à voir vos bébés ?

Il faillit répondre à cette question par une autre. Il voulait demander si cette grossesse risquait d'échouer comme les précédentes. Néanmoins, le moment aurait été mal choisi pour se montrer pessimiste. Il n'était pas venu à ce rendez-vous pour saper le moral de Bella.

Tu peux le faire. Évite de montrer ta peur.

Après s'être installée, Bella releva sa chemise et descendit la fermeture de son jean, découvrant son ventre arrondi. La vision de sa peau soyeuse déclencha en lui un long frisson, et il déglutit péniblement. Faire l'amour était devenu un sujet médical au fil des années. Ils s'étaient mis à réfléchir en termes d'ovulation, de timing, de dates. Mais là, pour la première fois depuis des lustres, il pouvait contempler sa magnifique épouse sans avoir toutes ces idées parasite en tête.

Gêné, il détourna le regard. Il serait dangereux de dévier vers cette pente. Il était rentré d'Afrique en songeant que, bientôt, Bella ne serait plus sa femme. À quarante-deux ans, il avait tiré un trait sur ses rêves de paternité. Et voilà qu'il s'apprêtait à découvrir l'image de bébés dont il ignorait l'existence quelques heures plus tôt !

Une vague de colère déferla sur lui. Bella aurait dû lui dire qu'elle était enceinte. S'il l'avait su, il aurait pu se préparer mentalement. Il aurait eu quelques semaines pour s'habituer à l'idée qu'elle portait, non pas un, mais trois fœtus.

Pendant qu'il réfléchissait, Liz avait étalé du gel conducteur sur l'abdomen de Bella. Il retint son souffle lorsqu'elle commença à promener la sonde d'un côté, puis de l'autre. Et soudain un mélange de sons rapides et désordonnés se fit entendre. On aurait dit que plusieurs métronomes réglés sur des tempi différents battaient la mesure.

— Est-ce que… ? bafouilla-t-il.

— J'ai trois petits cœurs en pleine action, confirma Liz. Voyons si ces bouts de chou vont être sympa et se laisser regarder de plus près.

Penchée sur l'écran de contrôle, elle déplaça la sonde, révélant des ombres plus ou moins distinctes.

— En voilà deux ! s'exclama-t-elle d'un ton triomphal. Le troisième doit se cacher derrière les autres, ce petit farceur.

— Je ne vois rien…, murmura Seb. Ah, si. Oh…

Sans réfléchir, il captura la main de Bella et, à son grand soulagement, elle ne se dégagea pas. Il réalisait, tout à coup, les raisons qui l'avaient poussée à se taire. Il l'avait quittée dans un moment très délicat. Il s'était exilé en Afrique au lieu de lui apporter son soutien.

À ce moment-là, il s'était dit qu'il prenait la bonne décision. Il avait préféré partir pour ne plus entendre parler de FIV. Il avait senti Bella prête à insister, mais lui n'en pouvait plus de toutes ces souffrances.

Et, au bout du compte, qu'avait-il gagné ? Il l'avait perdue, elle.

Allons, le moment était mal choisi pour gamberger. Liz essayait toujours de voir le troisième fœtus. Il devait se concentrer pour entendre ce que la spécialiste avait à dire.

— Rien à faire, il est bien caché, déclara-t-elle. Mais il ne faut pas s'inquiéter pour cela. Il finira bien par montrer le bout de son nez.

Elle cliqua plusieurs fois sur l'écran afin de mesurer les deux bébés visibles, puis essuya le ventre de Bella.

— Voilà, c'est tout bon. Vous pouvez vous rhabiller.

Quand Bella descendit de la table, Seb se rapprocha d'elle de manière instinctive.

— Y a-t-il un problème ? demanda-t-elle d'une voix rauque.

Liz les regardait d'un air grave et Seb commença, lui aussi, à s'alarmer.

— Je n'ai rien remarqué de particulier, répondit la gynécologue. Et… je ne voudrais pas gâcher ce beau moment, mais je dois néanmoins vous dire quelque chose. Bella, nous avons évoqué les risques. Une grossesse multiple, à votre âge…

— Oui, bien sûr. J'en suis consciente.

Seb sentit son malaise grandir. Lui aussi avait pensé à l'âge de Bella avant d'entreprendre les dernières FIV. C'était l'une des raisons qui l'avaient poussé à dire stop. Il avait craint qu'elle ne se mette en danger. Mais maintenant elle était enceinte. Elle était devenue fragile.

— Je vais vous envoyer chez le Dr Lucas, de la clinique Hernandez. Elle est spécialiste des grossesses à haut risque, expliqua Liz.

Voilà, on y était. Ses pires craintes venaient de prendre corps tandis que la réalité le frappait en pleine figure. Quatre vies, dont celle de son épouse, étaient en jeu.

— Ne pourriez-vous continuer à me suivre, si je m'engage à faire bien attention ? demanda Bella d'une petite voix.

Liz lui prit la main et la serra.

— Ce n'est malheureusement pas possible. Il vous faut un suivi spécial et une surveillance renforcée. Je n'ai ni les équipements, ni l'expertise technique voulus. En revanche, laissez-moi vous donner un conseil.

Le regard inquiet de la gynécologue passa de l'un à l'autre. Un petit frisson parcourut Seb quand il s'arrêta sur lui.

— J'ai senti une tension à couper au couteau lorsque vous êtes entrés dans la pièce. Seb, si vous n'êtes pas capable d'aider Bella, il faudra vous mettre en retrait. Elle aura besoin – elle a déjà besoin – d'un soutien fort, sur le plan physique comme sur le plan mental. Elle doit s'entourer de personnes prêtes à l'épauler jour et nuit.

Bella ouvrit la bouche pour répondre, mais il la devança :

— Il n'y a rien de grave. Tout va rentrer dans l'ordre. Je serai présent pour Bella, croyez-le bien. Elle peut compter sur moi.

— Tant mieux, je m'en réjouis, répondit Liz. Les futurs pères en souffrance après une FIV réussie sont plus nombreux qu'on ne le croit. Ils ont du mal à gérer la pression, ils n'arrivent pas à s'impliquer... Bref, vous voyez le tableau.

Une vague de culpabilité le submergea. Il avait eu du mal à supporter la « pression » avant même que Bella ne tombe enceinte. Il était parti. Il avait manqué le rendez-vous des seize premières semaines de grossesse, mais il ne raterait pas un jour de plus !

— Je tiens à ces bébés et à leur maman comme à la prunelle de mes yeux, déclara-t-il d'un ton ferme. Ne craignez rien, Liz.

Bella se tourna vers lui et le dévisagea, le regard brillant. Puis elle lui serra brièvement la main, et il dut se gendarmer pour ne pas retenir sa paume dans la sienne. Comme il aimait cette douceur familière ! Ces contacts lui avaient beaucoup manqué...

— Me voilà rassurée, répliqua Liz en souriant. Tenez, voilà vos clichés d'échographie. J'enverrai un mail au Dr Lucas pour lui dire que votre troisième bébé est un farceur et qu'elle doit le surveiller. Je ne serai plus votre obstétricienne, mais bien sûr, on reste en contact. Appelez-moi si vous avez la moindre question, d'accord ?

— Je vous appellerai, au moins pour vous donner des nouvelles, assura Bella d'une voix enrouée par l'émotion. Merci infiniment pour tout, Liz. Je sais ce que je vous dois.

— C'est un immense plaisir, Bella. Je suis ravie pour vous et Sebastian.

Sur ces mots, Liz les raccompagna vers la salle d'attente désormais vide. Dès qu'ils furent seuls, Seb se tourna vers Bella.

— Il vaudrait mieux que je revienne à l'appartement. Même si on ne sait pas trop où on va, tous les deux, tu ne dois pas rester seule. J'étais sincère quand je disais vouloir jouer mon rôle. Je veux être présent pour toi et pour nos bébés, au moins jusqu'à leur naissance.

Elle lui lança un regard circonspect.

— Ne te sens pas obligé de revivre avec moi parce que je suis enceinte.

— Ce sont mes enfants aussi. Je ne veux courir aucun risque.

Après un instant d'hésitation, elle opina.

— Très bien, on peut rester ensemble jusqu'à la naissance. Après tout, on a une chambre d'amis.

Pressé de lui venir en aide, il n'avait pas réfléchi à l'endroit où il allait dormir. Il aurait dû penser lui-même à la chambre d'amis. Il ne devait stresser Bella sous aucun prétexte !

— Oui, faisons comme ça, approuva-t-il. Je vais aller chercher mes valises à l'hôtel.

— D'accord. Merci beaucoup, Seb. Vraiment.

— Mais de rien. C'est normal.

Il n'y avait plus grand-chose de « normal » dans leur vie depuis longtemps, mais il devait l'accepter. Et surtout, faire de son mieux pour ne pas avoir de regrets.

2

Fidèle à sa promesse, Seb s'était réinstallé à l'appartement.

En quittant l'hôpital, la veille, il avait rapporté les valises qu'il avait laissées à l'hôtel. Mais ce matin-là, son petit déjeuner expédié, il s'était mis à déménager toutes ses affaires de leur chambre vers la chambre d'amis.

Assise à la table de la cuisine, Bella essayait de contenir son chagrin. Elle n'aurait pas cru qu'il la prendrait au mot si vite, et surtout sans discuter. Il était revenu chez eux parce qu'elle était enceinte, uniquement pour « ses bébés » !

En disant qu'elle avait besoin d'aide, Liz n'avait sans doute pas imaginé un tel scénario. Question soutien moral, on avait vu mieux. Seb n'aurait jamais regagné le domicile conjugal sans le rappel à l'ordre de la gynécologue.

Finirait-il, comme le père de Bella, par abandonner la partie ?

Son papa n'avait jamais vécu avec sa mère car il ne l'aimait pas assez pour fonder une famille. En revanche, il l'avait soutenue sur le plan matériel, et, plus important, il s'était toujours montré présent pour Bella. Deux ans plus tard, sa maman avait épousé un autre homme, qui lui aussi avait été un merveilleux père. Au fond, elle avait eu de la chance…

Bien sûr, sa situation n'était pas comparable à celle de sa mère. Seb et elle étaient mariés. Ils avaient connu une histoire d'amour passionnée. Mais les choses avaient beaucoup changé, et même s'il tenait encore à elle, il n'avait pas pris la peine de mettre les choses à plat. Il avait préféré partir au bout du monde. Et à présent il s'exilait sans broncher dans une autre pièce.

Tout à ses réflexions, elle réalisa soudain que les bruits de déménagement avaient cessé. Une minute plus tard, Seb vint la rejoindre.

— J'ai presque fini, dit-il. J'ai réinstallé tout ce dont je me sers. Comme le placard n'est pas assez grand, je mettrai le reste en cartons et je louerai un box.

Une douleur sourde lui serra la poitrine. Elle opina en silence, craignant de fondre en larmes ou de laisser exploser sa colère et sa frustration.

— C'est bon, je peux aller m'habiller ? demanda-t-elle d'un ton froid. Je commence à 8 heures.

— Oui, bien sûr. Je ne travaille pas aujourd'hui, donc on se verra ce soir. Sauf… si tu veux que je te conduise à l'hôpital ?

— Non !

Le mot de refus avait jailli spontanément. Elle inspira à fond, puis ajouta :

— Pour mon bien-être, Liz m'a conseillé de ne pas changer mes habitudes.

Autrefois, ils s'arrangeaient pour travailler ensemble et pour covoiturer le plus possible. Mais cette dernière année, sans s'être vraiment concertés, ils avaient modifié leur routine. L'un s'était posté sur des gardes matinales quand l'autre choisissait l'après-midi ou le soir. Elle aurait dû y voir un signe. Le signe du début de la fin.

Jamais elle n'aurait pu prévoir un tel scénario catastrophe. Comment imaginer qu'ils cohabiteraient un jour tels des étrangers sous le même toit ? Et que ferait Seb si le pire arrivait et qu'elle perdait les bébés ? Oserait-il la quitter pour de bon cette fois ?

Elle ravala un soupir amer. À tout prendre, elle ne pourrait pas lui en vouloir. Elle avait insisté pour refaire des FIV alors qu'il était épuisé sur le plan émotionnel. Elle s'était dit qu'une grossesse effacerait les stigmates de ce cheminement pénible, mais, au contraire, les fissures dans leur mariage étaient devenues des gouffres insondables.

Elle se leva, puis gagna la porte la tête haute. Mais au moment où elle allait sortir Seb lui posa la main sur le bras.

— Promets-moi de m'appeler si tu as besoin de quelque chose, d'accord ?

Le vague espoir déclenché par son geste se mua en chagrin profond. Cette sollicitude n'était pas un témoignage d'amour. Il se croyait obligé de prendre soin d'elle parce qu'elle était enceinte.

— Bien sûr, merci, répliqua-t-elle avec un sourire contraint.

Il la dévisagea, puis, à son grand soulagement, il se détourna et se dirigea vers la chambre d'amis.

Si cette journée donnait le ton pour la suite, ces cinq mois risquaient d'être interminables. Et qu'adviendrait-il après la naissance des enfants ? Elle ne voulait même pas y penser. À chaque jour suffisait sa peine. Elle était déjà assez malheureuse comme cela.

Comme les trois jours précédents, Seb entendit Bella se lever à 6 heures.

Sans doute avait-elle supervisé les plannings pour qu'ils aient des horaires différents. Elle n'en avait pas parlé, mais c'était probable. Elle avait dû agir avec la discrétion qui la caractérisait toujours, au travail comme en privé.

Dans le même esprit, il avait noté qu'elle choisissait des vêtements assez amples pour cacher sa grossesse. Pour lui, cela sautait aux yeux qu'elle était enceinte – il la trouvait d'ailleurs magnifique –, mais leurs collègues n'avaient pas dû le remarquer. Ou alors, dans le doute, ils se taisaient.

Personne ne l'avait encore félicité pour sa paternité à venir ce qui, au fond, l'arrangeait bien. Il n'aurait pas su quoi répondre. Vu les circonstances, il aurait dû feindre l'enthousiasme, s'obliger à sourire alors qu'il était malheureux. Car depuis son retour Bella et lui ne faisaient que se croiser.

Primo, il détestait dormir loin d'elle. *Secundo*, le manque de communication entre eux le mettait mal à l'aise. Elle dormait déjà quand il rentrait de l'hôpital le soir et il ne voulait pas la réveiller. Ils devaient pourtant discuter de choses sérieuses, à commencer par les rendez-vous chez la nouvelle obstétricienne.

N'y tenant plus, il prit le pantalon de jogging abandonné au pied du lit et l'enfila. Puis il sortit dans le couloir, où l'obscurité totale le surprit. Bella n'avait pas allumé. Était-elle déjà partie ?

Lorsqu'il entra dans le salon, il se heurta à un obstacle qu'il manqua renverser. Il l'agrippa, pensant tenir la sellette à plantes… mais l'objet se mit à remuer. C'était Bella !

La stabilisant d'un bras glissé autour de sa taille, il chercha l'interrupteur mural derrière lui. La lumière vive le fit cligner des paupières, puis, au bout de quelques secondes, son regard s'arrêta sur Bella. Elle était habillée, déjà prête à partir, et la sensation familière de son corps pressé contre le sien provoqua en lui un délicieux frisson.

Qu'elle était jolie ainsi, la tête penchée, ses lèvres roses entrouvertes ! Il avait l'impression de retrouver la jeune femme radieuse qu'il avait épousée treize ans plus tôt. Il la voyait encore dans ses rêves, mais tout était si différent…

Incapable de se retenir, il resserra son étreinte et lui effleura la joue de sa main libre. La réaction ne se fit pas attendre : elle eut un mouvement de recul. Aussitôt, il la lâcha.

— Pardon, murmura-t-il.

— Ce n'est pas grave. Je suis désolée de t'avoir réveillé.

— Tu ne m'as pas réveillé. Je ne dormais plus depuis un moment. Il ne faut pas marcher sur la pointe des pieds tous les matins à cause de moi, voyons.

— Quand tu travailles tard, j'essaie de te laisser dormir.

À une époque, ni l'un ni l'autre ne se préoccupait de ce détail. Au contraire, ils se réveillaient par des baisers brûlants. Ils faisaient l'amour à l'aube ou tard dans la nuit. Ils s'arrangeaient pour passer le maximum de temps ensemble malgré leurs contraintes professionnelles.

Désormais, Bella l'évitait le plus possible. C'était, en tout cas, l'impression qu'elle donnait.

— À quelle heure termines-tu aujourd'hui ? s'enquit-il.

Il espérait très fort qu'elle allait lever le pied. Passer la journée aux urgences dans son état n'était pas l'idée du siècle.

— 17 h 30. Et toi ?

— Je ne travaille pas.

Il venait de le décider à l'instant, sans réfléchir. Bella et lui s'étaient trop peu parlé depuis son retour. Il voulait réamorcer le dialogue avant qu'il ne soit trop tard.

— Ah bon ? s'exclama-t-elle.

Il n'avait pas l'habitude de poser des congés ni même des récupérations pour les nombreuses heures supplémentaires effectuées. Alors, même si les urgences tournaient bien grâce à l'arrivée de nouveaux internes, elle était en droit d'être surprise !

— Oui, confirma-t-il. J'aimerais qu'on parle un peu de la suite, tous les deux. As-tu calé ton rendez-vous avec la nouvelle obstétricienne ?

— Hmm, je... Sa secrétaire m'a appelée avant-hier.

Il se raidit, contrarié. Bella ne l'avait pas mis au courant. Le laisserait-elle s'impliquer comme il en avait l'intention ?

— Et, donc... ?

— Je voulais te demander tes disponibilités avant de choisir une date.

— Merci, répondit-il, soulagé. On en parlera ce soir si tu veux. Sauf si tu es trop fatiguée...

— Je le suis rarement, répliqua-t-elle avec un sourire en coin.

Et c'était vrai. Alors qu'il sortait souvent épuisé, elle, au contraire, se ressourçait dans le chaos des urgences. Elle avait toujours de l'énergie à revendre après le travail. Autrefois, ils faisaient l'amour, mais maintenant...

Il inspira à fond pour dominer son émoi.

— Préfères-tu que l'on se rejoigne quelque part ou que je passe te chercher ?

— La première option, répondit-elle sans hésiter. Si tu viens, je devrai récupérer ma voiture plus tard.

— Tu as raison, admit-il, déçu. Dans ce cas… on pourrait se retrouver dans la roseraie du Bosques de Palermo ?

Ce parc célèbre était un de leurs endroits préférés à Buenos Aires. Au début de leur relation, ils y allaient souvent le week-end. Ils louaient un pédalo et restaient des heures à discuter au milieu du lac. Ou alors ils flirtaient à l'ombre d'un bosquet, puis ils se hâtaient de rejoindre un cadre plus intime…

Peut-être aurait-il dû proposer un autre lieu ? Celui-là n'était-il pas trop chargé en souvenirs ?

Quand Bella se mordit la lèvre, il crut qu'elle allait refuser. Mais finalement elle opina.

— D'accord. Il me faudra à peu près vingt minutes pour y aller. On se dit 18 heures, sachant que j'ai toujours du mal à m'échapper ?

— Bien sûr. Merci d'avoir accepté.

— C'est normal. On a des choses à voir ensemble.

Le sourire mourut sur les lèvres de Seb. Bella semblait considérer ce rendez-vous comme une réunion d'affaires, comme s'ils étaient deux partenaires prêts à signer un contrat. Mais au fond ils n'en étaient pas loin !

Quoi qu'il en soit, il voulait savoir ce que Bella attendait de lui. Il souhaitait jouer son rôle au mieux durant la grossesse et ne se projetait pas au-delà. La discussion sur l'avenir arriverait plus tard. S'il allait trop loin, Bella risquait de se braquer.

Elle jeta un coup d'œil par-dessus son épaule et se décala légèrement. Il devina qu'elle était pressée de partir.

— J'arrête de t'embêter, dit-il. Bonne journée, Bella. À ce soir.

— Bonne journée à toi aussi.

Elle remonta la bride de son petit sac, puis sortit dans le couloir, non sans lui avoir jeté un regard en biais. Il réalisa alors qu'elle avait posé les yeux sur son torse, et un nouveau sourire lui monta aux lèvres. Peut-être n'était-elle pas aussi indifférente qu'il l'imaginait ?

Il balaya cet espoir d'un haussement d'épaules. Elle avait été gênée de le voir à demi nu, rien d'autre. Et d'ailleurs, pourquoi se posait-il ce genre de questions ? Elle avait accepté qu'ils se donnent rendez-vous, c'était l'essentiel !

Plus vite ils mettraient les choses au point, mieux cela vaudrait. Il se sentirait mieux. Du moins voulait-il le croire pour ne pas devenir fou.

En fin d'après-midi, Seb regrettait presque de s'être mis en repos.

Cette journée loin de l'hôpital lui avait laissé trop de temps pour réfléchir. Il s'était posé mille questions, jusqu'à appréhender la rencontre imminente avec Bella. Et à présent, accoudé à l'un des piliers de la roseraie, il se demandait s'ils n'auraient pas dû se retrouver à l'appartement ou dans un café climatisé. Il faisait trop chaud pour une femme enceinte !

Mais Bella n'apprécierait pas qu'il en fasse des tonnes. Elle avait une santé de fer. Il fallait une résistance hors du commun pour travailler aux urgences…

Perdu dans ses pensées, il la vit soudain s'avancer vers lui. Elle avait troqué son uniforme contre une jupe en voile et un débardeur blanc. Avec ses longs cheveux bruns noués en queue-de-cheval, elle semblait fraîche, pimpante et, comme toujours, il la trouva magnifique.

Il fit quelques pas dans sa direction puis, selon la tradition sud-américaine, se pencha pour l'embrasser sur la joue plutôt que sur les lèvres. Mais ce contact banal parut la déranger car elle se raidit.

— Pardon d'être en retard, dit-elle.

Il jeta un coup d'œil sur sa montre en souriant.

— Il est 18 h 1, tu t'améliores ! La journée n'a pas été trop dure ?

— Pour une fois, non. J'ai eu beaucoup de bobologie, plus un monsieur qui se plaignait de douleurs dans la poitrine. En réalité, il avait une indigestion. On a vu pire.

Durant la pandémie de Covid, le moindre rhume pouvait dégénérer. Seb se rappelait le chaos qui régnait aux urgences à l'époque. Les soignants croisaient les doigts pour ne jamais revivre ce genre de chose.

— Tu gardes le masque en permanence ?

Elle haussa les sourcils.

— Naturellement. Je n'ai pas changé mes habitudes.

— Excuse-moi. Je m'inquiète toujours.

Sa sollicitude semblait la déranger, à présent. Mais il n'allait pas se refaire d'un coup de baguette magique !

— Aucun problème, murmura-t-elle. Bon… On reste ici ou on bouge ?

— Si on marchait un peu ?

— Bonne idée. Je suis en forme, je t'assure, ajouta-t-elle alors qu'il la dévisageait. On pourrait aller vers le pont ?

Une grande arche de style gréco-romain enjambait la partie la plus étroite du lac. Cet endroit ravissant offrait une jolie vue sur les alentours.

— Oui, c'est parfait, approuva-t-il.

Il calqua son pas sur le sien et, tout en marchant, ils évoquèrent les changements survenus à l'hôpital pendant son absence. La direction souhaitait engager une pédiatre uruguayenne pour le service de néonatologie. Cette dernière s'installerait à Buenos Aires avec sa fille d'ici une semaine ou deux.

— Elle a une excellente réputation, apparemment, précisa Bella. J'ai hâte de la rencontrer.

— Oui, c'est toujours bien de pouvoir s'appuyer sur des spécialistes renommés.

Arrivés au milieu du pont, ils s'accoudèrent à la rambarde. Des cygnes majestueux glissaient sur l'eau claire, loin des nombreux pédalos et de leurs occupants. Au milieu du lac, un jeune homme et sa compagne s'éclaboussaient en riant. Ils s'amusaient, insouciants et heureux, et Seb vit Bella les regarder d'un air triste. Puis, soudain, elle redressa les épaules.

— Alors, dis-moi… Quelles sont tes disponibilités pour le rendez-vous chez l'obstétricienne ?

Il sortit son téléphone de sa poche et consulta son agenda.

— À partir de demain, je travaille non-stop jusqu'au week-end. La semaine prochaine, je serai en repos jeudi et vendredi.

— Vendredi, cela irait. Est-ce que j'appelle pour savoir si elle a un créneau ?

— Oui, bien sûr. Plus tôt on la verra, mieux cela vaudra.

— Je vais le faire maintenant. Si j'attends qu'on rentre, elle risque d'être partie.

Trente secondes plus tard, elle se mit à parler au téléphone.

— Bonjour, je suis le Dr Isabella Lopez. Le Dr Everly m'a adressée à vous pour mon suivi de grossesse.

Seb entendit une voix féminine dans le haut-parleur.

— Docteur Lopez ! Oui, bien sûr, Liz m'a appelée. Elle m'a demandé de vous recevoir le plus vite possible. Avez-vous un moment cette semaine ?

Seb eut l'impression que Bella évitait son regard.

— J'ai bien peur que non. Auriez-vous un créneau vendredi en huit, à tout hasard ?

Il fronça les sourcils. Liz n'avait pas dit « le plus vite possible » par hasard. Et lui, en tant que chef de service, pouvait facilement poser un congé exceptionnel.

Il fit de grands gestes, mais, sans lui laisser le temps de parler, Bella couvrit le haut-parleur de sa main.

— C'est bon. On reste sur ce qu'on a décidé, chuchota-t-elle.

Il opina, contrarié. Était-ce ainsi que les prochains mois allaient se dérouler ? Il se sentait déjà exclu. Elle avait deviné ce qu'il allait dire, mais elle ne tenait aucun compte de son opinion.

— 15 heures, cela vous irait ?

Bella se tourna vers lui. Il opina de nouveau, puis consigna l'horaire dans son planning. Quelques instants plus tard, Bella raccrocha en soupirant.

— Voilà, c'est fait.

À quoi pensait-elle ? Était-elle soulagée qu'ils aient réglé leur problème du jour ou inquiète du rendez-vous qui se profilait ?

Avant qu'il n'ait pu répondre, elle enchaîna :

— Si on louait un pédalo ? J'aimerais en faire une dernière fois avant que mon gros ventre ne m'en empêche.

Il la fixa, certain d'avoir mal entendu. Il n'en revenait pas qu'elle veuille faire du pédalo avec lui.

— Laisse tomber, reprit-elle en secouant la tête. Il fait très chaud et si cela ne te tente pas...

— Si, au contraire ! s'exclama-t-il.

Il aurait payé cher pour se rapprocher d'elle. Tout, plutôt que subir la distance qui s'était installée entre eux.

— Mais il ne faudra pas trop te fatiguer.

— J'ai besoin de bouger, Seb. Tu me connais, le sport me donne de l'énergie. J'en aurai besoin pour affronter les prochains mois.

— Je comprends. Allons-y aujourd'hui, mais on demandera vendredi à l'obstétricienne ce que tu peux faire exactement, par rapport aux bébés.

Lorsqu'elle se rembrunit, il s'en voulut d'avoir tempéré son enthousiasme. Pourvu qu'il ne lui ait pas rappelé de mauvais souvenirs ! Il ne voulait pas qu'elle s'inquiète, seulement qu'elle ait les meilleures chances de poursuivre cette grossesse. Une naissance par césarienne se préparait, mais encore fallait-il que les fœtus soient viables...

Il se chapitra. Envisager le pire ne donnerait rien de bon. Il devait rester positif, pour Bella comme pour ses enfants.

— On va y aller tranquillement, Seb. Promis.

Ces mots résonnèrent en lui tel un écho douloureux. Chaque fois qu'il avait hésité à faire l'amour, craignant de provoquer des saignements à Bella, elle l'avait encouragé. Les phrases « On fera bien attention » ou « On ne risque rien » s'étaient invitées dans leur lit. Il s'était mis à prendre d'infinies précautions avant de la toucher. Et à chaque fausse couche il avait culpabilisé malgré les paroles rassurantes des spécialistes. Ce n'était pas « sa faute ». Elle aurait perdu les bébés de toute manière...

Cette fois au moins, il n'aurait rien à se reprocher. Leur couple heureux et épanoui n'était plus qu'un souvenir. Il le regrettait amèrement, mais à quelque chose malheur était bon : il n'aurait pas à s'inquiéter des conséquences.

— Allons-y, dit-il. Ils vont bientôt fermer.

Ils traversèrent le pont pour gagner la rive opposée. Bella eut du mal à maintenir son équilibre pour s'installer sur l'embarcation, et quand Seb s'assit à son tour, il fut contrarié de l'entendre rire aux éclats lorsque le pédalo tangua. Il ne manquerait plus qu'elle tombe à l'eau ! L'époque où ils chahutaient jusqu'à atterrir dans le lac – au grand dam des maîtres-nageurs – était révolue. En ce temps-là, ils étaient jeunes et amoureux, mais là... il se sentait vieux et écrasé par le poids des responsabilités.

Une seule chose n'avait pas changé : il aimait toujours Bella. Néanmoins, il se tenait sur la réserve car il était convaincu qu'elle ne partageait plus ses sentiments. Elle le tolérait parce qu'elle était enceinte, pour le laisser suivre l'évolution de leurs bébés jusqu'à la naissance. Il pourrait ainsi s'habituer à l'idée de devenir père, même si elle ne lui laissait plus la possibilité d'être un mari.

— Où veux-tu aller ? demanda-t-il.

— Si on s'arrêtait sous le pont ? C'est magnifique là-bas, et puis on pourra discuter à l'ombre.

— Très bien, allons-y.

Quand ils adoptèrent le même rythme, il eut l'impression que rien n'avait changé. Ils avaient fait du pédalo de nombreuses fois ces dernières années. Ils savaient mener leur embarcation en harmonie, de manière lisse et fluide. Pourquoi n'avaient-ils pas fait la même chose avec leur mariage ? Sans doute parce qu'une relation ne se conduisait pas comme un bateau. Les histoires d'amour étaient fragiles, et quand une tempête nommée FIV venait tout chambouler, on courait au désastre...

Bella éclata de rire lorsqu'elle se donna un coup de genou dans le ventre.

— Je ne pourrai vraiment pas en faire jusqu'au neuvième mois ! s'exclama-t-elle. Je suis contente qu'on soit venus aujourd'hui.

En quelques minutes, ils atteignirent le pont. Immobiliser le pédalo était difficile en raison du vent, mais par de légers mouvements ils purent se placer à l'ombre d'un pilier sans problème.

— Ça va toujours ? demanda-t-il.

— Très bien. Je suis en forme, je te l'ai dit.

— Fais-tu confiance à cette nouvelle obstétricienne ?

— Je ne la connais pas, mais d'après Liz, c'est l'une des meilleures spécialistes d'Argentine. Elles sont amies. Elles ont déjà travaillé ensemble. Donc oui, je m'en remets à son expérience. Je n'ai pas le choix de toute manière.

À une époque, lui-même faisait confiance à Bella, mais les choses avaient changé. En apprenant qu'elle était enceinte, il s'était dit sans réfléchir qu'elle avait dû rencontrer quelqu'un d'autre. Jamais il n'aurait pensé cela avant. Il ne se reconnaissait plus...

Il se promit de se ressaisir. Même si leur couple était voué à l'échec, ils devraient trouver un terrain d'entente. Il fallait que les cinq mois à venir se déroulent sans heurt. D'abord, pour le bien-être de Bella et des petits. Ensuite, parce que cela faciliterait les choses lorsqu'ils aborderaient l'inévitable question du divorce et de la garde alternée.

— Quelles recommandations Liz a-t-elle données ? s'enquit-il. Il y a sûrement des choses à faire...

— Elle m'a conseillé la marche pour rester en forme et préserver mes articulations. Elle dirait sans doute que le pédalo est bénéfique pour les jambes.

Il se sentit déçu. Il s'était dit que Bella avait peut-être suggéré cette promenade en souvenir du bon vieux temps, mais il s'était trompé. Elle avait juste voulu faire un peu d'exercice.

— Et pour le travail ? Tu devras sans doute partir en congé maternité avant la date prévue.

Elle haussa les épaules.

— Pour le coup, je poserai la question à l'obstétricienne. On n'a pas abordé le sujet avec Liz.

Pendant qu'ils discutaient, la colonie de cygnes en goguette s'était rapprochée d'eux. Bella secoua la tête en souriant.

— Désolée, *amigos*, vous arrivez trop tard. Je n'ai plus de crackers dans mon sac. Il y a un mois, j'aurais pu vous en donner. Je ne mangeais que ça !

— Tu as été malade ? demanda-t-il, navré.

— Un peu, le matin. Mais au début, j'ai cru que c'était lié à la fausse couche et surtout au stress de ton...

De son départ. Il avait saisi bien qu'elle se soit interrompue, et une vague de culpabilité déferla en lui.

— Quand as-tu compris que ce n'était pas une fausse couche ? murmura-t-il.

— J'ai laissé passer deux semaines, et ensuite j'ai appelé Liz. Elle m'a priée d'aller la voir immédiatement, pensant qu'il faudrait peut-être faire un curetage. Mais à l'échographie elle a cru entendre un battement de cœur. Elle a appelé une radiologue. Elles ont entendu un battement, puis deux, puis trois... On était scotchées.

Elle marqua une pause, s'essuya les yeux et inspira à fond.

— Scotchées, et tellement contentes ! Avec Liz, on est tombées dans les bras l'une de l'autre. On riait, on pleurait, on poussait des cris de joie.

La culpabilité céda la place au chagrin dans le cœur de Seb. Il avait raté ce moment unique. Il avait loupé tellement de choses en deux mois...

— Je serais rentré si tu m'avais dit quelque chose, Bella.

Un silence pesant tomba, qu'elle rompit la première.

— Écoute... Tu étais parti. Cette mission avec Médecins Sans Frontières, tu en rêvais depuis toujours. Je n'ai pas voulu te priver de cette expérience. Tu es même resté là-bas plus longtemps que prévu, signe que tu n'étais pas pressé de rentrer. Je ne regrette pas d'avoir attendu ton retour.

Le « plus longtemps que prévu » s'était résumé à une petite semaine, mais elle lui en tenait rigueur. Au fond, c'était compréhensible. Il lui avait fait beaucoup de peine en la quittant du jour au lendemain, mais il n'avait pas trouvé d'autre solution pour éviter un divorce immédiat. Il était tellement à bout qu'il avait failli aller voir un avocat.

Au lieu de disparaître, il aurait dû chercher une autre solution. Par lâcheté, il s'était privé de moments merveilleux qui ne reviendraient plus. Toutefois, on ne pouvait pas refaire l'histoire. Il était là, maintenant, et il n'avait nullement l'intention de divorcer.

Restait à trouver le moyen d'amadouer Bella pour regagner sa confiance. Elle devait bien savoir qu'il n'abandonnerait jamais ses enfants. Qu'il ne l'abandonnerait jamais, elle.

— Je te demande pardon, chuchota-t-il. Je suis désolé d'être parti comme un voleur. Je ne voyais plus d'issue et je me suis dit que l'éloignement nous faciliterait les choses. Qu'on avait besoin de faire un break, tous les deux. Je crois toujours qu'on a des problèmes à résoudre, mais je voudrais qu'on les mette entre parenthèses. Je veux t'aider et te soutenir le mieux possible. C'est tout ce qui m'importe.

— J'ai du mal à te suivre. Tu voudrais faire un break et être là en même temps ? Cela n'a aucun sens.

— On pourrait continuer ce qu'on fait déjà : dormir dans des chambres séparées, travailler à des horaires différents…

— Si on doit garder nos distances, il vaudrait peut-être mieux éviter les balades comme celle-ci.

— Au contraire, on devrait maintenir le contact. Il faut qu'on puisse se parler, au moins pour caler tes rendez-vous médicaux. Et si on a de bonnes relations à l'extérieur, on sera moins tendus à l'hôpital quand on travaillera ensemble, ce qui arrivera forcément.

— L'intérêt du service avant tout, répliqua-t-elle d'un ton amer.

— Ce n'est pas ce que je voulais dire, enfin ! Et d'ailleurs, réfléchis. Préférerais-tu qu'on passe toutes nos gardes ensemble au risque de se marcher sur les pieds ?

— Non !

— Dans ce cas, que penses-tu de ma proposition ?

— Elle ne manque pas de bon sens, répondit Bella en soupirant.

Merci d'y avoir réfléchi. Cela m'ôte un poids qu'on ait pu en discuter. Et… j'ai apprécié qu'on fasse du pédalo ensemble.

— Il faudra recommencer, alors.

Ce n'était pas le moment de maintenir ses distances. Il était prêt à tout pour arranger les choses.

— Oui, approuva-t-elle. Ce serait bien. En tout cas, tant que je peux monter là-dessus, précisa-t-elle en effleurant son abdomen.

— Ne t'inquiète pas. On trouvera d'autres activités ludiques.

Quand elle rougit comme une pivoine, il sut à quoi elle pensait. Ou alors, avait-elle un coup de chaud ? Pourvu qu'elle ne se sente pas mal…

Il allait suggérer de faire demi-tour, mais elle le devança :

— Le loueur essaie d'attirer notre attention. Il faut y aller.

Il crut qu'elle usait d'un stratagème pour se débarrasser de lui, mais non. Le propriétaire des pédalos leur faisait de grands signes. Apparemment, les autres promeneurs avaient déjà regagné la rive et ils étaient seuls sur le lac.

Si cela n'avait tenu qu'à lui, ils auraient pu y passer la soirée. Néanmoins, il ne fallait pas abuser des bonnes choses. Ils avaient déjà fait un grand pas en avant. Il ne pouvait pas trop demander à la fois. Ç'aurait été le meilleur moyen de tout gâcher.

3

Comme d'habitude, l'appartement était plongé dans le noir quand Bella partit ce matin-là.

Depuis quelques jours, ce rituel commençait à la fatiguer. Toutefois, même si Seb lui avait dit de ne pas se gêner, elle préférait rester discrète. Moins elle le croiserait à l'aube, mieux cela vaudrait pour sa tranquillité d'esprit. Car, depuis leur promenade sur le lac, elle pensait à lui non-stop.

Cet interlude lui avait rappelé le temps heureux où ils s'aimaient avec insouciance. Quand elle l'avait vu dans la roseraie, elle avait failli courir vers lui pour l'étreindre avec passion. Elle s'était retenue et s'était avancée la tête haute, consciente qu'il en serait à présent toujours ainsi.

Désormais, elle ne pouvait ni laisser parler ses émotions ni s'enfuir. Elle devrait le côtoyer comme le parfait étranger qu'il était devenu. Elle n'avait pas le choix puisqu'ils continueraient à travailler ensemble. Elle avait un temps songé à postuler ailleurs, mais déménager n'aurait aucun intérêt. Elle ne s'imaginait pas éloigner Seb de leurs enfants.

Il avait promis de la soutenir pendant la grossesse et son aide serait précieuse. Néanmoins, ils ne seraient pas obligés de passer leur vie ensemble. Elle avait déjà assez de mal à le voir sans se jeter sur lui ! À la longue, elle s'habituerait sans doute à cette absence de contact physique, mais elle avait encore du mal à l'accepter.

Consciente qu'une longue journée l'attendait, elle se hâta vers l'ascenseur pour descendre au parking souterrain. Mais, à peine installée en voiture, elle réalisa qu'elle avait oublié son badge sur la table de la cuisine. Non, ce n'était pas possible ! Elle en avait besoin pour accéder à son ordinateur et à certaines zones restreintes de l'hôpital, dont la pharmacie. Elle n'avait pas le choix : elle allait devoir remonter à l'appartement et entrer aussi discrètement qu'elle était sortie.

Pestant à voix haute, elle refit le chemin en sens inverse. Puis, comme prévu, elle ouvrit sa porte avec délicatesse… pour être accueillie par un flot de lumière vive. Elle était pourtant sûre de ne rien avoir allumé…

Seb était debout. Elle devait se débrouiller pour ne pas tomber sur lui !

Elle bifurqua vers la cuisine sur la pointe des pieds. Mais, parvenue au milieu du couloir, elle s'arrêta net.

Seb sortait de la salle de bains. Il était nu, des gouttelettes ruisselant le long de son corps bronzé. Et à le voir ainsi, beau comme une statue grecque, le souffle se bloqua dans sa gorge.

Incapable de bouger, elle déglutit péniblement. Il ne l'avait toujours pas vue et, à présent, il ébouriffait sa chevelure ébène, projetant de l'eau partout. À une époque, elle aurait rouspété parce qu'il mouillait leur précieux parquet en bois exotique. Il aurait souri en retour, et il l'aurait soulevée dans ses bras pour l'emmener vers leur chambre…

Malgré elle, elle poussa un petit cri et sursauta. Quelle idiote ! Elle avait attiré l'attention de Seb, lequel s'était retourné vivement.

À son grand désarroi, elle sentit les pointes de ses seins durcir sous son chemisier de coton léger. Une flambée de désir venait de lui incendier le bas-ventre et elle crispa les poings derrière son dos. Cela faisait une éternité qu'elle n'avait pas ressenti ce genre de chose. Elle osait à peine respirer de peur de se trahir. Surtout, rester immobile. Si elle faisait un pas vers Seb, elle serait perdue.

Sans pouvoir s'en empêcher, elle promena le regard sur ses épaules larges, son torse musclé, son ventre plat, jusqu'à… Avait-elle bien vu ? Ce sexe tendu était-il l'effet de son imagination ?

Prise de panique, elle traversa le couloir au pas de charge.

— Désolée ! cria-t-elle par-dessus son épaule. J'ai oublié mon badge.

Le temps d'un passage éclair dans la cuisine, elle revint sur ses pas. Seb n'avait pas bougé. Un étrange sourire flottait sur ses lèvres.

— Pardon, dit-il. J'avais oublié de prendre une serviette. Je vais en chercher une.

Cette fois, elle baissa les paupières. Faisait-il exprès de la taquiner ? Lorsqu'il revint de la buanderie, un drap de bain ceignait ses hanches étroites. Mais le révélateur de son émoi physique était toujours là, bien visible sous l'éponge blanche…

Elle se dirigea vers la sortie, espérant contre toute logique que la serviette allait tomber. Elle n'avait plus ressenti ce feu rampant depuis des lustres. Quand, pour la dernière fois, avait-elle regardé son mari pour le simple plaisir des yeux ? Elle n'en avait aucun souvenir.

Allons. Cet homme ne lui appartenait plus. Elle ne voulait d'ailleurs pas penser à ce qu'elle venait de voir. Même s'il la désirait toujours, elle devait garder la tête froide. Attirance physique et amour étaient deux choses différentes, et le pire serait de céder à l'émotion.

Seb lui avait bien fait comprendre qu'il restait uniquement pour l'aider. Quant à elle, sa réaction bizarre pouvait être imputée à la grossesse. En tant que médecin, elle savait que le second trimestre déclenchait souvent un feu d'artifice hormonal. Il n'y avait pas de quoi s'étonner.

Affolée par le sourire de Seb, elle ouvrit la porte d'une main tremblante.

— Je… file. Bonne journée.

Dans le couloir, elle poussa un « ouf » de soulagement. Elle avait fait preuve de sagesse cette fois, mais qu'en serait-il à l'avenir ? Elle ne voulait même pas y penser.

Seb regrettait d'avoir mis Bella mal à l'aise. Il n'en avait jamais eu l'intention, mais pourquoi l'avait-elle regardé ainsi ? L'éclat incendiaire de ses grands yeux émeraude avait suffi à réveiller le désir qu'il s'interdisait d'éprouver depuis son retour.

Il avait passé des nuits entières éveillé, sachant qu'elle dormait dans leur chambre et qu'il ne pouvait plus l'approcher. Néanmoins, il n'avait jamais cédé à la tentation d'aller la rejoindre. Il se répétait chaque jour qu'il suivait les recommandations du Dr Everly et qu'il était là pour l'aider. Mais s'il ne pouvait plus tenir, peut-être devrait-il prendre un logement en ville ?

Leur appartement – parfait pour un couple « normal » – n'était pas gigantesque. Même s'ils se croisaient peu, ils avaient du mal à ne pas empiéter sur l'espace de l'autre. Et avec des triplés, ils seraient franchement à l'étroit. Il avait beau chercher, il ne voyait pas où ils pourraient installer trois berceaux, le matériel de puériculture et le reste.

Libérer la chambre d'amis pour les bébés semblait à la fois logique et raisonnable. Il ne s'y résoudrait pas de gaieté de cœur, mais quel choix avait-il ? Paradoxalement, la naissance de ses enfants allait précipiter la fin de son mariage. C'était une histoire incroyable mais vraie.

Déprimé, il s'habilla et choisit d'aller prendre son petit déjeuner à l'extérieur. Il n'était pas censé travailler avant le début d'après-midi, mais puisqu'il n'avait rien à faire, autant qu'il s'attelle à l'administratif…

Deux heures de bureau et dix dossiers plus tard, il dut se rendre à l'évidence : Bella l'obsédait. Il trouvait difficile de se concentrer, même s'il savait bien, au fond, qu'il devait être réaliste. Sa femme était toujours attirée par lui. Il s'en réjouissait, mais cela ne signifiait pas qu'ils allaient se réconcilier. Leur entente cordiale était juste une énorme mascarade.

Toute à son rêve de maternité, Bella lui en voulait sans doute de n'avoir pas cru en leurs chances. Elle avait eu raison de s'accrocher. Il avait eu tort. Sauf qu'à l'époque il avait vraiment cru qu'ils n'y arriveraient jamais. Il avait voulu *leur* épargner du chagrin. En fait, il avait plus pensé à elle qu'à lui-même !

Il referma le couvercle de son ordinateur d'un geste sec. Il en avait assez de tourner en rond. S'il allait prêter main-forte à l'équipe au lieu de rester dans son bureau, il pourrait peut-être, enfin, servir à quelque chose ? Bella et lui ne feraient que se croiser. Ils soigneraient chacun leurs patients. Ils ne seraient même pas obligés de se parler.

Les membres de l'équipe parurent surpris de le voir débarquer avec quatre heures d'avance, stéthoscope autour du cou. Ils n'auraient pas dû, pourtant. Ils savaient bien qu'il était le champion des heures supplémentaires. Sauf que, pendant deux mois, il avait laissé la responsabilité entière du service à Bella. Tout le monde devait se réhabituer à sa présence...

Alors qu'il prenait le premier dossier en attente sur le comptoir des infirmières, Gabriel se rapprocha, papiers et stylo en main.

— Hé, salut, *portenõ* ! On ne s'est pas recroisés depuis l'autre jour. Ça fait un bail, dis donc.

Seb se mit à rire.

— Toi aussi, tu m'as manqué. Il faudra qu'on aille boire une bière un de ces soirs. Tu vas bien, toi ?

— Oh ! je ne me plains pas. Enfin j'évite, parce que ça ne changerait rien. Et toi ?

Alors qu'il hésitait à répondre, Gabriel secoua la tête en souriant.

— D'accord. J'aime autant ne pas savoir.

— Moi non plus. Parfois, il vaut mieux éviter les questions qui fâchent.

Absorbé par sa conversation, Seb n'avait pas vu Bella se rapprocher. Il se réjouit de constater qu'elle semblait en forme. Elle n'avait pas l'air fatiguée le moins du monde.

— Des questions à propos du patient qu'on vient d'admettre ? demanda-t-elle.

Gabriel se mit à danser d'un pied sur l'autre.

— Non, je... On parlait du voyage de Seb en Afrique. Bon, il faut que je file, moi. Jorge m'attend dans l'ambulance. On se recapte pour aller boire un verre, Seb, d'accord ?

— Bien sûr. Ça marche.

Le jeune ambulancier parti, il croisa le regard interrogateur de Bella.

— Tu lui as dit ? demanda-t-elle.

— Dit quoi ?

— Que j'étais enceinte.

Sous le choc, il la dévisagea. Ainsi, il avait vu juste. Il ne s'était pas trompé en pensant qu'elle cachait sa grossesse. Même si ses rondeurs commençaient à se voir, elle portait des vêtements amples. Il comprenait pourquoi Gabriel n'avait rien remarqué.

— Parce qu'il n'est pas au courant ? biaisa-t-il.

— Non, je... n'en ai parlé à personne. Je me suis dit que si j'ébruitais la nouvelle...

— Tu as eu peur que je ne l'apprenne par quelqu'un de l'hôpital. C'est bien ça ?

— Oui. Un de nos collègues aurait pu vendre la mèche. Je ne voulais pas que tu le découvres de cette façon.

— En es-tu sûre, Bella ? Tu ne voulais peut-être pas que je le sache, tout court !

Il inspira à fond pour maîtriser sa colère, puis enchaîna :

— Que serait-il advenu si j'avais prolongé mon séjour en Afrique ? Si j'avais passé cinq ou six mois sur place ? À ce train-là, je me serais retrouvé père de trois enfants du jour au lendemain ! Sais-tu ce que j'ai cru quand tu m'as annoncé que tu étais enceinte ?

— J'en ai une petite idée.

— Pour moi, tu avais fait une fausse couche. Ma première réaction a donc été de croire que tu avais rencontré un autre homme.

Bella s'agrippa au comptoir. Elle était devenue blême.

— Pas ici, chuchota-t-elle.

Il la prit par le bras, puis l'entraîna vers un couloir de service qui débouchait sur la lingerie. Quand elle s'arrêta devant lui, elle semblait choquée.

— Tu as vraiment cru que je pourrais te tromper ?

Oh ! non. Pourquoi n'avait-il pas réfléchi ? Jamais il n'aurait dû laisser exploser sa colère et sa frustration. Dans son état, Bella devait mener une vie calme, dénuée de stress...

— Cette pensée m'a effleuré, mais cela n'a pas duré plus de cinq secondes, dit-il d'un ton apaisant. Je sais que tu ne m'aurais jamais trompé, tout comme moi, je suis resté fidèle. Mais j'étais... furieux et blessé que tu m'aies caché une nouvelle aussi importante. Je me suis dit que tu voulais m'exclure totalement.

— Jamais de la vie ! protesta-t-elle. Il faut me croire, Seb. Je voulais juste te le dire en face plutôt qu'au téléphone. Et pour moi, le pire aurait été que tu l'apprennes par quelqu'un d'autre. Mais si tu avais encore décalé ton retour, j'avais prévu qu'on fasse une visio. J'avais envisagé cette solution.

Elle se mordit la lèvre, puis ajouta :

— Je suis désolée d'avoir réclamé des FIV supplémentaires. Je regrette de t'avoir mis la pression.

Bouleversé, il enroula un bras autour de sa taille.

— Ne t'inquiète pas pour ça. Tout ce qui compte, ce sont nos bébés, d'accord ? On doit penser à eux.

Elle se raidit, puis baissa les yeux et s'écarta.

— Tu as raison, nos enfants sont la priorité. On n'a pas besoin de parler d'autre chose. Et oui, on devrait mettre nos collègues au courant parce que cela commence à se voir.

« On n'a pas besoin de parler d'autre chose. » Cette petite phrase était facile à interpréter : Bella ne souhaitait pas discuter de l'avenir de leur couple. Tout, dans son attitude, semblait indiquer qu'elle avait déjà pris sa décision. Et même si cela lui fendait le cœur, il devait l'accepter par égard pour elle.

Plus vite il admettrait que leur relation était finie, mieux il préparerait la suite. Il devrait bien s'installer quelque part quand sa future-ex-femme – la mère de ses enfants – n'aurait plus besoin de ses services.

Il allait répondre lorsqu'une infirmière accourut depuis le bout du couloir.

— Je vous cherchais, s'exclama-t-elle. On a besoin d'aide.

Quel idiot. Il n'était pas encore de garde, mais Bella, oui !

— Quel est le problème ? demanda-t-il.

— On a trois jeunes qui font une overdose. Ils sont dans un sale état.

Mus par le même réflexe, Bella et lui se précipitèrent... pour découvrir la zone d'accueil plongée dans un chaos indescriptible.

Un jeune homme recroquevillé au sol était en train de convulser, entouré par un interne et une infirmière qui essayaient de vérifier ses constantes. Un mètre plus loin, un autre garçon, inconscient celui-là, gisait sur le carrelage. Le troisième patient se dirigeait vers eux en titubant, ses clés de voiture à la main. La berline avait terminé sa course dans la porte du sas, dont une vitre avait explosé sous le choc. Et, assise sur le siège avant, une jeune fille sanglotait, l'air perdu.

Bella voulut courir vers le conducteur – qui bavait et claquait des dents – mais Seb la retint par le bras.

— Peux-tu aller voir la fille, s'il te plaît ? Demande-lui si elle sait ce qu'ils ont absorbé. Je vais appeler la sécurité, au cas où ils ne seraient pas déjà en route.

Elle fronça les sourcils.

— Je peux me débrouiller, Seb. Tu n'as pas besoin d'intervenir.

— Bien sûr que tu peux te débrouiller. Mais on ne sait pas ce qui l'a mis dans cet état. S'il devient agressif...

Sourcils froncés, Bella fit demi-tour et se dirigea vers la voiture. Au même moment, deux agents accoururent et, avec l'aide de Seb, ils maîtrisèrent l'individu et le sanglèrent sur un brancard par précaution.

À l'examen, il s'avéra que ses pupilles se réduisaient à deux têtes d'épingle. Les collègues qui avaient examiné les autres garçons reportèrent hélas le même symptôme.

Bientôt, Bella reparut. Elle semblait catastrophée.

— Ils se sont injecté de l'héroïne, expliqua-t-elle. La fille n'a rien pris, mais d'après ses informations la drogue était mélangée à une autre substance. Tous les consommateurs de la soirée ont été plus ou moins malades.

Comme toutes les villes du monde, Buenos Aires était gangrénée par le trafic de drogue. Ce fléau affectait aussi l'entourage des toxicomanes, comme la passagère de la voiture, à qui deux policiers étaient en train de passer les menottes. Était-elle la petite amie, la sœur ou une simple connaissance d'un des jeunes ? Pourvu que cet épisode dramatique lui fasse peur et qu'à l'avenir elle change de fréquentations !

Seb courut chercher une fiole et des seringues dans le placard à pharmacie.

— Donnons-leur de la naloxone, suggéra-t-il. On verra si ça marche.

Cette molécule permettait de renverser les effets d'une intoxication aux opioïdes comme le fentanyl, que les toxicomanes utilisaient seul ou couplé à d'autres substances. Face à ce scénario, il fallait en première intention administrer cet antidote, aussi se dépêchèrent-ils de traiter le patient qui convulsait.

L'effet fut immédiat : les spasmes s'arrêtèrent au bout de quelques secondes. Voyant cela, ils injectèrent la naloxone aux autres garçons avec le même résultat positif.

Du coin de l'œil, il vit Bella s'entretenir avec les quatre policiers venus en renfort. Comme toujours en pareil cas, les jeunes hommes risquaient de lourdes conséquences judiciaires. Mais au moins ils avaient la chance d'être en vie. Ils auraient aussi bien pu arrêter de respirer dans la voiture ou provoquer un accident mortel...

Après le transfert des toxicomanes en salle de repos, les soignants échangèrent des regards soulagés. Une dépanneuse venait d'arriver pour dégager la voiture accidentée. Les agents de service prenaient des mesures pour remplacer la vitre cassée. Tout rentrait dans l'ordre... ou presque. Car, en pivotant vers Bella, Seb comprit qu'il était dans le pétrin.

Elle le dévisageait, sourcils froncés, bras croisés sur la poitrine.

— Je sais que ça partait d'un bon sentiment, mais tu dois comprendre une chose. Je ne ferai jamais rien de dangereux, déclara-t-elle d'un ton sec. Je n'allais pas plaquer ce type au sol.

— Je le sais bien, mais dans ton état…

— De quel état parlons-nous, au juste ?

Il la dévisagea, stupéfait. Elle devait bien comprendre pourquoi il s'inquiétait. Il n'y avait pas de quoi se fâcher !

— Penses-tu que Liz aimerait te voir courir au-devant d'un toxicomane à moitié ingérable, sans savoir ce qu'il avait absorbé ? Un type grand et costaud, par-dessus le marché ?

— Je te répète que je n'avais pas l'intention de le maîtriser physiquement. Cela tombe sous le sens, voyons. En revanche, tu dois me laisser faire mon travail. On est formé pour ça aux urgences. On apprend à intervenir à bon escient et à reculer si nécessaire. Enfin, Seb ! On a formé des dizaines d'étudiants à la gestion des cas critiques, toi et moi.

Elle avait raison, bien sûr. Mais s'il avait manqué de professionnalisme, c'était pour la bonne cause.

— Je sais tout ça. Je me suis fait du souci pour… les bébés.

— Laisse-moi m'inquiéter pour eux. Après tout, c'est moi qui les porte.

Poursuivre cette discussion ne donnerait rien de positif, au contraire. Le stress était mauvais pour Bella. Liz l'avait souligné à juste titre.

— Je suis désolé, dit-il d'un ton calme. J'ai passé les bornes et je ne recommencerai pas.

— Je suis contente de le savoir ! Et maintenant que nous avons clarifié les choses, je vais voir où en sont *tous* nos patients. La police attend mon feu vert pour les emmener au poste. Je pensais les garder une ou deux heures en observation tout de même.

— Bien sûr, c'est logique, approuva-t-il.

Il ne put être sûr que Bella avait entendu sa réponse : elle avait déjà tourné les talons.

« Tout ce qui compte, ce sont nos bébés. »

Les mots de Seb et, plus encore, sa réaction face aux toxicomanes avaient confirmé les craintes de Bella. Leur mariage était mort. Ils n'étaient plus liés que par les enfants qu'ils avaient conçus.

« Conçus » n'était d'ailleurs pas le terme exact puisque hélas ces petits êtres n'étaient pas le fruit d'une nuit d'amour. Ils avaient pris corps dans des éprouvettes au sein d'un laboratoire. Ils portaient le patrimoine génétique de leurs parents, mais pour leur père l'histoire s'arrêterait là.

Ne sois pas injuste. Seb a dit clairement qu'il prendrait part à leur éducation.

Un peu plus tôt, dans le hall, son inquiétude face aux jeunes drogués avait paru sincère. Elle ne pouvait donc pas lui reprocher un manque d'intérêt à son égard. Après la naissance des triplés, elle pourrait d'ailleurs compter sur lui en cas de besoin. Cette présence intermittente serait à la fois un bonheur et un chagrin puisqu'ils ne fonderaient pas la famille idéale dont elle avait rêvé.

Toute sa vie, elle s'était demandé si sa mère avait aimé son père biologique, sans oser lui poser la question. Avait-elle souffert qu'il refuse de vivre avec elle ? En tout cas, elle s'en était remise. Elle avait rencontré un autre homme. Elle était heureuse.

Bella, pour sa part, doutait de pouvoir s'épanouir auprès d'un autre compagnon. Elle ne voulait même pas l'envisager. Mais, tout comme sa mère, elle se relèverait. Elle essaierait d'avancer. Elle le devait à ses enfants.

Au fond d'elle-même, elle savait bien qu'elle était toujours amoureuse de Seb. Néanmoins, leur situation avait changé et les sentiments ne suffisaient plus. Si leur mariage devenait une simple cohabitation à cause des enfants, elle finirait par lui en vouloir. De son côté, il lui reprocherait sans doute d'espérer davantage. Mieux valait arrêter les frais avant la naissance des petits pour repartir sur d'autres bases.

Comme toujours, elle se focalisa sur le travail pour oublier le reste. Il y avait maintes choses à régler après une intervention aussi spectaculaire, et elle s'y attela jusqu'en fin de matinée. Puis elle prit dix secondes pour informer Seb qu'elle avait « des choses à faire » et quitta le service.

Surtout, rester digne en toutes circonstances. Elle ne supporterait jamais de s'humilier devant lui. Et pour cette raison elle garderait ses sentiments au creux d'elle-même, nichés près de ses enfants.

Tout bien réfléchi, elle devrait juste se montrer patiente. La situation évoluerait après la naissance des triplés, moment où il faudrait régler de nombreux détails pratiques. Seb et elle devraient vendre l'appartement, en trouver deux autres, organiser la garde alternée. Leurs états d'âme deviendraient secondaires, relégués loin derrière les besoins de leurs enfants.

Un couple « normal » aurait négocié avec bonheur le virage de la famille. Les choses se passeraient autrement chez eux, et avoir des regrets n'y changerait rien. Ainsi allait la vie. Elle devait l'accepter.

Elle n'avait pas le choix.

4

Le vendredi suivant, Seb se prépara pour le rendez-vous chez l'obstétricienne avec résignation.

Toute la semaine, Bella et lui avaient observé une trêve. Comme selon un accord tacite, chacun avait décidé d'en dire le moins possible pour éviter des joutes verbales stériles. Ils s'étaient peu vus et la communication s'était résumée au strict minimum.

Fidèle à sa promesse, Seb avait passé une soirée au pub avec Gabriel. Il lui avait expliqué que Bella était enceinte et lui avait fait part de ses craintes pour son mariage. Son ami avait paru surpris pour les bébés, beaucoup moins étonné pour le reste, une réaction qui avait confirmé les angoisses de Seb. Tout le monde à l'hôpital devait croire la même chose. La rumeur les donnait sans doute déjà séparés, Bella et lui…

Il s'apprêtait à la rejoindre quand un collègue l'arrêta au milieu du couloir.

— Félicitations, Seb ! J'ai appris la super nouvelle. C'est génial qu'Isabella et toi soyez réconciliés. Votre histoire va mettre du baume au cœur à tous les couples qui se disputent.

— Hmm, je… Merci, Marco.

Ainsi, il avait vu juste. Leurs problèmes n'étaient pas passés inaperçus. Cela étant, leur vie privée ne regardait personne !

Avisant Bella qui sortait de leur bureau, il prit congé de Marco sans plus de manières. Puis il se dirigea vers elle au pas de charge.

— Es-tu prêt ? demanda-t-elle en le voyant.

— Oui. Je t'emmène ?

Il s'attendait à ce qu'elle proteste, mais elle se contenta de remonter la bride de son sac sur son épaule.

— Ça marche. Tu sais où on va ?

— J'ai entré l'adresse dans mon GPS. Il y a un bon quart d'heure de route.

— D'après Liz, cette clinique fonctionne en partenariat avec notre hôpital. Donc, je pourrai quand même accoucher ici.

— C'est une bonne nouvelle, répondit-il en souriant.

Ils se dirigèrent vers le parking, d'où il eut un peu de mal à extraire son gros 4x4.

— Pourquoi n'achètes-tu pas une petite voiture comme moi ? s'enquit Bella. Ce serait plus pratique.

— Peut-être, mais on ne pourra jamais installer trois sièges auto dans la tienne.

— Tu as raison, admit-elle en soupirant. Je commence juste à mesurer les répercussions qu'aura la naissance des bébés.

Un déménagement allait s'imposer. Elle ne l'avait pas dit, mais il le savait.

— Parfois, le changement fait du bien, observa-t-il.

Elle haussa les épaules.

— Sans doute. Même si les choses n'évoluent pas comme prévu, il faut s'adapter.

Seb opina, puis se concentra sur la route. Il y avait des embouteillages toute la journée à Buenos Aires, capitale très touristique. À une autre époque, il aurait peut-être osé un slalom, mais il n'en était pas question cette fois. Il avait charge d'âmes. Il devait adopter la conduite d'un bon père de famille !

— Le téléphone indique la prochaine à gauche, dit Bella.

— Merci.

Focalisé sur la circulation, il avait oublié de jeter un coup d'œil sur le GPS. Il actionna son clignotant et bifurqua au dernier moment vers la bonne file, s'attirant quelques coups de klaxon au passage.

— Veux-tu que je te lise les indications ? proposa Bella.

Elle le faisait toujours autrefois lorsqu'ils allaient quelque part. Ils formaient une bonne équipe en ce temps-là. Ils étaient heureux…

— Ce serait super, merci, répondit-il.

Avec un peu d'avance, ils atteignirent leur but sans difficulté. La clinique, un joli bâtiment blanc, se dressait sur une colline verdoyante à l'écart de la circulation et, après s'être garé, Seb lança un regard admiratif autour de lui. Les propriétaires n'avaient pas lésiné sur les extérieurs !

Les pelouses impeccables, sillonnées par un dallage du plus bel effet, s'étiraient jusqu'à la porte d'entrée. Sur le côté, une pergola meublée de fauteuils offrait une protection bienvenue contre la chaleur. Des bougainvillées écarlates grimpaient le long de la façade, accueillant le visiteur de leurs touches colorées.

Dès qu'ils furent entrés dans le hall, Bella et lui s'orientèrent vers la réception. Un couple s'entretenait avec la secrétaire, et la jeune femme, qui devait approcher du terme, plaisantait car elle n'arrivait plus à voir ses pieds.

Entendant cela, Bella jeta un coup d'œil sur ses chaussures. Seb la considéra, attendri. Elle était resplendissante et, à ses yeux, elle resterait toujours magnifique. La taille de son ventre n'y changerait rien. D'ailleurs, il la trouvait de plus en plus belle…

Au moment de régler les formalités administratives, son cœur se serra lorsque Bella le présenta comme son époux. Il l'était encore techniquement, mais bientôt il faudrait ajouter « ex » devant le mot mari. Leur histoire se conjuguerait au passé. Leurs enfants deviendraient leur seul point commun.

Il se chapitra. Pour l'instant, ils n'en étaient pas là. Il devait profiter de chaque jour avec elle.

— Asseyez-vous, je vous en prie, leur dit la secrétaire. Le médecin va vous appeler.

Ils s'étaient à peine installés qu'une porte s'ouvrit sur leur gauche.

— Madame Lopez !

Bella se leva comme un ressort.

— Déjà…, chuchota-t-elle. J'espère que Liz n'a pas demandé un traitement de faveur pour moi.

Seb secoua la tête en souriant. Elle détestait les passe-droits et les gens qui, à l'hôpital, cherchaient à en obtenir. Mais son cas était exceptionnel. Les médecins de cette clinique ne devaient pas accueillir tous les jours des futures mères de triplés !

Une infirmière très prévenante les guida vers une salle d'examen. Elle contrôla d'abord le poids et la tension de Bella, puis elle la pria de s'allonger et mesura son tour de taille.

— Tout est parfait pour moi, déclara-t-elle. Le Dr Lucas va vous rejoindre.

Cinq minutes plus tard, on frappa à la porte. Une dame d'âge mûr s'avança dans la pièce, un grand sourire aux lèvres. Sa longue chevelure grise ondulait sur ses épaules, et Seb lui trouva l'air à la fois chaleureux et rassurant.

— Bonjour, madame et monsieur Lopez. Je suis le Dr Jessica Lucas.

Elle approcha un tabouret de la table et s'y installa.

— Donc, vous attendez des triplés après une FIV. Racontez-moi pourquoi on vous a implanté trois embryons.

— Comme j'avais déjà fait plusieurs fausses couches, le Dr Everly a voulu qu'on se donne un maximum de chances, expliqua Bella. Elle a changé mon traitement hormonal et a opté pour une triple implantation. Elle espérait qu'au moins un bébé s'accrocherait. Finalement, ils sont tous là.

— Et vous n'avez pas souhaité réduire leur nombre ?

Seb se crispa malgré lui. Il s'était posé la même question…

— Non, répondit Bella d'un ton ferme. Vu mon âge, c'est sans doute ma seule chance d'avoir des enfants. J'espère bien qu'ils atteindront tous le terme.

— Je comprends, répondit le Dr Lucas d'un ton doux. Votre choix nous complique un peu la tâche, mais rassurez-vous, j'ai déjà mis au monde plusieurs familles de triplés. Par ailleurs, je fais confiance à Liz. C'est la meilleure dans son domaine. Je suis sûre que vos bébés ont été bien implantés.

Se penchant, elle tapota la main de Bella.

— Avez-vous déjà choisi des prénoms ?

— Je… Non. Je me suis dit… que cela nous porterait malchance, murmura Bella. J'ai tellement peur…

— Hé, là ! Laissez-moi m'inquiéter à votre place, d'accord ? Je vous dirai s'il y a un souci, c'est promis. Mais il n'y a aucune raison de paniquer pour l'instant.

— D'accord… Merci, docteur Lucas.

— Appelez-moi Jessica, je vous en prie.

La spécialiste se leva, puis repoussa sa chevelure en arrière, et Seb la regarda, amusé. Elle n'avait pas vraiment le physique de l'emploi. On l'aurait plutôt imaginée faire du théâtre dans une salle branchée de Buenos Aires !

— C'est parti pour le show, dit-elle comme si elle avait deviné ses pensées. Liz m'a envoyé les clichés de votre échographie, mais puisqu'un des petits se cachait, j'aimerais en refaire une. Allongez-vous, Bella, s'il vous plaît. Levez votre chemise et descendez l'élastique de votre jupe… Voilà, c'est parfait.

Seb s'agita un peu sur son tabouret, mal à l'aise. Il aurait voulu poser la main sur le ventre de Bella, mais il doutait qu'elle apprécie ce geste. Comme elle avait changé en dix jours ! Son abdomen s'était arrondi, sa poitrine avait pris du volume. Les autres grossesses n'avaient pas duré assez longtemps pour que toutes ces transformations physiques aient lieu, mais cette fois on y était.

Qu'adviendrait-il si les choses tournaient mal ? Quel drame ce serait de perdre des bébés qui avaient déjà dix-sept semaines et quelques jours de vie…

Il inspira à fond pour dompter sa peur.

— … et cette sale machine me joue encore des tours. Allez, réveille-toi, écran de malheur ! Ah, ça y est !

Entendre Jessica pester contre son matériel eut le mérite de détendre Bella : elle éclata de rire. Seb lui pressa le bras en levant les sourcils, manière de lui signifier qu'ils étaient sur la même longueur d'onde. Et pourtant, il ne devait pas se leurrer. Cette éclaircie serait brève. Ils ne retrouveraient jamais leur complicité perdue.

Plus les jours passaient, plus il culpabilisait d'être parti pour l'Afrique. Sa place aurait dû être à la maison, auprès de Bella qui avait besoin de lui…

Il revint au moment présent lorsqu'il entendit le bruit d'un chariot qu'on déplaçait. Il se leva prestement pour céder la place à Jessica.

— Prenez mon tabouret, là-bas, suggéra la spécialiste. Comme cela, vous pourrez voir l'écran. Et il faudra absolument me dire quand vous aurez trouvé des prénoms. Pour aujourd'hui, j'appellerai les bébés A, B, et C, mais on peut faire mieux.

Suivant les recommandations de Jessica, il passa de l'autre côté de la table. Quand Bella tendit la main, il s'en empara, alors que la gynécologue commençait ses observations.

— Hum, hum…, marmonna celle-ci.

— Y a-t-il un problème ? demanda Bella d'un ton alarmé.

— Non, pas du tout. J'essaie de faire bouger le numéro trois, mais il ou elle n'a pas envie de coopérer. Je vois ses petites fesses là, regardez… Mais sa tête et son torse sont bien cachés derrière l'autre bébé. Enfin, ce n'est pas grave. On a le temps.

Seb allait demander « le temps de quoi ? » lorsqu'un battement – ou plutôt trois battements – caractéristiques le firent scruter l'écran. Cette fois, il repéra les silhouettes des petits sans aide car il savait à quoi s'attendre. Et bientôt Jessica traça un A, un B puis un C sur le moniteur à l'aide de son stylet.

— Pouvez-vous voir leur sexe ? demanda Bella.

— J'ai ma petite idée, mais j'aurai une réponse plus précise à vous donner la semaine prochaine ou la suivante. J'aimerais vous revoir dans huit à dix jours pour un nouvel examen. D'ici là, j'espère que bébé numéro 3, alias lettre B, aura la bonne idée de bouger. Il ou elle ne montre que son dos, ce qui complique la vision !

Ainsi, Bella voulait connaître le sexe de leurs enfants ? Ils n'avaient jamais abordé ce sujet, mais Seb pour sa part n'avait pas de préférence. L'important était qu'ils aient des bébés en bonne santé. Le seul détail dérangeant pour lui était les lettres A, B et C. Alors oui, peut-être devraient-ils chercher des prénoms, de garçons comme de filles. À moins que Bella refuse de l'inclure dans cette réflexion à laquelle tous les couples « normaux » se livraient ?

Il espérait de tout cœur qu'elle le laisserait participer. Il n'avait pas menti en disant qu'il souhaitait s'impliquer de toutes les manières possibles. S'ils géraient bien la chose, ils s'accorderaient sans doute sur des prénoms. Ils dirigeaient leur service à l'hôpital en bonne intelligence. Ils n'auraient qu'à appliquer la même méthode, faite de dialogue et de compromis…

Comme Liz Everly la fois précédente, Jessica imprima plusieurs clichés de l'échographie.

— Question dates, je préfère ne rien dire, expliqua-t-elle. De toute façon, il s'agira d'un accouchement programmé avant terme. La difficulté consistera à laisser ces bébés le plus possible au chaud, sans mettre votre santé ou la leur en danger. Étant médecins tous les deux, vous savez de quoi je parle.

— Absolument, confirma Bella. Vous préconisez une césarienne, je suppose ?

— Oui, c'est plus prudent. Vous avez fait de nombreuses fausses couches, et à ce facteur s'ajoutent les risques liés à l'âge.

La spécialiste donna un petit coup de coude à Bella, lui fit un clin d'œil, puis reprit :

— Entendons-nous bien, je ne dis pas que vous êtes vieille. Vous êtes jeune, radieuse, pleine de vie. Mais en termes de maternité, vous courez un risque. Ma priorité est que vous restiez en forme et que vous ne preniez pas trop de poids durant ce trimestre.

— Je vais faire au mieux, promit Bella d'un ton grave. Avec Seb, on pensait aller marcher au Bosques de Palermo régulièrement.

— Tout à fait, confirma-t-il.

Bella avait parlé de lui, preuve qu'elle ne l'excluait pas de sa grossesse. Mais quelle marge de manœuvre aurait-il ? Pourrait-il donner son avis quand il la trouverait trop fatiguée ? Accepterait-elle de l'écouter ? Elle n'avait pas apprécié qu'il l'empêche de soigner le patient toxicomane...

— Vous formez une équipe, répondit Jessica en souriant. C'est à vous de réfléchir à votre équilibre. Et si vous avez la moindre question, individuelle ou à deux, n'hésitez pas à m'appeler.

Son regard pétillant passa de l'un à l'autre.

— Ne vous inquiétez pas, les rapports intimes sont autorisés, en tout cas pour l'instant. Lorsque vous approcherez du terme, je vous reparlerai des choses à éviter, comme la stimulation mammaire.

Seb, qui croyait avoir tout entendu dans sa carrière, écarquilla les yeux. Il n'avait pas imaginé que la gynécologue se montrerait si directe ! Mais comment Jessica aurait-elle pu deviner que Bella et lui ne formaient plus un couple ? Dormir dans des chambres séparées ne favorisait pas les « rapports intimes ».

Les derniers mois de leur mariage, les relations sexuelles avaient déjà perdu tout leur sens. Le plaisir physique sans connexion émotionnelle ne les avait jamais intéressés. Aussi, quand leur complicité avait volé en éclats, s'étaient-ils peu à peu éloignés l'un de l'autre.

Bouleversé, il lâcha la main de Bella et se mit debout. Vus de l'extérieur, ils devaient ressembler à de futurs parents amoureux. Mais ils n'allaient pas étaler leur vie privée devant l'obstétricienne qui avait l'air plutôt perspicace !

Si Jessica estimait que Bella courait un « danger » émotionnel, elle réévaluerait les facteurs de risque. Seb, en tant que futur père, se sentait responsable. Il devrait prendre les bonnes décisions au bon moment. S'il fallait déménager pour ménager la tranquillité d'esprit de Bella, il le ferait.

— Avez-vous des questions sur ce point ou sur d'autres choses ? demanda Jessica.

— Non, tout est clair, assura Bella.

Elle avait répondu rapidement, et pour cause : ce *n'était pas* un sujet.

— Très bien. Surtout, laissez un message à ma secrétaire si quelque chose vous tracasse. J'essaie toujours de rappeler mes patientes en fin de journée lorsqu'elles ont un souci. Et en cas d'urgence, bien sûr, venez tout de suite.

Jessica tendit les clichés à Bella, puis descendit de son tabouret.

— J'ai été ravie de faire votre connaissance. Comme je vous l'ai expliqué, j'aimerais que vous reveniez assez vite pour qu'on puisse voir le troisième bébé. Avez-vous des disponibilités la semaine prochaine ou la suivante ?

— Les deux, en ce qui me concerne, déclara Seb sans hésiter. Et toi, Bella ?

— La même chose, répliqua-t-elle. On vous rappelle en arrivant à l'hôpital, le temps de caler ça avec le service, d'accord ?

— Ce serait parfait.

Seb croisa le regard hésitant de Bella.

— J'aimerais beaucoup... connaître le sexe des enfants, dit-elle.

— Bien sûr, approuva-t-il comme s'ils en avaient déjà discuté. Nous chercherons des prénoms, mais je ne vous garantis pas qu'on aura trouvé d'ici la prochaine fois, ajouta-t-il à l'intention de Jessica.

— Surtout, ne vous dépêchez pas pour moi. Il n'y a aucune urgence et il ne faut surtout pas stresser pour un sujet comme celui-là. Le choix des prénoms est censé être drôle, agréable et sympa. Faites ça de manière détendue. Amusez-vous.

Sur cette conclusion, la gynécologue les raccompagna dans le couloir et Seb exhala un soupir. Sous ses dehors décontractés, cette médecin était une fine psychologue. Elle les avait bien cernés, Bella et lui. Elle avait dû sentir que la situation n'était pas aussi « lisse » qu'il n'y paraissait.

Il se promit d'aider Bella en allégeant sa charge mentale. C'était la moindre des choses.

— As-tu le temps d'aller boire un café ? demanda-t-il.

Elle lui sourit.

— Tu sais bien que je n'en bois plus. En revanche, j'ai très faim. J'ai sauté la pause déjeuner. J'aimerais aller grignoter quelque chose.

— Évidemment ! Tu aurais dû le dire, on t'aurait pris un sandwich... Enfin, on va rattraper ça. J'ai une idée.

Seb avait choisi la trattoria où ils allaient régulièrement dîner autrefois.

Ce restaurant familial proposait des plats délicieux et, cerise sur le gâteau, le service y était rapide. À une époque, ils en avaient quasiment fait leur cantine.

— *Signora* et *signor* Lopez ! Quel plaisir de vous revoir ! Vous nous avez manqué.

Matteo, un des serveurs, les retrouvait avec un plaisir manifeste. Bella opina en souriant.

— Eh oui, le temps passe vite.

Depuis un an, Seb et elle avaient espacé leurs soirées, sorties et autres loisirs, jusqu'à les supprimer de leur agenda. Aujourd'hui, elle se félicitait qu'il ait choisi cet endroit familier où ils avaient partagé tant de bons moments.

Dans un geste de réflexe, elle glissa la main sur son abdomen. Elle s'aperçut alors que Matteo la dévisageait avec une curiosité non dissimulée.

— Eh oui, la famille va s'agrandir, déclara-t-elle.

Le jeune homme gratifia Seb d'une grande tape dans le dos.

— *Congratulazioni* ! Venez, je vous en prie. Je vais vous installer dans l'alcôve, là-bas. C'est très *romantica*.

— Oh ! mais...

Le serveur s'était déjà détourné. Bella croisa le regard malicieux de Seb et lui donna un coup de coude.

— Il n'y a rien de drôle.

Mais, au fond, il valait peut-être mieux qu'ils s'asseyent à l'écart des autres convives. S'ils se chamaillaient, personne n'entendrait leur conversation !

— Je rêve d'un bon verre de vin, dit-elle en soupirant lorsqu'ils furent installés. J'ai toujours bien aimé leur chianti.

— Je m'en souviens, répondit Seb d'un ton taquin. Deux verres suffisaient à te rendre pompette.

Elle s'esclaffa.

— Tu as raison. Mais j'étais encore assez lucide pour faire certaines choses.

— C'est vrai.

Le visage de Seb était grave, comme s'il regrettait lui aussi l'époque où ils profitaient de la vie sans arrière-pensée. Ils faisaient l'amour en rentrant chez eux, puis Bella s'écroulait de sommeil. Et le matin venu il la taquinait parce qu'elle ronflait toujours un peu après avoir « bu un petit coup ».

Matteo vint prendre leur commande, non sans avoir promis de les servir rapidement. Ils le remercièrent avec chaleur.

— J'avais presque oublié à quel point ce restaurant est sympa, dit-elle.

— Moi aussi, répliqua Seb en soupirant.

Puis, après un court silence, il enchaîna :

— Alors, ces prénoms… As-tu des préférences ?

— Non, je n'y ai pas réfléchi. Mais en effet, on devrait s'y mettre. Tu as des idées, toi ?

— Aucune.

— On en est au même point, c'est une bonne chose. Il me semble avoir un livre de prénoms quelque part.

Elle savait même où elle l'avait rangé. Elle avait fini par le reléguer au fond de la bibliothèque pour ne plus le voir…

— Comment s'appelle l'autre serveur ? Celui qui s'occupe du fond de la salle ? demanda-t-elle.

— Paolo, je crois. Il te faisait tout le temps les yeux doux.

— N'importe quoi.

Seb se pencha en avant, une lueur incendiaire au fond des yeux.

— Mais si, je t'assure. Remarque, il a bon goût…

— Non mais, sérieusement. Je me rappelle juste qu'il était très gentil.

— Matteo est gentil. Paolo aussi bien sûr, mais d'une manière différente. En tout cas, je suis content que tu n'aies rien remarqué.

À ces mots, un petit frisson la parcourut.

— Pourquoi ?

Il lui effleura les doigts par-dessus la nappe.

— Parce que j'aurais été obligé d'intervenir.

— Comme si je n'étais pas capable de me débrouiller toute seule ! protesta-t-elle pour la forme.

En réalité, elle ne s'était pas sentie aussi heureuse depuis longtemps. Des petites bulles s'étaient mises à flotter au creux de son estomac. Quand, pour la dernière fois, avait-elle éprouvé ce bonheur simple et évident ?

— Tu en es tout à fait capable, déclara Seb. Moi… j'étais juste un peu jaloux. Mais je me disais que le soir, c'était en ma compagnie que tu rentrais à la maison.

Bouleversée, elle le fixa. Elle n'aurait jamais cru qu'il puisse penser ce genre de chose. Cette confidence était à la fois émouvante et intime.

— Je n'ai jamais voulu rentrer avec quelqu'un d'autre, chuchota-t-elle.

— Ça me fait plaisir, Bella.

Se penchant, il lui caressa la joue. Elle frissonna de nouveau, et quand il fixa ses lèvres, elle eut l'impression que le temps suspendait son cours.

S'il essayait de l'embrasser, elle ne le repousserait pas.

Lorsqu'il décala sa chaise pour mieux lui capturer la nuque, elle inclina la tête vers lui. La lumière tamisée de l'alcôve faisait ressortir les contours de son visage parfait. Ses yeux noirs reflétaient une douceur incroyable et elle songea qu'elle était chanceuse de l'avoir dans sa vie. Il l'avait aimée, autrefois. Elle pouvait bien s'octroyer une minute de tendresse en souvenir de ce qu'ils avaient partagé…

Elle ferma les paupières et s'abandonna au contact de ses lèvres tièdes. Mais soudain un énorme fracas les fit sursauter, au point qu'ils faillirent se cogner l'un contre l'autre. Une bordée de jurons s'ensuivit et des éclats de voix leur parvinrent depuis la salle voisine.

En se recalant sur sa chaise, Bella vit qu'un serveur avait laissé tomber une pile d'assiettes, causant un incroyable tumulte. Seb, lui, n'avait pas bougé. Il la dévisageait avec une intensité troublante.

L'arrivée de Matteo apportant les boissons mit fin à ce moment. Toujours perturbée, elle prit son verre d'eau pétillante et en but la moitié d'une traite.

Ainsi, Seb éprouvait toujours quelque chose pour elle. C'était le scénario dont elle avait rêvé, et pourtant une petite voix intérieure l'empêchait de se réjouir. Il aurait été facile de s'emballer, là, dans cette trattoria si *romantica*. Néanmoins, elle ne devait pas oublier la dure réalité du monde extérieur.

Elle avait appris à ses dépens que l'amour n'était pas éternel. Mieux valait qu'elle reste prudente pour éviter d'avoir le cœur brisé. Le destin changeait parfois son cours en quelques semaines et un conte de fées pouvait devenir un mauvais mélodrame.

Même si elle avait envie de s'abandonner dans les bras de Seb, elle s'abstiendrait. Si les choses tournaient mal, le prix à payer serait trop cher pour son bien-être, et par ricochet, pour celui de ses enfants.

5

Le grincement du parquet fit sursauter Bella.

Carnet et crayon en main, elle était sortie sur la terrasse pour respirer l'air matinal. Elle en profitait peu ces temps-ci et le regrettait. Elle avait toujours aimé les levers de soleil sur Buenos Aires, leur côté frais et apaisant, mais les choses avaient changé depuis le retour de Seb.

Même si leur relation s'était améliorée, elle continuait à l'éviter et partait à l'aube. Depuis l'épisode de la trattoria, c'était pire encore : elle ne savait plus quoi faire !

Jetant un coup d'œil sur le côté, elle vit sa haute silhouette se découper dans l'encadrement de la porte-fenêtre.

— Tout va bien ? demanda-t-il.

Elle opina.

— Oui. J'ai décidé de suivre les conseils de Jessica, expliqua-t-elle, montrant la couverture du livre posé sur la table basse.

— Ah oui, tu regardes le guide des prénoms. J'ignorais qu'on en avait un.

Elle baissa les yeux sur ses notes. Devait-elle lui dire qu'elle avait acheté ce recueil dès le début, quand ils avaient parlé d'avoir un enfant ? Sans doute pas. Cet aveu ne ferait que souligner leurs différences.

— Je l'ai… depuis un petit moment, murmura-t-elle.

Seb ne fit aucun commentaire, mais prit place sur un siège en rotin.

— As-tu trouvé des idées ?

— Oui. J'allais te demander ton avis ce soir, mais autant commencer tout de suite. Rapproche-toi, si tu veux.

Il amena sa chaise près du canapé d'extérieur où elle s'était installée. Ce sofa était assez grand pour deux et, en d'autres temps, il se serait assis à côté d'elle. Mais depuis qu'ils s'étaient embrassés au restaurant, il semblait lui aussi vouloir garder ses distances.

Elle posa son calepin sur ses genoux et l'orienta afin que Seb puisse lire correctement. Elle avait tracé deux colonnes, une pour les filles et l'autre pour les garçons, en faisant précéder d'étoiles ses prénoms favoris.

— Veux-tu regarder dans le livre ? proposa-t-elle.

Son sourire en coin lui fit mal. Sa tendresse et son air malicieux l'avaient toujours fait fondre. Elle s'était souvent répété qu'elle était la femme la plus chanceuse du monde de l'avoir épousé.

— Apparemment, tu as déjà recopié la moitié du livre, répliqua-t-il.

— N'exagérerais-tu pas un peu ?

— Juste un chouïa...

Elle ne put s'empêcher de rire. Qu'ils soient assis là tous les deux, en train de plaisanter, lui rappelait le bon vieux temps. Une période où elle ne se souciait pas d'apparaître décoiffée le matin devant lui. Une époque où ils s'entendaient à merveille sur tout, y compris des détails insignifiants. Certaines personnes n'y auraient pas attaché d'importance, elle si. Cette connivence absolue lui avait rappelé chaque jour qu'ils étaient faits l'un pour l'autre.

Quant à leur complicité au lit... Que dire ? Ils s'étaient aimés avec frénésie, passion ou tendresse, aucune nuit ne ressemblant à une autre. « Magie » avait été le maître mot de leurs ébats, jusqu'à ce que leur relation prenne une tournure plus mécanique, au fur et à mesure qu'échouaient leurs tentatives pour concevoir un enfant. L'alchimie avait disparu. Ils avaient perdu tout ce qui faisait d'eux un couple exceptionnel.

Maintenant que leur rêve prenait corps, elle devait bien admettre que sa joie se teintait d'amertume. Jamais elle n'aurait cru que leur relation tournerait si mal. Cette évolution négative la rendait incroyablement triste, mais elle n'y pouvait rien.

Voyant Seb pointer la liste du doigt, elle s'obligea à revenir au présent.

— Tu as mis Luis, le prénom de mon père, dit-il.

— Oui. Je l'ai choisi exprès.

Pendant un moment, il fixa l'horizon à travers la grille en fer forgé de la terrasse. Son silence éloquent montrait à quel point il était ému. Cette réaction était compréhensible car, l'année précédente, Luis Lopez avait contracté une leucémie. Il s'en était sorti, mais on ne pouvait pas savoir si cette rémission serait durable.

Les parents de Seb étaient-ils au courant pour les bébés ? Comme il n'en avait rien dit, elle supposait que non.

Elle, en revanche, avait annoncé la nouvelle à sa mère et à son beau-père. Sa maman n'avait pas été ravie d'apprendre le départ de Seb pour l'Afrique, aussi Bella s'était-elle sentie obligée de le défendre. Elle avait dit qu'il n'avait pas pu annuler cette mission prévue de longue date. En somme, elle avait menti pour éviter que ses proches n'aient une trop mauvaise opinion de lui…

— As-tu informé tes parents ? s'enquit-elle.

— Non. Je ne sais pas comment présenter les choses. Ils vont me demander pourquoi j'en parle aussi tard.

Elle réprima un soupir. C'était elle, la responsable. Elle avait tardé à prévenir Seb de peur qu'il ne veuille rester avec elle par obligation. Ce scénario était hélas en train de se matérialiser, confirmant ses craintes.

Il avait eu l'air effaré quand Jessica avait parlé de relations intimes. Bien que surprise, Bella avait trouvé intéressant d'aborder cette question, mais il n'avait pas paru du même avis !

— Si tu les invitais à dîner pour qu'on le leur dise ensemble ?

Il secoua la tête.

— Je ne veux pas que tu te fatigues à préparer un repas, et tu connais mes talents derrière les fourneaux !

— Certes, mais ta mère adore cuisiner. La perspective d'un dîner en famille va lui donner des ailes.

Helena Lopez était une hôtesse-née, et Bella n'avait jamais hésité à mettre ses talents à contribution. D'ailleurs, elle adorait ses beaux-parents. Toutefois, elle n'avait pas osé leur rendre visite seule et ils avaient dû sentir que quelque chose clochait. Bientôt, ils ne feraient plus partie de sa vie. Ils seraient « juste » les grands-parents des triplés...

Seb n'avait jamais prononcé le mot « divorce », elle devait l'admettre. Pourtant, il méritait de retomber amoureux, de connaître à nouveau le bonheur d'une vie de couple harmonieuse. Ce serait un crève-cœur pour elle, mais d'un autre côté elle ne supporterait pas de vivre un mariage de convenance.

Quelle que soit la manière d'aborder le problème, elle avait tout à perdre et rien à gagner.

— Si tu veux, j'appellerai ma mère pour lui demander de nous concocter un petit buffet, dit Seb.

— Super ! Comme cela, nos deux familles seront à égalité. Je l'ai déjà annoncé à mes parents.

Le père biologique de Bella était mort cinq ans plus tôt dans un accident de voiture. Mais elle était très proche de son beau-père, lequel l'avait élevée depuis sa plus tendre enfance. D'ailleurs, il avait été fou de joie en apprenant qu'il allait devenir papy.

Seb pinça les lèvres, signe manifeste de contrariété. Il avait vraiment toutes les raisons d'être en colère. En tant que futur papa, il aurait dû être mis au courant le premier !

Elle allongea le bras et lui captura la main.

— Je te présente mes excuses, Seb. Je suis vraiment, terriblement désolée. Je n'aurais pas dû faire la sourde oreille quand tu essayais de me joindre depuis l'Angola. Sauf que... j'ai eu très peur de ta réaction. Tu voulais tout arrêter. Tu étais sûr que nous ne fonderions jamais de famille.

— Tu n'as aucune idée ce que j'ai pu ressentir en l'apprenant à mon retour.

— C'est vrai, mais j'essaie de me mettre à ta place. J'ai de la peine, et surtout, je regrette de t'avoir infligé cela. J'ai cru à l'époque qu'attendre était la bonne solution. Je me suis trompée. Si tu savais comme je m'en veux...

Il lui pressa la main, puis la relâcha.

— On ne peut pas refaire l'histoire, Bella. C'est du passé, n'en parlons plus. Il faut se concentrer sur la suite. Alors, ces prénoms... Voyons un peu.

— J'ai également choisi celui de mon beau-père, si cela te convient.

— Bien sûr ! Nous aurions donc un Luis et un Sergio. Et si nous avons deux filles et un garçon ?

— Ce n'est pas gênant. On mettra Luis en premier prénom, Sergio en deuxième, ou l'inverse.

Quand Seb opina, un grand sourire aux lèvres, elle s'efforça de ne pas le dévisager. Elle avait toujours aimé le regarder. Elle connaissait si bien les contours de son visage qu'elle aurait pu le dessiner de mémoire. Et la nuit, il hantait ses rêves inavouables. S'il avait su ce qu'ils faisaient ensemble lorsqu'elle se trouvait au pays des songes ! Elle avait parfois du mal à lui dire bonjour le matin sans rougir !

Bien sûr, ces fantasmes devaient être mis sur le compte des hormones. Pendant la grossesse, les bouleversements biologiques du deuxième trimestre occasionnaient souvent un regain d'intérêt pour le sexe. Et si les articles médicaux sur ce point l'avaient toujours amusée, à présent, elle en mesurait la véracité. Elle désirait Seb. Malgré leur situation, elle rêvait qu'ils fassent l'amour toutes les nuits.

En réalité, cette envie n'était peut-être pas si absurde ? S'ils se trouvaient dans un contexte favorable, comme à la trattoria, leurs relations pourraient se réchauffer...

Stop. Arrête tout de suite.

Seb s'était réinstallé chez eux pour des raisons pratiques, parce qu'elle était enceinte. Il ne s'intéressait plus à elle. Et si certaines personnes dissociaient aisément les relations intimes des émotions, ce n'était hélas pas son cas. Jamais elle ne pourrait s'abandonner en sachant qu'il ne l'aimait plus…

Inconscient du dilemme qui l'agitait, Seb était resté concentré sur la liste.

— J'aime bien Lorenzo et Gilberto aussi, déclara-t-il.

— Lorenzo est l'un de mes préférés.

— D'accord, donc… Est-ce qu'on valide Luis, Sergio et Lorenzo ?

— Absolument. Adjugé vendu pour les garçons. Les filles, maintenant…

Elle pointa l'autre colonne de la liste inscrite sur son petit carnet.

— Dans la même idée, j'ai choisi les prénoms de nos mères, Helena et Ruth. Si on n'a qu'une fille, elle pourrait très bien s'appeler Helena Ruth Lopez.

Elle se sentit fière d'avoir dit « Lopez » sans hésitation. Quoi qu'il advienne, elle ne reprendrait pas son nom de jeune fille. Elle ne souhaitait pas non plus le faire porter à ses enfants puisqu'il ne signifiait pas grand-chose pour elle. Son père biologique s'était certes occupé d'elle, mais il n'avait pas aimé ni épousé sa mère. Bella, elle, voulait un patronyme porteur de sens pour ses enfants… et pour elle-même.

Jamais elle ne regretterait de s'appeler Lopez. Elle aimait Seb et l'aimerait probablement toute sa vie. La perspective d'une séparation lui causait un immense chagrin, mais s'il était plus heureux sans elle elle devrait l'accepter.

La scène pénible qui avait précédé son départ pour l'Afrique avait servi de leçon à Bella. Elle avait résolu de ne plus jamais l'implorer, quel que soit le sujet. Sa décision brutale l'avait non seulement attristée, mais humiliée. Il avait voulu la fuir !

Après un mois de solitude, le chagrin s'était mué en colère et, rétrospectivement, elle s'était fait peur car cette rage aurait pu mettre sa grossesse en danger. Puis le processus naturel avait suivi son cours, et à présent elle avait atteint le stade de la résignation. Elle se montrait calme, détachée. Elle avait compris que s'accrocher à Seb ne donnerait rien.

— As-tu d'autres préférences pour les filles ? demanda-t-il, l'arrachant à ses pensées mélancoliques.

Elle se ressaisit pour lui répondre. Elle était tombée enceinte au moment où elle n'y croyait plus. Elle ferait mieux de se réjouir au lieu de s'apitoyer sur son sort. Au lieu de perdre Seb, elle aurait pu *tout* perdre. Elle aurait pu perdre ses enfants !

Penchée sur la liste, elle égrena quelques prénoms féminins. En plus d'Helena et Ruth, ils tombèrent d'accord sur Sara. Ils n'avaient pas mis plus d'une demi-heure à effectuer leur choix, de manière détendue, avec quelques éclats de rire en prime. Qu'aurait-elle pu rêver de mieux ?

— Il n'y a plus qu'à attendre le prochain rendez-vous avec Jessica, dit-elle. J'ai hâte qu'on soit fixés, je l'avoue.

— Moi aussi. J'espère juste que notre petit timide va oser se montrer. Je suis curieux de savoir si cet enfant gardera la même discrétion après la naissance, ajouta Seb, hilare. En tout cas, on aura des choses à raconter à mes parents quand on les verra.

— Je travaille la journée cette semaine, et de nuit la semaine prochaine. L'idéal serait qu'on puisse les voir ce week-end. Dis-moi quand tu sauras.

— Ça marche, je vais les appeler.

Il se leva, lui glissa une main derrière la nuque, puis il l'embrassa légèrement sur le front. Aussitôt, son cœur s'emballa sous le coup d'une émotion violente. C'était peut-être idiot, mais ce geste autrefois habituel lui avait redonné de l'espoir. Elle avait envie de pleurer tant elle était heureuse.

Quand il la lâcha, Seb avait l'air aussi ému qu'elle. Et soudain il recula vers la porte, marmonna un vague « à ce soir », puis il disparut.

Elle resta longtemps immobile, bouleversée, son carnet sur les genoux. Il était peu probable que ce moment de grâce se reproduise. Néanmoins, si Seb se rapprochait à nouveau, elle devrait couper court. Ces marques d'affection, pour merveilleuses qu'elles soient, ne feraient que lui donner des regrets. Elle aurait trop mal au cœur.

À l'avenir, elle partagerait tendresse et câlins avec ses enfants.

Cette forme d'amour différente serait tout aussi belle et plus positive. Elle ne pouvait pas continuer à rêver pour rien. Si elle s'obstinait, elle aurait à nouveau le cœur brisé.

Ce matin-là, Seb avait réalisé trop tard que Bella était assise sur la terrasse.

Quand elle avait tourné la tête, il n'avait pas osé faire demi-tour. Il aurait fallu trouver une explication, or, rien ne lui était venu à l'esprit.

Comme il l'avait trouvée belle dans les premières lueurs de l'aube ! Avec ses joues roses et ses cheveux noirs brillants, une main aplatie sur son ventre rond, elle lui avait offert une vision plus éclatante que n'importe quel chef-d'œuvre de la peinture classique.

Elle était belle, resplendissante… et heureuse. Mais hélas son bonheur n'avait rien à voir avec lui. Elle avait même paru s'assombrir quand il avait fait un pas vers elle. Elle n'éprouvait plus rien pour lui, et aussi difficile que cela soit, il devait accepter cette triste réalité.

Pourvu qu'elle ne fasse pas une fausse couche ! Ils auraient tous les deux le cœur brisé, mais ce serait pire pour elle. Tous ses rêves et ses espoirs se concentraient maintenant sur les bébés qu'elle portait. Elle avait tellement espéré devenir mère !

Fidèle à sa parole, il veillerait sur elle jusqu'au bout. Il la protégerait de son mieux. Il ferait tout pour lui faciliter la vie, à la maison comme au travail.

Ce soir-là, elle semblait en avoir particulièrement besoin.

En arrivant à l'hôpital une heure avant le début de sa garde, il l'avait croisée dans un couloir et lui avait trouvé mauvaise mine. D'habitude, elle appréciait le rythme soutenu des urgences, mais là elle ne semblait pas au mieux de sa forme.

Après avoir posé ses affaires dans leur bureau, il retourna vers l'accueil. Adossée au comptoir, elle parcourait un dossier. Il se dirigea vers elle, mais au moment où il allait lui parler il sentit qu'on lui tapotait l'épaule.

— Hé, vous deux ! Je viens d'apprendre la bonne nouvelle. Félicitations !

Roberto, un des chefs de clinique, était planté devant eux, l'air réjoui. Bella esquissa un sourire que Seb trouva forcé.

— Merci, c'est gentil, répondit-elle.

— Oui, merci beaucoup, renchérit-il.

Il se détourna pour signifier au jeune homme qu'il voulait rester seul avec sa femme. Il ne se montrait jamais aussi impoli d'habitude, mais là il y avait urgence. Roberto ne parut heureusement pas se formaliser : il ajouta quelques phrases aimables, avant de s'éloigner, souriant toujours.

— Tu as eu droit à ce genre de commentaires toute la journée ? demanda-t-il.

— Eh oui… J'ai dit à la surveillante et à une infirmière que j'étais enceinte. Bien sûr, la nouvelle s'est répandue comme une traînée de poudre. Enfin… cela commençait à se voir de toute manière. Je suis serrée dans tous mes vêtements.

— Je suis désolé. Je me demande ce que je peux faire.

Elle haussa les sourcils.

— Pour mes tenues ? Pas grand-chose. Il va falloir que je fasse du shopping.

Il s'esclaffa.

— Je parlais des félicitations en cascade. Je ne vois pas comment y échapper.

— Moi non plus. Les gens doivent croire qu'on s'est remis ensemble. Parce que, malgré notre grande discrétion et nos efforts pour le cacher, tout le monde avait bien compris qu'il y avait un problème.

Elle avait raison, mais cela ne l'enchantait guère d'en parler là, dans le hall des urgences. Il aurait d'ailleurs préféré ne pas en parler *du tout* car il nageait en pleine confusion. Même si leurs relations s'étaient améliorées, il craignait que Bella ne lui demande de partir après la naissance des triplés. Sauf qu'il ne voulait pas la quitter, ni à ce moment-là, ni jamais !

Arrête de broyer du noir. Reste positif.

— Tu sais quoi ? Si je commençais ma garde maintenant ? Tu as l'air fatiguée. Tu pourrais rentrer plus tôt, et par-dessus le marché, tu n'entendrais plus ces commentaires agaçants.

— J'ai si mauvaise mine que ça ? répliqua Bella en souriant. Non, ne dis rien. Pour une fois, je vais te prendre au mot. Je me demande ce qui était le pire, les patients ou les félicitations incessantes... Quelle journée !

— Je vais te relayer à tous les niveaux, répondit-il d'un ton doux. Et rassure-toi, les collègues se calmeront d'ici quelques jours. Ils vont vite trouver des nouvelles plus intéressantes à se mettre sous la dent.

— Puisses-tu dire vrai ! Cela ne t'ennuie pas si je vais me reposer dans le bureau avant de partir ?

Même si ce local leur était réservé à tous les deux, Seb y passait davantage de temps car il gérait beaucoup l'administratif. Bella, elle, préférait arpenter les couloirs et les salles de soins.

— Bien sûr que non. Tu devrais t'allonger un peu, histoire de recharger les batteries.

La vision de Bella étendue sur le confortable canapé du bureau le fit frissonner, mais il se chapitra. Ces images appartenaient à une époque révolue. Il ne devait pas s'attarder sur ces souvenirs, tout comme il s'empêcherait d'embrasser Bella sur le front. Ce geste matinal avait été une erreur car, en la touchant, il s'était rappelé ce qui manquait à sa vie.

La peau sucrée de Bella. Leurs nuits passées dans les bras l'un de l'autre. Ils avaient pris l'habitude de dormir si étroitement serrés qu'ils ne formaient plus qu'un seul être. Mais à en croire l'air gêné de Bella sur la terrasse, ce matin-là, il vaudrait mieux éviter tout contact à l'avenir.

Pourvu qu'il y parvienne ! À force de vouloir se contrôler, il allait forcément commettre des erreurs...

— Vas-y, dit-il d'un ton doux. Je passerai te voir dans un moment.

— Si ta garde est aussi mouvementée que la mienne, tu n'auras pas le temps. De toute façon, je vais mettre une alarme sur mon téléphone. Je dois me changer, et contrairement à toi, je n'apporte toujours pas de vêtements ici.

La plupart des médecins avaient un placard bien fourni, elle non. Elle gardait une blouse et un uniforme propres, mais insistait pour rentrer se changer à l'appartement. Seb dormait souvent sur place après une longue garde. Elle, au contraire, insistait pour cloisonner travail et vie privée. C'était l'un de leurs rares sujets de désaccord et, rétrospectivement, il regrettait de ne pas l'avoir écoutée. En s'attardant aux urgences, il avait perdu beaucoup d'occasions d'être avec elle. Ces opportunités ne reviendraient hélas jamais.

— Tu as raison, murmura-t-il. C'est toi qui es dans le vrai.

— Ah bon ?

Son air incrédule lui fit mal. Le croyait-elle incapable de changer ? Et de toute manière, quelle importance ? Il prenait conscience de ses erreurs trop tard...

Voyant un collègue accourir dans leur direction, l'air réjoui, il leva les yeux au plafond.

— Sauve-toi vite, chuchota-t-il.

Elle ne se le fit pas dire deux fois. Elle tourna les talons en riant et fonça vers le bureau tandis que, resté sur place, il acceptait stoïquement les félicitations dithyrambiques de son confrère.

Pour échapper à de nouvelles tentatives d'approche, il s'absorba dans le travail. Le rythme soutenu des urgences lui permit heureusement de couper court aux bavardages, et à la fin de sa garde, vers 2 heures, il constata que Bella avait quitté le bureau. C'était une bonne chose car elle dormirait mieux dans son lit. Dans *leur* lit...

Depuis son retour, lui-même passait des nuits compliquées. D'abord, parce que le matelas de la chambre d'amis n'était pas très confortable. Ensuite, parce que savoir Bella si proche, et pourtant si loin, le rendait malheureux.

La vision d'un plaid tricoté par sa mère, abandonné sur le sofa, lui arracha un petit sourire. Bella s'en était probablement couverte et, incapable de résister, il s'allongea. Puis il remonta la couverture sur ses épaules et ferma les yeux.

Ne devrait-il pas appeler Bella pour dire qu'il se reposait au bureau ? Allons, elle n'allait pas s'inquiéter. Il avait l'habitude de rester sur place. Et puis, si elle dormait, il risquait de la déranger...

Il inspira à fond, savourant le calme après la tempête. Quel bonheur de pouvoir se relaxer loin du bruit et de l'agitation du service. Il allait s'octroyer un sommeil réparateur et, au réveil, il téléphonerait à ses parents.

Il avait promis de le faire. Il ne pouvait plus reculer.

Le lendemain matin à 8 heures, la mère de Seb décrocha dès la deuxième sonnerie.

— Salut, trésor. C'est rare que tu m'appelles si tôt.

— C'est vrai, mais j'ai beaucoup de travail.

Il n'allait pas lui avouer qu'il avait dormi aux urgences, la raison principale étant qu'il était épuisé par sa vie actuelle. Les félicitations et la gentillesse de ses collègues n'arrangeaient rien, au contraire. Il en avait assez que les gens se méprennent sur sa situation. Et quand la vérité éclaterait il aurait encore plus de mal à supporter leurs commentaires !

— Je voulais te demander quelque chose..., enchaîna-t-il. Auriez-vous un moment pour qu'on se voie, papa et toi ?

— Bien sûr, quelle question ! On a toujours du temps pour vous. Si vous veniez dîner à la maison ? On a trouvé Bella un peu fatiguée la dernière fois qu'on est passés à l'hôpital.

— Vous êtes... venus la voir ?

— Oui, quand tu étais en Afrique. On voulait lui proposer notre aide, au cas où elle aurait eu besoin de quelque chose. Mais comme elle était débordée, on n'a pas eu beaucoup le temps de papoter. On avait convenu d'aller prendre un café un autre jour, mais on n'a jamais pu trouver le bon moment.

Bella, qui adorait le café, ne pouvait plus en boire depuis qu'elle était enceinte. Elle aurait donc dû mentir pour justifier sa soudaine passion pour la tisane. Elle avait probablement coupé court, sachant que lui-même, à l'autre bout du monde, ignorait tout de sa grossesse !

— Maintenant que je suis rentré, elle est moins débordée avec l'administratif, déclara-t-il. Cette fin de semaine, on a même du temps libre tous les deux.

— Vendredi, cela irait pour vous ?

Ils avaient posé un jour de congé, ayant rendez-vous le matin avec Jessica. Cela ne pouvait pas mieux tomber.

— Oui, ce serait parfait. Que pouvons-nous apporter ?

— Oh ! ne vous embêtez pas... Amène une bouteille de vin, si tu veux. Tu sais bien le choisir.

Sa mère marqua une pause, puis ajouta :

— Sauf si vous n'en buvez plus... Je sais que Bella préférait éviter l'alcool en attendant une FIV.

Il n'allait sûrement pas se lancer dans de grandes explications au téléphone. Bella et lui ne seraient pas trop de deux pour annoncer leur grande nouvelle.

— On n'est pas en période de FIV, biaisa-t-il. On apportera du vin, pas de souci.

— Y a-t-il un plat qui vous ferait plaisir ?

Oh ! là là. Il n'avait jamais abordé le sujet avec Bella, mais certains aliments crus ou peu cuits étaient déconseillés aux femmes enceintes.

— Ne fais pas de chichis, répondit-il gentiment. Si tu prépares un bon poulet avec des pommes de terre farcies, Bella va sauter de joie. Elle a toujours adoré ta recette.

— Adjugé, vendu. Je suis tellement contente que vous puissiez vous libérer ! Imagine un peu. On ne t'a même pas vu depuis ton retour d'Afrique.

— Je suis désolé. J'ai été un peu débordé.

Il avait surtout voulu éviter une discussion gênante, ne sachant de quelle manière aborder les choses. Très intuitive de nature, sa mère aurait compris qu'il y avait un problème. Il aurait dû expliquer pourquoi Bella lui avait caché sa future paternité. Et le reste, à savoir l'échec de son mariage, aurait suivi.

Il avait trouvé plus simple d'échanger avec ses parents par SMS. Il s'était d'ailleurs concentré sur un sujet essentiel : la santé de son père.

— Comment va papa cette semaine ?

— Il se porte comme un charme. As-tu regardé le dernier bilan ?

— Bien sûr. Tout était normal, sans la moindre trace de cellules suspectes. J'ai appelé l'oncologue. Il est très satisfait.

Seb leva les yeux vers le ciel. Il y avait au moins quelque chose de positif dans sa vie. La rémission de son père lui mettait du baume au cœur chaque fois qu'il y pensait, et il y pensait souvent.

— Embrasse-le pour moi, maman. Allez, je vais me mettre au boulot. À vendredi, donc.

— À vendredi, *Sebito*.

Il raccrocha en riant. Il avait beau dépasser sa mère de deux têtes, il resterait toujours son « petit Sebastian ». Quelle chance il avait ! Au lieu de tourner en rond, il ferait mieux de s'attarder sur les bons côtés de sa vie. Espérer l'impossible ne le mènerait nulle part. Il devait regarder le positif, rien que le positif.

Dans cet esprit, Bella et lui devraient mettre au point une stratégie avant le dîner chez ses parents. Sans être démonstratifs, ils avaient toujours été tactiles. Sa mère aurait des soupçons s'ils ne se prenaient plus la main ou s'ils n'échangeaient pas un petit baiser de temps en temps. Et là, il pouvait s'attendre à un interrogatoire en règle le lendemain…

Vaudrait-il mieux dire la vérité brute, avouer que leur union était devenue un mariage de convenance ? Ou alors, jouer la comédie du bonheur en espérant que leur mensonge passerait inaperçu ?

Tôt ou tard, ses parents auraient le cœur brisé. Mais pour une fois lui d'habitude si prévoyant estimait que *le plus tard* serait le mieux.

6

Le mardi matin, Seb et Bella durent revoir les plannings en raison d'un manque de personnel.

Pressé de rendre service, Seb n'avait pas mesuré d'emblée les conséquences de ce changement. Il allait croiser Bella sans arrêt, situation peu propice à sa tranquillité d'esprit. Mais d'un autre côté il pourrait la surveiller en continu, ce qui était une bonne chose. Car, à dix-huit semaines et demie de grossesse, elle commençait à fatiguer.

N'étant pas du genre à se plaindre, elle ne disait rien. Toutefois, elle devenait blême lorsqu'un cas difficile requérait des gestes un peu trop physiques. Le rendez-vous programmé avec Jessica en fin de semaine tombait bien. Seb comptait lui demander si Bella ne devrait pas lever le pied. Elle portait trois enfants, tout de même !

Submergés de travail aux urgences, ils n'avaient pas non plus évoqué le dîner chez ses parents. Ils devaient pourtant s'y préparer, faute de quoi l'un d'eux risquait de commettre un impair. Ils avaient déjà assez de problèmes sans en rajouter.

— On demande le Dr Sebastian Lopez à l'accueil. Le Dr Sebastian Lopez est attendu à l'accueil.

La voix de la réceptionniste dans l'Interphone le fit sursauter. Était-il arrivé quelque chose à Bella ? Il venait à peine de s'installer derrière l'ordinateur pour liquider quelques tâches administratives. Cinq minutes plus tôt, elle avait pourtant l'air d'aller bien...

Le cœur battant, il sortit et se dirigea vers le hall. Mais, arrivé sur place, il crut halluciner. Bella s'était hissée sur un brancard en mouvement et elle prodiguait un massage cardiaque !

Il se précipita.

— Descends, ordonna-t-il. Je vais te remplacer.

Elle releva la tête, fronça les sourcils puis, du menton, lui fit signe de s'écarter. Mais à la série de compressions suivante elle s'essouffla. Elle n'allait pas tenir longtemps à ce rythme. Elle devait comprendre qu'il était là pour l'aider, pas pour l'embêter !

Il cherchait un moyen diplomatique d'obtenir gain de cause quand elle le devança.

— Allez, on change, décida-t-elle.

Elle descendit maladroitement de la civière. Il reprit aussitôt le massage tandis qu'un infirmier actionnait le ballonnet d'oxygène.

— Homme, trente-deux ans, dit Bella d'une voix un peu haletante. Il s'est électrocuté en voulant connecter sa maison de manière illégale au transformateur de sa rue. Arrêt cardiaque immédiat. Brûlures au troisième degré sur les mains.

À cet instant, les brûlures étaient le cadet des préoccupations de Seb. Ce type aurait de la chance s'il s'en sortait vivant.

— Défibrillation ?

— Oui, on l'a choqué deux fois pendant le trajet, expliqua un des ambulanciers. Le cœur est reparti, mais à chaque fois, il s'est arrêté au bout d'une minute.

Les sauveteurs avaient obtenu un résultat, signe encourageant qui poussa Seb à continuer ses efforts. Le cœur du patient n'aurait jamais recommencé à battre s'il avait subi des dommages irréparables. Il fallait s'accrocher à cette idée.

Tous ensemble, ils guidèrent le brancard vers la salle 1, où une partie de l'équipe s'était rassemblée. Sofia Martinez, l'une des médecins, donnait déjà ses ordres et un chef de clinique prit immédiatement le relais pour les compressions.

— Un cardiologue va descendre, dit Sofia. Durée de l'arrêt ?

— Vingt-cinq minutes, répondit Bella après avoir jeté un coup d'œil sur sa montre. Les gars l'ont récupéré deux fois pendant le trajet, mais le cœur n'a pas tenu. On lui pose une voie centrale et on injecte un milligramme d'épinéphrine.

Seb aurait suggéré la même chose. Il n'y avait pas une tonne d'options...

Les infirmières mirent en place le cathéter et l'aiguille sans que le massage cardiaque ne s'interrompe. Tout le monde scrutait le monitoring et soudain, une minute après l'injection, l'effet attendu se produisit : un petit zigzag apparut sur l'écran, accompagné d'un « bip » caractéristique. Alors, pic après pic, le tracé continua à prendre vie.

— On arrête le massage, décida Sofia.

Le chef de clinique leva les mains, puis recula d'un air hésitant. Néanmoins, le rythme ne faiblit pas. Le tracé présentait certes des anomalies, mais le plus dur était passé.

Le Dr Gilead, un des meilleurs cardiologues de l'hôpital, pénétra dans la pièce en trombe.

— Ah, vous l'avez récupéré. C'est génial !

— Pourvu que ça dure, tempéra Sofia.

— On va faire le maximum. Donc, si j'ai bien compris, il s'est électrocuté ?

— Oui, intervint Bella. Il est gravement brûlé aux mains, mais il a vite été projeté loin du transformateur. Il n'a pas reçu le choc à haute tension plus de quelques secondes.

Le Dr Gilead siffla, l'air impressionné.

— On va faire une écho cardiaque. Si le cœur est aussi abîmé que les mains... Disons que je préfère le savoir tout de suite. Ne tentons pas l'impossible s'il n'a aucune chance de s'en sortir. Il faudra juste l'accompagner au mieux.

— Je suis d'accord, répondit Sofia.

Loin d'être froids et détachés, les médecins raisonnaient dans l'intérêt du patient. Ils ne feraient jamais souffrir cet homme pour rien. Ils voulaient être sûrs qu'il existait une possibilité, même infime, de le sauver.

Puisque le spécialiste avait pris le relais, entouré d'une équipe conséquente, Seb et Bella auraient pu s'éclipser. Seb tenait néanmoins à connaître l'issue du sauvetage, et Bella devait penser la même chose car elle s'accouda à un chariot de soins afin d'observer l'échographie.

Personne n'avait réellement examiné les mains du jeune homme car la priorité était ailleurs, mais s'il survivait il n'échapperait sans doute pas à une double amputation. Le courant avait dû pénétrer par la paume droite, et pour ce que Seb en voyait, le point de sortie à gauche avait causé des lésions irréparables. On ne distinguait même plus les doigts de cette main-là !

Sitôt l'échographe installé, le Dr Gilead mena une batterie d'observations et de mesures. Il souriait quand, au bout d'un quart d'heure, il éteignit l'appareil.

— Le cœur semble intact, déclara-t-il. Les valeurs restent dans des limites acceptables. On a quelques arythmies, mais rien d'alarmant. On verra si les troubles persistent ou si la situation se rétablit d'elle-même. On va l'emmener en soins intensifs. La famille a-t-elle été prévenue ?

— Sa femme est dans la salle d'attente. C'est elle qui a donné l'alerte. Elle a commencé le massage cardiaque avant l'arrivée des secours, expliqua Bella.

— Dans son malheur, il a eu de la chance, déclara le Dr Gilead. Elle lui a sauvé la vie. L'un de vous deux pourrait-il aller lui donner des infos pendant que je m'occupe du transfert ? J'irai la voir ensuite.

Bella opina.

— Bien sûr. J'y vais.

Seb fronça les sourcils. Elle avait l'air si épuisée qu'il hésitait à appeler Jessica sur-le-champ.

Certes, l'objectif principal du prochain examen serait de voir le troisième bébé. Néanmoins, la spécialiste avait précisé qu'ils pourraient poser toutes questions utiles. Il devrait marcher sur des œufs pour ne pas agacer Bella, mais il comptait bien parler de sa fatigue.

Comme le soir où il avait terminé sa garde, elle paraissait au bout du rouleau. En tant que médecin, elle savait pourtant que tirer sur la corde n'était bon ni pour elle, ni pour les bébés !

Il la suivit dans le hall et lui pressa le bras.

— Veux-tu que j'aille voir cette dame ?

Elle se dégagea d'un mouvement brusque.

— Je suis encore capable de parler à des gens, merci.

Croyait-elle qu'il doutait de ses compétences ? Ce n'était évidemment pas le cas. Pourquoi interprétait-elle tous ses propos de travers ? Il ne pouvait plus ouvrir la bouche sans qu'elle ne se vexe. Et c'était pire quand il essayait de rectifier le tir...

— Bien sûr que oui, répliqua-t-il d'un ton calme. Je voulais te soulager un peu. Tu as l'air K-O debout.

— Toi aussi, tu es fatigué. Et pourtant, tu restes.

— Bella... Écoute-moi deux minutes, s'il te plaît.

Elle avait déjà tourné les talons et il crut qu'elle allait faire la sourde oreille. Mais finalement elle pivota vers lui.

— Qu'y a-t-il ?

— Ce n'était pas une critique de ma part. Je m'inquiète beaucoup pour toi. J'ai peur que tu ne saches pas t'arrêter et que tu t'épuises.

Elle ferma les paupières, puis elle se frictionna les tempes du bout des doigts. Elle avait la migraine. Elle en souffrait périodiquement, mais d'habitude c'était lui qui effectuait ce geste...

Sans rien dire, il se posta derrière elle, lui écarta les mains et reprit le massage. Comme il en avait l'habitude, il appliqua une pression régulière sur les côtés de son visage, des tempes aux joues et inversement.

— Hmm. Ça fait du bien, chuchota-t-elle.

Une infirmière qui passait par là les regarda en souriant, mais Seb l'ignora. Il se moquait de ce que les autres pouvaient penser. Sa seule préoccupation était la santé de Bella.

Elle se laissa faire pendant une minute ou deux, puis elle inspira et expira à fond.

— Merci, c'était super. Il faut que je bouge, maintenant.

Il revint devant elle et lui captura le menton.

— Quand tu auras parlé à cette dame, j'aimerais que tu fasses quelque chose pour moi.

— Je… Quoi donc ?

— Rien de bien méchant. Je voudrais contrôler ta tension.

Elle se mordit la lèvre.

— Je n'y ai même pas pensé. J'ai eu une petite migraine toute la journée, mais comme j'ai mal dormi la nuit dernière, je n'ai pas cherché plus loin.

Qu'elle accepte sans protester l'inquiéta encore davantage. Le risque de prééclampsie – une hypertension artérielle aux conséquences parfois très graves – était plus élevé pour les grossesses multiples. Cette pathologie se manifestait en général après la vingtième semaine, mais il valait mieux vérifier.

— Donc, tu es d'accord ? insista-t-il.

— Oui. À mon avis, je suis juste fatiguée. Mais si cela te rassure…

— Effectivement, je serais plus tranquille. Ce n'est sans doute rien, mais je préfère écarter tout risque. Jessica serait de mon avis. J'en suis certain.

— Tu as raison.

Bella resta une dizaine de minutes avec l'épouse et le jeune fils du patient. Après cet entretien, Seb – qui avait attendu derrière la porte – la guida comme convenu vers une salle d'examen, où il la fit asseoir sur la table réservée aux patients.

Il lui prit rapidement sa tension et se déclara satisfait du résultat.

— 13/8, indiqua-t-il. C'est un peu élevé pour toi, mais cela reste correct.

— Comment sais-tu que c'est un peu haut pour moi ?

— Je te connais, voilà tout.

Elle fixa le mur, l'air gêné.

— Tu sais bien qu'on a manqué de personnel ces jours-ci. Il fallait que je…

— Que tu compenses ? Tu aurais dû m'en parler, Bella.

Jusqu'à présent, leur binôme avait toujours fonctionné selon les mêmes règles. Il assurait les trois quarts de l'administratif quand Bella supervisait le terrain et la gestion des équipes. Mais elle devenait déraisonnable !

— Tu ne peux pas absorber le manque de personnel toute seule, encore moins dans ton état, protesta-t-il.

Elle soupira.

— Je sais. Mais que veux-tu, on ne se refait pas. C'est dur de lâcher prise.

Cette expression judicieuse décrivait parfaitement leur situation. Pour sa part, il trouvait difficile de renoncer à sa vie d'avant, à l'amour qu'ils avaient partagé...

— Je comprends, répondit-il. Je me mets beaucoup plus à ta place que tu ne l'imagines.

Elle secoua la tête, l'air perdu.

— Que nous est-il arrivé, Seb ?

Il repoussa une mèche rebelle derrière son oreille, puis, tendrement, lui captura le visage.

— Je n'en sais rien. J'aimerais avoir la réponse à cette question.

Pendant un long moment, ils se dévisagèrent comme s'ils se voyaient pour la première fois. L'air triste de Bella le touchait profondément : elle semblait avoir perdu tout espoir, tout repère dans l'existence. Était-ce parce que, depuis le jour de leur première rencontre, ils avaient fait le voyage à deux ?

Lui, en tout cas, ne savait plus quel chemin prendre. Il était désorienté sans elle. Il le serait toujours si les choses ne s'arrangeaient pas.

Comme mus par leur propre volonté, ses pouces caressaient le visage de Bella avec tendresse. Ce geste-là, il l'avait accompli des milliers de fois. Et finalement, comme toujours, leurs respirations se synchronisèrent jusqu'à adopter le même rythme lent et régulier.

Incapable de s'en empêcher, il inclina la tête pour effleurer ses lèvres. Puis, voyant qu'elle ne se dérobait pas, il s'autorisa à prolonger ce contact sublime. Il glissa les doigts sous ses cheveux soyeux pour lui masser la nuque, déposa un baiser au coin de sa bouche... et revint la butiner comme on savoure un fruit défendu.

Quand Bella s'accrocha à ses épaules, il eut l'impression qu'une vanne trop longtemps fermée s'ouvrait en lui. Il l'attira plus près, enivré par le contact de sa langue qui, déjà, cherchait la sienne. On aurait dit qu'il l'embrassait pour la première fois tant cette étreinte lui semblait magique et, chaviré, il l'attira contre son cœur.

Même après des heures de garde, elle sentait toujours le citron et l'air pur. Elle était ronde, douce et chaude. Et elle s'offrait à son baiser sans retenue, comme si elle voulait le redécouvrir après cet éloignement physique et moral ô combien douloureux.

— Bella..., lui chuchota-t-il à l'oreille. Je...

Ils sursautèrent au bruit de la porte qui s'ouvrait. Pivotant, il aperçut une infirmière qui battait en retraite avec un sourire gêné.

Formidable. D'ici peu, tout l'hôpital apprendrait que les chefs des urgences avaient été surpris en pleins ébats dans une salle d'examen !

Le temps qu'il se retourne, Bella était descendue de la table.

— Où avions-nous la tête ? maugréa-t-elle.

Il n'était pas dans ses pensées, mais pour lui les choses étaient claires : il avait écouté son cœur. Il s'était laissé embarquer par ses souvenirs avec l'illusion qu'il pourrait retrouver son bonheur perdu. Bien sûr, il avait fait fausse route. Rien ne l'autorisait à nourrir ce genre d'espoirs.

— Je suis désolé, chuchota-t-il. Je t'ai sentie inquiète et j'ai voulu te rassurer. Je n'ai pas réfléchi. J'ai été pris dans l'émotion du moment.

Au lieu de répondre qu'elle avait également suivi son instinct, elle détacha le tensiomètre de son bras et le lança sur le chariot de soins, où il atterrit avec un claquement sec.

— Il ne faut pas que cela se reproduise, Seb. Ce n'est... pas possible. Je refuse de traverser cette épreuve une seconde fois. J'ai trop souffert, d'accord ?

Il opina, la gorge nouée. Il se sentait tellement mal que le souffle lui manquait. Dans son égoïsme, il n'avait pas pris la mesure du chagrin de Bella. Elle avait dû se sentir abandonnée, et pas seulement à cause de la distance. Il lui avait infligé une épreuve émotionnelle dont elle ne se relèverait sans doute jamais.

Il avait cru lui rendre service, mais en réalité il s'était surtout protégé lui-même. Il avait détruit la confiance qu'elle avait en lui. Il avait tout gâché alors qu'il l'aimait plus que tout au monde…

— Je ne recommencerai pas, répliqua-t-il d'un ton grave. C'est promis.

Elle se passa les mains dans les cheveux et inspira plusieurs fois.

— Je vais rentrer, maintenant. La journée a été longue, et moi, je t'embête encore. Je suis désolée.

— Tu ne m'embêtes pas du tout et tu n'as aucune raison d'être désolée. C'est moi qui ai voulu contrôler ta tension. Je suis responsable de tout ce qui est arrivé. C'est à moi de m'excuser.

Elle secoua la tête, puis se dirigea vers la sortie.

— Pas de souci, tout va bien. Et cela ira encore mieux après une bonne nuit de sommeil. On en a besoin.

Ayant dit cela, elle quitta la pièce, le laissant seul. Il demeura immobile, les yeux rivés sur la porte close, en songeant qu'il s'était vraiment bercé d'illusions. Il avait cru possible de faire renaître l'étincelle entre Bella et lui, mais il s'était trompé. Leur histoire n'était qu'un champ de ruines. Un immense gâchis.

Même si la réalité lui semblait cruelle, il devait admettre que Bella ne voulait plus de lui. Elle l'avait exclu de son présent sans lui donner le moindre espoir pour l'avenir. Il resterait le père de ses enfants, et dans ce contexte ils se verraient toujours. Néanmoins, il ne jouerait plus un rôle d'époux, d'ami ou d'amant.

En tant que médecin, il avait l'habitude d'annoncer de mauvaises nouvelles. Mais comment se persuader soi-même qu'il n'y avait aucune lumière au bout du tunnel ? Devait-il se résoudre à vivre dans le noir ?

Jamais, de toute son existence, il n'avait traversé une épreuve aussi difficile.

Cette fois-ci, Bella arriva à la clinique avant Seb.

Malgré leurs horaires identiques, elle l'avait à peine croisé depuis le mardi précédent. Il s'était arrangé pour traiter des cas différents des siens, et d'une manière générale il l'avait évitée au maximum. Pouvait-elle lui en vouloir ? Elle s'était comportée comme une collégienne !

Jamais elle n'aurait dû avoir cette réaction épidermique après leur baiser, mais l'épuisement l'avait rendue fragile.

Cela avait commencé lorsque Seb lui avait massé les tempes dans le couloir. Elle avait fermé les yeux, projetée dans un univers où la fatigue et les problèmes n'existaient plus. Le rêve s'était poursuivi en salle d'examen pendant qu'il vérifiait sa tension. Puis il lui avait caressé le visage, déclenchant un tsunami émotionnel qu'elle n'avait pas pu maîtriser.

Loin de conjuguer leur histoire au passé, elle avait entrevu une lueur d'espoir. Elle s'était abandonnée corps et âme à cette étreinte, submergée par un désir irrépressible, certaine que Seb était l'homme de ses rêves et qu'elle l'aimerait toute sa vie.

S'ils n'avaient pas été interrompus, ils auraient peut-être fait l'amour, là, dans cette salle d'examen. Quelle erreur ç'aurait été !

Elle jeta un coup d'œil sur la pendule murale.

Allait-il venir au rendez-vous avec Jessica ? Le fait qu'il ne soit pas là aurait dû la soulager, mais au contraire une sourde angoisse lui nouait la gorge. On aurait dit qu'elle portait encore ses vêtements trop petits tant elle avait du mal à respirer.

Quand la clochette de la porte retentit, elle pivota sur son siège comme un ressort.

Seb ! Il était venu…

Redoutant que son expression ne la trahisse, elle lui fit un petit signe, puis elle baissa le nez sur le fameux carnet à prénoms qu'elle avait apporté. Allaient-ils connaître le sexe de leurs enfants ? Comment annonceraient-ils la nouvelle aux parents de Seb ce soir-là ? Jouer la comédie du bonheur quand tout allait de travers n'était pas évident.

— Coucou, madame, dit Seb en s'asseyant près d'elle.

— Coucou, monsieur.

Elle ne put s'empêcher de sourire. Ce petit rituel humoristique était une vieille habitude, et comme beaucoup d'autres choses ils auraient peut-être du mal à s'en défaire...

Consciente qu'ils n'étaient pas seuls, elle se rapprocha de lui.

— Je m'excuse pour mardi, chuchota-t-elle. J'ai eu une réaction disproportionnée.

— Au contraire, tu as eu raison. Et rassure-toi, je ne l'ai pas mal pris. On peut passer à autre chose.

En seraient-ils capables ? Lui peut-être, mais elle n'avait pas le même recul. Elle détestait voir son rêve lui filer sous le nez en chantant « na-na-na-na-nère » !

Cette idée de « passer à autre chose » partait sans doute d'un bon sentiment, sauf qu'elle se sentait vexée. Elle n'aurait pourtant pas dû donner le mauvais rôle à Seb. Après tout, c'était elle qui avait fixé les règles. Elle lui avait interdit de l'embrasser à nouveau...

De plus en plus mal à l'aise, elle s'agita sur son fauteuil.

— On n'a pas eu le temps de se mettre d'accord, pour tes parents. Que va-t-on leur raconter ?

— On ferait mieux d'annuler, je pense.

Cette fois, elle le regarda droit dans les yeux.

— Pourquoi, Seb ?

— Je ne saute pas de joie à l'idée de raconter notre vie, d'autant qu'on est dans le flou. On ne sait pas où on va, on ne maîtrise rien... Ma mère est futée. Si elle sent qu'il y a un problème, elle va poser des questions. Elle n'a pas peur de mettre les pieds dans le plat. Tu la connais.

— Elle est franche et directe, deux qualités que j'admire.

Comme Helena Lopez, Bella détestait le mensonge, mais là elle n'aurait pas le choix. Les choses auraient été plus simples si elle avait pu mener la vie dont elle rêvait au lieu de jouer la comédie.

— On doit leur dire qu'on va être parents, reprit-elle d'un ton ferme. Plus on attendra, plus ils seront vexés s'ils découvrent que tout le monde le savait, sauf eux.

Il soupira.

— Comme toujours, tu as raison. Ils seront vexés, et à juste titre.

Lui-même, en tant que futur père, avait été ulcéré d'apprendre la nouvelle si tard. Elle portait la responsabilité de ce fiasco.

— On n'a pas besoin de leur dire qu'on est techniquement séparés. Cela peut attendre la naissance des enfants, non ?

Une infirmière vint les chercher au moment où Seb allait répondre.

Bella se sentait énervée comme jamais, aussi sa tension, sans surprise, se révéla-t-elle un peu haute. Le stress et l'inquiétude nuisaient à sa santé. Elle avait peur que Seb ne quitte l'appartement avant la naissance des triplés. Peut-être était-ce la bonne solution, après tout, sauf qu'elle ne se voyait pas vivre sans lui. Cette solitude lui rappellerait trop les deux mois où il était parti en Afrique. Rien, pas même la joie d'être enceinte, n'avait pu combler ce manque.

Autant s'y habituer : d'ici à quelques mois, elle serait une maman solo. Elle se résoudrait à déménager pour mieux tourner la page. Elle devait dès à présent chercher un logement pratique, où elle pourrait élever ses enfants en toute quiétude...

Qu'avait ressenti sa mère en apprenant que le père de son bébé ne l'épouserait pas ? Avait-elle éprouvé un désarroi aussi fort ? Contrairement à Bella, elle était jeune lorsqu'elle était tombée enceinte. L'avenir s'ouvrait devant elle. D'ailleurs, elle avait rencontré un autre homme qui était devenu l'amour de sa vie. Le père adoptif de Bella...

Voyant Jessica s'avancer dans la pièce, elle força un sourire sur ses lèvres.

Ce matin-là, l'obstétricienne avait relevé son épaisse chevelure en un chignon flou. Elle avait l'air tout aussi décontractée que la première fois, et surtout elle irradiait une sérénité enviable.

— Bonjour, vous deux ! Alors, on atteint les dix-neuf semaines ? Ça avance, notre histoire...

Bella opina, laissant à Seb le soin de répondre. Elle se sentait trop fragile pour faire la conversation. Elle avait trop peur de s'écrouler devant Jessica.

Plus elle pensait à ses beaux-parents, plus elle culpabilisait. Le père de Seb se remettait tout juste d'une leucémie. Il aurait mieux valu lui épargner le choc d'une mauvaise nouvelle. Peut-être Seb pourrait-il expliquer la situation à sa mère, en privé, et la laisser choisir le moment de tout révéler à son époux ?

Dans le brouillard, elle se percha sur la table d'examen, consciente que Seb et Jessica discutaient des prénoms choisis pour les enfants. La fois précédente, Seb l'avait aidée à desserrer ses vêtements, mais là il se tenait un peu à l'écart, comme s'il ne voulait plus l'approcher.

Tu t'y feras. On s'habitue à tout, avec le temps.

Quand enfin il se posta près d'elle, il resta bras croisés. Elle eut l'impression qu'il évitait son regard.

Allez, bébé caché. Montre-toi, s'il te plaît !

Même si elle n'était pas gynécologue, elle connaissait les bases de l'échographie obstétrique. Elle scruta l'écran avec attention, sachant déjà ce qu'elle cherchait. Elle n'osait se montrer trop optimiste, mais il lui semblait que le troisième fœtus avait bougé...

— Voulez-vous connaître le sexe de vos enfants ? demanda Jessica.

— Pouvez-vous le dire avec certitude ? s'enquit Seb.

— Comme vous le savez, des erreurs sont toujours possibles, mais je suis assez sûre de moi, annonça Jessica avec un sourire ravi. Le numéro trois se montre un peu plus coopératif aujourd'hui. Je vois son sexe.

Bella leva les yeux vers Seb.

— Je voudrais vraiment savoir. Et toi ?

— Moi aussi.

La sonde dans une main, le stylet dans l'autre, Jessica désigna le moniteur.

— Donc, si j'ai bien compris, vous avez choisi Sergio, Lorenzo et Luis ?

— Oui. Attendez... Nous allons avoir trois garçons ? C'est cela ? s'exclama Bella.

— Bingo ! confirma la gynécologue en riant. Gardons notre marge d'erreur à l'esprit, mais c'est hautement probable. Voulez-vous attribuer un prénom à chaque bébé maintenant ?

— Oh ! Seb. On a des petits gars...

Les yeux embués, Bella tendit une main sur le côté. Seb la prit et la serra légèrement, puis il la garda dans la sienne. Quand elle tourna la tête vers lui, elle réalisa qu'il crispait les mâchoires pour contenir son émotion.

Bouleversée, elle observa de nouveau l'écran. Les bébés se présentaient comme la fois précédente, à l'exception du troisième qui s'était décalé. On ne distinguait toujours pas sa tête ni son torse, mais le bas du corps était maintenant bien visible.

— Choisis, toi, dit-elle en pressant les doigts de Seb.

— Si on gardait l'ordre que Jessica a donné ? proposa-t-il. Sergio à gauche, Lorenzo à droite, et Luis pour notre petit farceur. Ça te convient, Bella ?

— Absolument.

Elle plissa les paupières, puis fronça les sourcils.

— J'ai l'impression que notre farceur, comme tu dis, est en effet de petite taille. Est-ce que je me trompe, Jessica ? Il semble peut-être moins gros parce qu'on le voit mal...

Concentrée sur ses mesures, la spécialiste marmonna un vague « hum ». Puis elle pivota vers eux.

— Vous avez raison, il est plus petit, mais il a le temps de se rattraper. Ou alors, il gardera toujours un gabarit inférieur. Cela arrive souvent dans les grossesses multiples. Si cela ne vous embête pas, j'aimerais vous revoir dans huit jours.

— Y a-t-il un problème ? s'enquit Bella d'une voix rauque.

— Non, rassurez-vous. Mais j'aimerais essayer de voir Luis entièrement. Le dépistage de maladies congénitales doit être effectué avec une vigilance particulière dans des cas comme le vôtre. Entendons-nous bien, je n'ai aucune raison de suspecter une anomalie. Je voudrais juste éliminer ce problème de ma liste.

Bella opina, soulagée. Elle aussi se créait des listes mentales quand elle accueillait un patient. Elle procédait souvent par élimination avant de poser un diagnostic.

— Les deux autres vont-ils bien ? s'enquit Seb.

— Sergio et Lorenzo se portent comme des charmes, assura Jessica en souriant. Luis aussi d'ailleurs, pour ce que j'en vois. L'abdomen, les jambes et le bas de la colonne vertébrale sont normaux. Je voudrais juste voir le reste par sécurité.

— Je comprends tout à fait, dit Bella. Pourras-tu te libérer la semaine prochaine, Seb ?

— Bien sûr. On viendra autant de fois que nécessaire pour avoir l'esprit tranquille. Pouvez-vous inscrire les prénoms des enfants sur les images, Jessica, s'il vous plaît ? ajouta-t-il.

— C'est comme si c'était fait.

Vue de l'extérieur, cette requête aurait pu sembler bizarre, mais Bella l'approuvait totalement. Tout comme elle, Seb considérait déjà leurs bébés comme des individus et le fait de leur attribuer un prénom les rendait plus « réels » encore.

Elle leur parlait déjà souvent. Seb voudrait-il aussi communiquer avec eux, la main posée sur son ventre ? La plupart des jeunes pères ne s'en privaient pas, et en toute honnêteté elle espérait qu'il le fasse dans un avenir proche.

Qu'ils se réconcilient ou non importait peu. Elle trouvait essentiel qu'il puisse nouer un lien avec leurs petits garçons, bien avant la naissance. Son propre père n'avait jamais établi ce genre de relation. Sa mère ne l'avait pas souhaité, sachant qu'ils resteraient des étrangers l'un pour l'autre.

Néanmoins, ce qui fonctionnait pour l'une n'était pas forcément valable pour l'autre. Bella, elle, rêvait que Seb puisse s'impliquer sans attendre. D'abord parce qu'ils s'étaient aimés à la folie. Ensuite, parce qu'elle ne voulait pas « monopoliser » leurs enfants sous prétexte qu'ils grandissaient dans son ventre. Qu'il participe à toutes les échographies, à tous les examens, à tous les rendez-vous. Elle ne demandait que cela !

Dans le même esprit, elle se réjouirait qu'il assiste à la naissance des triplés. Elle se laisserait faire s'il restait à son chevet pour lui tenir la main. Ces moments seraient autant de souvenirs à partager plus tard avec leurs petits garçons.

Sans perdre de temps, Jessica avait repris son stylet pour remplacer les lettres A, B et C par les prénoms. Elle imprima ensuite une copie des images et les remit à Seb.

— Sergio, Lorenzo et Luis, bienvenue dans la famille, chuchota Bella, émerveillée.

À sa grande surprise, Seb se pencha et déposa un léger baiser sur son ventre. Cet effleurement presque imperceptible suffit à lui provoquer une onde de choc, et un grand frisson la parcourut tandis qu'une joie profonde lui réchauffait le cœur. Leur couple ne survivrait peut-être pas, mais une chose était sûre : leurs bébés allaient être couverts d'amour.

Alors qu'ils regagnaient le parking, elle lui pressa le bras.

— Merci pour tout, dit-elle. Vraiment.

— Mais de rien. Je suis heureux d'être là.

Elle hésita quelques secondes, puis se lança :

— On pourrait faire une copie des clichés pour tes parents. Qu'en dis-tu ?

— Bonne idée. J'avoue y avoir pensé lorsque j'ai demandé à Jessica d'écrire les prénoms. Ils vont être aux anges de découvrir cela.

Il s'arrêta devant la voiture, puis ajouta :

— Mes parents ignorent tout de nos problèmes. La dernière chose que je souhaite, c'est jouer la comédie si tu n'es pas d'accord. Mais il faut s'entendre sur ce qu'on va raconter.

Elle opina vigoureusement.

— Je ne veux pas leur faire de peine, et en même temps je refuse de mentir. Le hic, c'est qu'on ne sait pas où on en sera dans un ou deux ans. Qui peut être sûr de ces choses-là ? Donc, en gros, voilà ce que je te propose. Nous sommes capables d'échanger sans nous disputer. On n'aura qu'à sourire et faire un ou deux gestes tendres, comme avec Jessica tout à l'heure. Tes parents seront sur un petit nuage à l'idée que la famille va s'agrandir. Ils ne chercheront pas à savoir si notre couple est un champ de ruines.

— Toi, tu penses que notre mariage est un champ de ruines ?

— Honnêtement, je l'ignore. Mais je crois que le moment est mal choisi pour se poser une tonne de questions. C'est comme avec notre petit Luis : on n'arrive pas à avoir une vision claire. Il faut laisser du temps au temps et suivre le cours des choses.

Cette fois, le sourire de Seb illumina tout son visage.

— Tu es la voix de la sagesse. Tu l'as toujours été.

Il lui posa une main sur le ventre, puis ajouta :

— Vous entendez ça, les gars ? Il faudra toujours écouter maman. Elle ne dit jamais de bêtises… Merci de m'accompagner chez mes parents, Bella. J'apprécie ton effort à sa juste valeur.

— Ce n'est pas un effort, voyons. Ça me fait plaisir.

Disant cela, elle ne mentait pas. Elle se réjouissait d'annoncer la nouvelle à ses beaux-parents, d'autant que l'attitude de Seb un peu plus tôt, à la clinique, lui avait remis du baume au cœur. Elle finissait par se dire qu'ils n'avaient pas besoin d'être fou amoureux pour devenir de bons co-parents. Elle travaillerait désormais sur cette idée pour réinventer l'avenir, un avenir où ils fonderaient une famille d'un nouveau genre.

Leurs enfants le valaient bien.

7

Au lieu de rentrer chez eux en sortant de la clinique, ils étaient allés se promener au parc.

Jessica avait recommandé à Bella de s'aérer le plus souvent possible. Seb trouvait ce conseil judicieux pourvu que l'exercice reste modéré, et comme à l'hôpital il avait prévu de veiller au grain. Il tenait à ce que Bella reste en forme sans s'épuiser !

Tout en flânant, ils avaient beaucoup discuté. Lorsqu'il lui avait raconté son séjour en Afrique, elle s'était émue des conditions qu'il avait rencontrées sur place. Sa réaction ne l'avait d'ailleurs pas surpris : elle avait toujours été très proche des gens et hyper empathique.

Même si les urgences ne favorisaient pas le suivi des cas, elle mettait un point d'honneur à prendre des nouvelles de « ses » patients. Ainsi, elle rendait visite presque tous les jours à Mario, le jeune électrocuté qu'ils avaient pris en charge. Même s'il avait dû être amputé des mains, son cœur battait toujours et les fonctions cérébrales restaient intactes. Il pouvait aussi compter sur l'amour inconditionnel de sa femme, laquelle prenait une part active à son rétablissement.

Le jeune homme, qui tenait une petite épicerie dans un quartier défavorisé, pourrait un jour retourner à son travail. Il avait déjà exprimé le souhait d'organiser des réunions afin de mettre en garde la population contre les branchements électriques illégaux.

Il avait pu être sauvé, mais ici comme ailleurs tout le monde n'avait pas cette chance.

Seb et Bella avaient évoqué ce cas, parmi d'autres, en déambulant à l'ombre des arbres. Il n'avait pas osé lui prendre la main, mais il s'était senti plus proche d'elle qu'il ne l'avait été depuis des lustres. Leur connivence retrouvée avait sans doute un lien avec leurs enfants et l'attribution des prénoms, mais il était convaincu qu'il y avait autre chose.

Quand elle avait voulu se reposer sur un banc, il s'était assis sans être gêné. Et à présent ils demeuraient silencieux, comme si les mots étaient devenus inutiles. Le temps s'égrenait de manière sereine. Ils avaient oublié la frénésie de l'hôpital, leurs problèmes et le climat tendu dans lequel ils évoluaient.

Combien de moments privilégiés leur restait-il à vivre ensemble ? Il refusait de se dire que bientôt il n'y en aurait plus. Il accompagnerait Bella au parc, ou ailleurs, chaque fois qu'elle voudrait décompresser. Il profiterait de sa compagnie au maximum, ne sachant pas de quoi demain serait fait…

— Nous sommes prêts pour ce soir, dit Bella, l'arrachant à sa rêverie. On a bien répété notre scénario.

— J'espère que ça ira. J'appréhende toujours les soirées avec mes parents.

Son sourire lumineux lui réchauffa le cœur.

— Arrête, protesta-t-elle. Ils sont adorables. Je les aime beaucoup.

— Ah, mais je les aime aussi. Je trouve juste ma mère un peu… pénible sur les bords, certaines fois.

— Comme la plupart des mères, Seb. Elle ne veut que ton bonheur.

— Mouais… En tout cas, si on survit à cette soirée, on aura fait le plus dur.

Y croyait-il vraiment ? Ses parents auraient beaucoup de chagrin quand la séparation serait définitive. Mais d'un autre côté Bella et lui ne pouvaient pas rester ensemble pour faire plaisir à leurs proches, ni parce qu'ils allaient avoir des enfants. Cela n'aurait aucun sens.

Le destin les rattraperait tôt au tard et la conscience de ce

« sacrifice » mutuel leur pourrirait la vie. Ils finiraient malheureux, la tête pleine de regrets. Quel mauvais exemple ce serait pour leurs garçons !

Le pire, dans l'immédiat, était de rester dans le flou. Bella et lui naviguaient à vue depuis son retour d'Angola. Il la soutenait de son mieux, mais il était quasiment certain que, pour elle, leur histoire n'avait plus d'intérêt. Sinon, elle n'aurait pas réagi de manière aussi négative après leur fameux baiser.

Comment exprimer un mal-être autrement qu'avec des mots ? Il avait trouvé une solution radicale : il s'était exilé en Afrique. Mais de retour à Buenos Aires il avait découvert une réalité nouvelle. Il s'était adapté. Il essayait d'être présent, de montrer à Bella toute l'affection qu'il lui portait encore, sauf qu'il était trop tard. Son absence avait laissé des traces. Bella l'avait si mal vécue qu'elle l'avait chassé de son cœur. Comment lui en vouloir ? Elle avait eu raison de se protéger...

Soucieux de balayer ces réflexions moroses, il pivota vers elle. Elle avait aplati les deux mains sur son abdomen, et il lui trouva l'air un peu bizarre.

— Y a-t-il un souci ? demanda-t-il, inquiet.

— Non, pas du tout. Je crois... que j'ai senti les bébés. C'était comme un frémissement, un truc indescriptible. La sensation est partie, mais imagine un peu. Après l'échographie et le choix des prénoms, le timing est parfait. Plus le temps passe et plus j'y crois. L'aventure me semble un peu plus réelle chaque jour.

— Elle est bien réelle. Tu ne rêves pas. *On* ne rêve pas.

Il comprenait parfaitement ce qu'elle pouvait ressentir car tout s'était passé très vite.

En moins de trois semaines, il avait découvert qu'elle était enceinte et il l'avait accompagnée à plusieurs rendez-vous médicaux. Ils avaient vu les images de leurs bébés. Ils avaient choisi des prénoms. D'ici à quelques jours, s'il lui posait les mains sur le ventre, lui aussi pourrait sentir les coups de pied donnés par leurs enfants.

— Je sais, Seb, mais... Je suis contente qu'on partage ces moments tous les deux.

— Moi aussi, je suis content. Tu n'imagines pas à quel point.

Mieux valait toutefois qu'il évite de s'emballer. Bella avait exprimé un ressenti concernant leur vécu de futurs parents. Elle ne s'intéressait plus à lui d'un point de vue sentimental. Si elle n'avait pas été enceinte à son retour d'Afrique, elle lui aurait sans doute claqué la porte au nez. Elle aurait eu tort de ne pas le faire !

Il se chapitra. La situation était grave, mais pas désespérée. Même enceinte, Bella aurait pu le jeter à la rue comme il le méritait. Mais au contraire elle l'associait à la grossesse du mieux qu'elle pouvait.

Sentant le moment favorable, il osa poser la question qui lui trottait dans la tête depuis plusieurs jours :

— Aimerais-tu que j'assiste à la naissance ?

Elle ferma les paupières, les rouvrit et le regarda droit dans les yeux.

— As-tu envie d'y assister, toi ?

Il lui sourit.

— On pourrait se renvoyer la balle pendant longtemps, mais je préfère te répondre tout de suite. Oui, j'aimerais être là, à condition bien sûr que tu acceptes ma présence. Je ne voudrais surtout pas compliquer les choses ou te mettre mal à l'aise dans un moment pareil.

— Non, au contraire. Je préférerais que tu viennes.

— Alors je viendrai. Tu peux compter sur moi.

Tant qu'ils y étaient, il choisit de battre le fer pendant qu'il était chaud.

— Jusqu'à quand vas-tu travailler ?

Elle haussa les épaules.

— Tu as entendu Jessica tout à l'heure. Pour le moment, il n'y a aucune contre-indication à ce que j'exerce mon métier. Elle a bien dit que c'était à moi, et moi seule, de sentir le bon moment.

Elle se tortilla les mains, inspira à fond, puis enchaîna :

— Je sais que tu t'inquiètes, mais il est beaucoup trop tôt. Je risque de tourner en rond à l'appartement. Au lieu de me reposer, je vais cogiter et ce sera mauvais pour moi.

Il opina. À sa place, il réagirait sans doute de la même manière. Il devait respecter son souhait en essayant de se montrer constructif.

— Si on inversait les rôles ? Tu pourrais faire plus d'administratif et moi prendre davantage de patients ?

Elle secoua la tête.

— Ça ne marchera pas. Je déteste la paperasse. Tu gères ça beaucoup mieux que moi.

— D'accord. Laisse-moi chercher autre chose... On pourrait faire coïncider nos plannings tous les jours, systématiquement, à partir de lundi. Tu viendrais te reposer en cas de grosse fatigue. Et moi, je prendrais ta place en bas.

— Il faudra toujours gérer les affaires courantes...

— Je continuerai à m'en occuper, sois tranquille. Et si je suis débordé, je demanderai à la direction de m'envoyer un interne qui veut découvrir tous les aspects de notre métier. Il me suivrait sur le terrain, mais il pourrait aussi me seconder au bureau.

— Hmm... Pourquoi pas ? Sur le papier, c'est faisable. Mais s'ils refusent, il ne faudra pas te tuer à la tâche en travaillant double. Je ne l'accepterai pas, Seb.

— Je ferai attention, c'est promis. Mais à l'inverse, je ne veux plus que tu t'épuises à pallier le manque de médecins. Tout le monde devra prendre sa part si cela se reproduit. D'accord ?

— D'accord.

— Je compte sur toi pour m'informer tout de suite en cas d'engorgement du service. Et moi, je ramènerai mes fesses illico pour donner un coup de main.

Elle éclata de rire.

— Voudras-tu que je crie « Ramène tes fesses » au micro ? Les collègues vont se demander ce que j'ai derrière la tête...

Une image cocasse – suivie d'une autre un peu moins sage – lui traversa l'esprit.

— Tu n'auras qu'à m'envoyer un SMS pour me dire que tu es

fatiguée. Ce sera moins spectaculaire, mais tout aussi efficace, répliqua-t-il en souriant.

— Ça marche.

Elle jeta un coup d'œil sur sa montre, puis reprit :

— En parlant de fatigue, on devrait y aller. On doit retourner au parking à pied et je marche lentement. Il faut encore que je me change. Ne traînons plus si on veut arriver à l'heure chez tes parents.

— Tu n'as pas changé d'avis ? Tu veux toujours venir ?

Elle lui prit la main et la serra.

— Seb, on en a déjà parlé. Bien sûr que je veux venir. Tout ira bien. Fais-moi confiance.

— Merci pour ton optimisme. Je prends.

Il se leva, l'aida à se mettre debout et glissa le coude sous le sien. Puis il esquissa un sourire heureux. Rien ne pourrait ternir ce moment privilégié. Pour la première fois depuis longtemps, il passait une bonne journée.

Bella était radieuse.

Ce soir-là, elle avait choisi une robe bain de soleil qui, sans révéler sa grossesse, mettait ses formes en valeur. Seb ne l'avait jamais trouvée aussi belle et rayonnante. Comme il était heureux de l'avoir dans sa vie !

Après avoir salué ses parents, elle tendit à sa mère la bouteille de vin qu'ils avaient choisie.

— Helena et Luis, je suis contente de vous voir, dit-elle d'un ton gai.

— Tout le plaisir est pour nous. Je suis désolée qu'on n'ait pas pu prendre ce café ensemble. J'ai laissé passer trop de temps.

— Mais pas du tout, voyons. J'étais débordée les fois où vous m'avez appelée. C'est plus ma faute que la vôtre.

— L'essentiel est que Seb soit rentré et qu'on puisse enfin se voir. Ça fait du bien.

Seb accepta de bonne grâce l'énorme accolade maternelle,

puis en échangea une plus discrète, bien qu'aussi chaleureuse, avec son papa.

— Venez vous asseoir, enjoignit sa mère. Tu nous as déjà raconté beaucoup de choses en visio, chéri, mais on voudrait entendre ton récit de voyage.

Ils prirent place autour de la table familiale, où la conversation roula sur son séjour en Angola. Ses parents manifestaient un intérêt évident pour ce qu'il avait vécu, mais plus il en parlait, plus il se sentait mal. Il réalisait combien il s'était montré égoïste. Eux aussi, il les avait abandonnés !

Son père aurait pu rechuter pendant son absence. Il n'aurait pas été là pour le soutenir. Il avait manqué à tous ses devoirs vis-à-vis de sa famille.

N'y tenant plus, il décida d'orienter la discussion sur le sujet qui le préoccupait.

— Maman, papa… On a quelque chose à vous dire.

Une boule d'émotion lui noua la gorge. Incapable d'articuler le moindre mot, il sollicita Bella du regard. Elle lui tapota la main.

— Nous aurions dû vous en parler plus tôt, mais Seb et moi préférions l'annoncer à deux. Du coup, on a attendu son retour.

— Bien sûr, mes trésors, mais… de quoi s'agit-il ?

— Je suis enceinte.

Seb n'avait pas réussi à trouver d'explication satisfaisante pour justifier leurs cachotteries, mais Bella venait d'en donner une toute simple et efficace. Pour preuve, la mère de Seb se leva en poussant des cris de joie.

— Tu es enceinte ?

Contournant la table, elle étreignit Bella, puis ce fut au tour de Seb de recevoir un câlin. Enfin, elle retourna s'asseoir.

— Chéri, tu entends ça ? On va être papy et mamie !

— C'est merveilleux, chuchota le père de Seb, le regard embué.

Bella sortit de son sac les clichés donnés par Jessica l'après-midi même.

— Tenez, Helena et Luis… On réalise mieux lorsqu'on a ces images devant soi.

Le silence tomba, puis la mère de Seb plissa les paupières.

— Attendez… Il y a trois prénoms. Est-ce parce que votre choix n'est pas encore définitif ? Oh ! mais il y a Luis dans le lot…

Seb opina en souriant.

— Tout à fait. Et on ne va rien choisir du tout. On aura besoin des trois prénoms.

— Tu veux dire que…

— Qu'on attend des triplés. Eh oui !

— *Dios mio*. Il nous fait une blague ?

Sa mère dévisageait Bella, l'air ébahi, attendant qu'elle confirme ou démente cette formidable annonce.

— Il est très sérieux, répondit Bella en riant. Nous allons avoir trois garçons. Lors d'une FIV, le spécialiste implante souvent plusieurs embryons pour augmenter les chances de réussite. Ma gynécologue en a mis trois. Elle les a tellement bien choisis qu'ils se sont tous accrochés.

— Oh ! là là, vous devez être aux anges ! Après tout ce temps… Je suis folle de joie. Quand vont-ils arriver, ces petits agneaux ?

— On ne sait pas exactement. Comme il s'agit d'une grossesse à risque, la gynécologue veut les faire naître par césarienne, expliqua Seb. Bella accouchera avant terme, quelques semaines avant la date prévue.

— Bien sûr, il ne faudra courir aucun risque.

Sa mère se releva, puis battit des mains.

— Vous n'imaginez pas le plaisir que vous me faites ! J'ai toujours voulu que mon fils unique soit heureux, et bien sûr, qu'il devienne papa.

Si sa mère avait su… Ces deux rêves avaient failli ne jamais prendre corps. En cas d'échec, il se serait opposé à une nouvelle FIV. Bella et lui auraient sans doute entamé une procédure de divorce. Il aurait été malheureux comme les pierres.

Un peu plus tôt, dans le parc, il n'avait pas osé poser *la* question essentielle. Il n'avait pas demandé à Bella ce qu'elle comptait faire après la naissance des triplés...

— Je suis ravi que vous soyez contents, dit-il avec un sourire forcé.

— Il va falloir qu'on aille faire du shopping, Bella ! On va devoir refaire ta garde-robe, acheter une foule de choses pour les petits...

Le père de Seb leva la main.

— Respire, chérie. Calme-toi. Il faut ménager Bella. J'ai toujours du mal à te suivre en temps normal, or, je ne suis pas enceinte !

Seb se mit à rire.

— Papa a raison. Bella commence à fatiguer depuis une quinzaine de jours. J'essaie de la faire ralentir un peu.

— À combien de semaines es-tu, chérie ?

— Dix-neuf tout pile.

Ça passe ou ça casse. Comment va-t-elle réagir ?

Soit la mère de Seb allait se vexer d'apprendre la nouvelle si tard, soit elle l'accepterait de bonne grâce...

— Ah oui, je me rappelle le fameux deuxième trimestre. J'étais en pleine forme, mais je manquais d'énergie par moments.

Ouf. Merci...

Seb poussa un soupir de soulagement. Sa mère s'était lancée dans un monologue enjoué, exprimant sa joie sans attendre de réponse particulière. Quel phénomène ! Il faudrait sans doute lui fixer des limites après la naissance des triplés, mais à chaque jour suffisait sa peine.

L'épreuve qu'il redoutait n'avait pas eu lieu. Tout s'était bien passé. Contrairement à Bella, il avait toujours tendance à craindre le pire. Il devrait apprendre à positiver, dans l'intérêt de leurs enfants !

Quand le flot de paroles se tarit enfin, il pivota vers son père.

— Je suis content que tu ailles bien, papa. C'est super que tu aies pu reprendre le travail.

L'intéressé éclata de rire.

— C'est tellement super que je suis retraité depuis une semaine. J'ai vendu l'entreprise.

— Quoi ? Tu plaisantes ?

Ingénieur en bâtiment, son père avait créé sa propre société. La maladie l'avait forcé à lever le pied, mais de là à passer la main… Seb n'en croyait pas ses oreilles.

Sa mère eut la bonne grâce de paraître gênée.

— On allait justement vous le dire. Après cette année horrible, on voudrait profiter un peu. On aimerait voyager. Tu n'es pas le seul à avoir la bougeotte, Seb.

Pour une nouvelle, c'en était une. Jamais ses parents n'avaient exprimé ce genre de souhait !

Il lança un regard perplexe à son père, lequel opina en souriant.

— Maintenant que je vais bien, il est temps pour moi de passer le flambeau. Je rêve d'aller en Écosse depuis des années, et du coup, ta mère est motivée aussi.

— Puisque vous allez avoir des bébés, on devrait peut-être…

— Non, maman, coupa Seb d'un ton ferme. D'abord, ils ne vont pas arriver tout de suite. Et même après la naissance, il ne faudra pas vous bloquer. On vous donnera amplement l'occasion de les voir et de vous en occuper, ne vous faites pas de souci !

Il réalisa trop tard qu'il avait parlé pour Bella, mais elle lui sourit quand leurs regards se croisèrent.

— Tout à fait, approuva-t-elle. J'ai de merveilleux souvenirs des moments passés chez mes grands-parents. Ma mère et mon beau-père ont eu la même réaction que vous, d'ailleurs.

— On prendra des tickets pour avoir les tours de garde, déclara le père de Seb d'un ton taquin.

— Au lieu de dire des bêtises, va plutôt chercher le dessert, chéri, s'il te plaît. J'ai fait un flan à l'orange.

— Miam ! C'est gentil, intervint Bella.

Elle avait toujours raffolé de cette recette, une spécialité maison. Seb ne doutait pas que sa mère l'ait préparée pour elle.

— C'est normal, voyons, répliqua celle-ci. Je suis contente de te faire plaisir. Et à partir de maintenant, je vais te chouchouter encore plus. Tu le mérites, ma belle. Vous méritez tous les deux d'être heureux.

Quand Bella se raidit sur sa chaise, Seb songea qu'elle devait penser à la même chose que lui. Si cette dernière FIV avait échoué, elle ne serait jamais devenue maman. Par son refus, il l'aurait empêchée d'aller jusqu'au bout de son rêve.

Ces derniers temps, il s'était beaucoup remis en question, interrogeant sa propre attitude. Quelque part, il n'avait pas réfléchi seulement pour lui-même. Il avait imposé sa décision à Bella. Même si elle avait voulu le quitter et recourir à un donneur de sperme, il aurait sans doute été trop tard, compte tenu de son âge, des délais et des formalités à accomplir.

Il s'était opposé à une nouvelle FIV en son âme et conscience, persuadé que cela ne marcherait jamais. Il s'était trompé. Son erreur avait failli peser lourd…

Heureusement, la conversation dévia sur les projets de voyage de ses parents. Son père détailla avec humour les aventures insolites dans lesquelles il comptait embarquer sa mère. Mais en attendant il cherchait un kilt et un partenaire de shopping pour l'aider à trouver le bon modèle.

— Euh… Je passe mon tour. Et Bella est trop fatiguée pour courir les boutiques. Maman, tu sais ce qui te reste à faire !

Ils riaient toujours en prenant congé quelques minutes plus tard. Seb avait donné le signal, sachant que la journée avait été longue. Ils avaient presque une heure de route pour rentrer et il voulait ménager Bella, qui, sourde à ses recommandations, souhaitait travailler le lendemain matin.

Après maintes effusions, ils s'emparèrent des boîtes-repas que sa mère avait tenu à leur donner « pour leur éviter de cuisiner pendant le week-end ». Puis, les bras chargés, ils sortirent dans la rue où il avait garé son 4x4.

Quand tout fut rangé dans le coffre, il ouvrit sa portière à Bella. Elle pivota vers lui dès qu'il fut assis au volant.

— Tu vois, ça s'est bien passé, déclara-t-elle. Tes parents ont pris la chose beaucoup mieux que tu ne le craignais.

— Oui, grâce à toi. Tu as eu l'idée géniale de dire qu'on voulait leur annoncer la nouvelle ensemble.

— Je le pensais, en fait. Ce n'est pas pour rien si j'ai prétexté le travail chaque fois qu'Helena a voulu me voir. De quoi aurais-je eu l'air si je l'avais vue sans rien lui dire ? J'aurais eu du mal à m'expliquer aujourd'hui. Et on aurait passé un mauvais quart d'heure toi et moi !

Il se pencha et lui caressa la joue.

— Tu as anticipé, comme d'habitude. Merci d'avoir réfléchi à tout ça. Merci d'avoir voulu ménager mes parents.

— C'est normal, voyons. L'essentiel est que ton père aille bien, qu'ils soient heureux et qu'ils aient envie de faire des choses.

— Tu as raison. Au départ, leur projet de voyage m'a fait peur. J'ai cru que mon père avait rechuté, qu'il voulait en profiter tant qu'il le pouvait encore. Et puis je me suis rappelé ses résultats d'analyses. Tout était parfait la semaine dernière. Donc, voilà. Ils veulent juste prendre du bon temps. Ils ont bien raison.

— Et cerise sur le gâteau, on leur a fait une belle surprise ce soir. J'ai l'impression qu'ils étaient contents.

Il s'esclaffa.

— C'est peu de le dire.

Il démarra, direction le centre-ville, en ayant pris soin de mettre une playlist relaxante pour Bella. Le résultat ne se fit pas attendre : ils avaient à peine parcouru cinq kilomètres qu'elle s'assoupit sur son siège. Pourvu qu'elle dorme jusqu'à la fin du trajet. Elle avait vraiment besoin de repos…

Et lui ? De quoi avait-il besoin au juste ?

La réponse était simple : il ne pouvait pas vivre sans Bella. Le chagrin et la frustration des FIV ratées lui avaient fait oublier l'essentiel : il aimait sa femme, pour toujours et à jamais. Ils n'en seraient pas là si la première tentative avait fonctionné…

On ne pouvait hélas pas réécrire l'histoire, mais si on lui en donnait la possibilité, il changerait de méthode. Il essayerait de convaincre Bella d'arrêter plus tôt. Il insisterait pour explorer d'autres voies comme l'adoption. Il aurait dû le faire avant que leur relation ne se dégrade au point de rendre le dialogue impossible.

Au moins était-il sûr d'une chose, à présent : il ne voulait pas la perdre. Quel gâchis ce serait après toutes ces années ! Il leur restait des choses à construire en tant que parents, mais aussi en tant que couple. Il en était certain.

Absorbé par ses réflexions, il s'aperçut soudain qu'ils étaient arrivés. Il avait quasiment conduit en pilote automatique, constat qui ne lui plaisait guère. Il devait se ressaisir dans tous les domaines. Il n'était pas trop tard pour reprendre sa vie en main.

Et s'il courtisait Bella comme au début de leur histoire ? Qu'avait-il à perdre ? Si elle avait la même réaction qu'après leur baiser, il saurait à quoi s'en tenir. Il arrêterait de se faire des films et des illusions. Mais au moins il serait fixé. S'il ne tentait rien, il le regretterait jusqu'à la fin de ses jours.

Il coupa le moteur, descendit de voiture et contourna le 4x4 pour aller ouvrir sa portière à Bella. Elle battit des paupières au moment où il se penchait pour défaire sa ceinture de sécurité.

— Coucou… Tu as dormi tout le trajet, chuchota-t-il.

Il voulut la prendre dans ses bras pour la porter, mais elle aplatit une main sur son torse.

— C'est bon, je peux marcher. En plus, on doit vider le coffre.

— Oh ! ça… Je peux faire un ou deux allers-retours.

— Mais non. Je suis bien réveillée maintenant.

Elle balança les jambes hors de l'habitacle, sortit, puis elle s'étira en bâillant. Cela faisait longtemps qu'il ne lui avait pas trouvé si bonne mine. Peut-être le dîner lui avait-il mis du baume au cœur ? Lui, en tout cas, avait quitté la maison de ses parents ragaillardi.

Bella et lui avaient passé une excellente soirée, précédée d'un bel après-midi. S'ils partageaient plus de moments sympathiques comme ceux-là, peut-être retrouveraient-ils leur complicité perdue ?

Il alla chercher les boîtes dans le coffre, puis ils se dirigèrent vers l'ascenseur qui desservait les appartements depuis le parking souterrain.

— C'était chouette aujourd'hui, déclara-t-elle.

— Je me disais justement la même chose.

— Ah bon ? s'exclama-t-elle, l'air étonné.

— Eh oui !

Après un instant d'hésitation, il choisit de rester prudent. Bella risquait de prendre peur s'il se livrait trop.

— Jessica avait raison, dit-il gentiment. Rien ne vaut une balade au grand air ou une sortie pour doper le moral.

— On s'était déjà fait cette remarque après la promenade en pédalo, l'autre jour.

— C'est vrai.

Il fit signe à Bella de le précéder dans l'ascenseur, puis reprit :

— Te rappelles-tu la fois où un cygne nous a pourchassés jusqu'à la berge, puis sur le chemin ?

Elle éclata de rire.

— Bien sûr ! C'était ta faute, d'ailleurs. Tu lui avais lancé un morceau de sandwich, alors forcément… Le hic, c'est qu'après, on n'avait plus rien à lui donner.

— Il a déchiré ma chemise pendant que j'attachais le pédalo au ponton !

Bella lui donna un petit coup de hanche, geste familier qui suffit à accélérer son rythme cardiaque.

— Une chemise neuve par-dessus le marché, rappela-t-elle, taquine. Tu étais furax.

— Hmm. Ma colère est vite tombée. Je me souviens de ce qui s'est passé ensuite.

— Moi aussi. On n'a même pas eu le temps de rentrer à la maison. Tu as roulé vers le fond du parc pour trouver un chemin tranquille.

— Soit je m'arrêtais, soit je percutais un arbre !

— Tu étais mignon. C'était trop drôle.

Quand l'ascenseur arriva à destination, Seb suivit Bella dans le couloir moquetté, la tête pleine de souvenirs.

Ce fameux jour, alors qu'il conduisait au ralenti dans une allée déserte, elle lui avait butiné le cou. Puis elle lui avait remonté sa chemise pour promener les mains sur son ventre.

— Dis-moi ce que tu veux, avait-elle chuchoté.

— Je te veux, toi, avait-il répondu d'une voix rauque.

Il avait garé la voiture derrière un bosquet pour qu'enfin ils puissent laisser libre cours à leur passion dévorante. Encore maintenant, il avait l'impression de sentir ses jambes autour de lui, de savourer le contact de sa bouche fruitée…

À présent, ils étaient arrivés devant leur porte. Il regarda Bella en souriant.

— Il faisait très chaud ce jour-là, et pas uniquement à cause du soleil, murmura-t-il.

— À qui le dis-tu !

Adossée à la porte, Bella le regarda à travers ses paupières mi-closes.

— On était insouciants à l'époque, ajouta-t-elle. On s'amusait sans se poser de questions. Aujourd'hui au parc, j'ai repensé à ce jour-là.

Seb avait sorti ses clés, mais il resta immobile, les yeux rivés sur la femme sublime qui se tenait devant lui. Il avait presque oublié ces bons moments. Ou plutôt, il les avait relégués au fond de sa mémoire. Comment y était-il parvenu ? Comment avait-il pu se passer de Bella ? À cette minute précise, il la désirait si fort qu'il pouvait à peine respirer. Il brûlait de revivre une expérience magique, comme toutes celles qu'ils avaient partagées.

— Bella.

Elle leva la main et lui captura le visage.

— Tout va bien, Seb. On n'est pas en voiture. Il n'y a pas d'arbre. On risque juste de se cogner l'un dans l'autre…

Comme elle l'avait fait des centaines de fois, elle glissa la paume sous sa chemise. Alors, le volcan qui sommeillait en lui se réveilla d'un coup. Il l'enlaça et l'attira contre sa poitrine, jusqu'à ce que, dans un semi-brouillard, il réalise que la porte était toujours fermée. Il l'ouvrit à tâtons, et il s'en fallut de peu qu'ils ne trébuchent et ne tombent dans le hall.

Il retint Bella d'une main ferme, la stabilisa contre le mur et claqua le battant derrière eux. Puis il abandonna ses boîtes sur le guéridon de l'entrée, enlaça de nouveau Bella et, incapable de résister, l'embrassa passionnément.

8

Bella avait suivi Seb sur le chemin des souvenirs. Elle avait conscience d'emprunter une route dangereuse, mais son baiser l'avait propulsée dans un paradis qu'elle croyait perdu.

Le jour de leur première rencontre, elle avait senti d'emblée qu'il était l'homme de ses rêves. La suite lui avait donné raison et d'ailleurs, les difficultés n'avaient rien changé. Au début des FIV, il avait suffi qu'il l'embrasse pour qu'elle oublie tous ses problèmes.

Pourtant, à force d'échecs, leurs étreintes étaient devenues plus timides. Leur relation avait tiédi et perdu sa saveur. Mais aujourd'hui, justement, il n'y avait plus rien à perdre !

Bella avait besoin de Seb, là, tout de suite. Jessica leur avait bien dit que les rapports intimes étaient autorisés, non ?

Elle tendit la main et, sans hésiter, lui dégrafa son pantalon.

— Attends, Bella…

Non, elle ne voulait pas attendre. À quoi bon hésiter et se poser de vaines questions ? Bien sûr, elle était enceinte. Ils devraient rester raisonnables. Toutefois, ils n'en seraient peut-être pas là s'ils avaient su se réinventer en tant que couple !

À cette minute précise, elle se sentait prête à courir un risque, non pas physique, mais émotionnel. Seb lui avait trop manqué.

Pivotant sur ses talons, elle le poussa vers le canapé et le fit asseoir. Alors, pendant quelques secondes, elle resta debout devant lui. Si elle en croyait son regard incendiaire, elle n'était pas la seule à se consumer de désir.

Comme il était beau ! Elle avait toujours aimé l'observer, admirer son corps parfait. Le jour où elle était revenue chercher son badge, elle ne l'avait pas quitté des yeux lorsqu'il était sorti nu de la salle de bains. Elle avait éprouvé l'envie folle de le toucher, rêve qui se matérialisait enfin.

Elle lui sourit, s'agenouilla devant lui et captura son sexe tendu.

— J'en ai assez d'être sage, chuchota-t-elle.

— Hmm. Si ma mémoire est bonne, cet adjectif ne te correspond pas vraiment, répliqua-t-il, malicieux.

— Non mais, dis donc ! Je sais me tenir ! Sauf que là, c'est *toi* que je tiens...

Elle se pencha, et ses lèvres rejoignirent sa main pour effleurer l'intimité de Seb. Quand il poussa un gémissement sourd, elle continua à le butiner sans hâte, puis elle le prit dans sa bouche, encouragée par la main caressante qu'il avait glissée sous ses cheveux. Galvanisée par sa respiration saccadée, elle accéléra le rythme.

— Bella... Arrête. C'est trop...

Avant qu'elle n'ait pu réagir, il la souleva et la fit asseoir à califourchon sur ses genoux. Alors, de ses paumes tièdes, il retroussa sa jupe jusqu'à ce que ses cuisses nues soient en contact avec le tissu de son jean. Puis il l'embrassa furieusement et leurs langues entamèrent un ballet enfiévré qui lui enleva toute conscience du temps et du monde.

Elle se tortilla, saisie du besoin impérieux de le sentir en elle. Mais avant qu'elle n'ait pu se glisser sur son sexe il se mit debout et la fit se lever dans le même mouvement. Il la porta ensuite jusqu'à leur chambre, cette pièce qu'elle occupait seule depuis bien trop longtemps.

Pourvu qu'il revienne dormir avec elle, ce soir-là et tous les autres ! Chaque chose en son temps, se reprit-elle. Elle ne voulait pas se soucier du lendemain. Elle allait déjà goûter l'instant présent...

Sans cesser de l'embrasser, Seb marcha vers le lit. La délicatesse avec laquelle il l'installa contre les oreillers la toucha, et pendant une seconde elle pensa qu'il la traitait comme un objet fragile. Mais elle relégua bien vite cette réflexion dans un coin de sa tête. Elle le voulait ! Elle avait envie de lui, là, tout de suite.

Un sourire taquin aux lèvres, il fit glisser son slip de dentelle le long de ses jambes. Sans plus de manières, il l'envoya valser à l'autre bout de la pièce.

— Enlève ta chemise, ordonna-t-elle.

Il parut hésiter, puis il s'exécuta avec une courbette. Bien vite, la chemise rejoignit sa culotte sur le tapis.

— À ton tour, chuchota-t-il d'une voix ensorcelante.

Penché sur elle, il lui releva son chemisier et le fit passer par-dessus sa tête. Son soutien-gorge parut s'évaporer comme par magie, mais quand Seb lui couvrit la poitrine des deux mains Bella poussa un gémissement rauque. Elle aurait aimé qu'il capture un sein dans sa bouche. Elle voulait s'enivrer de toutes ces sensations qui lui avaient manqué à un point inimaginable.

Il l'embrassa de nouveau et, cette fois, il s'allongea à côté d'elle. Sa paume tiède l'effleurait avec délicatesse, des épaules vers le ventre, et plus bas encore jusqu'au point le plus sensible de son intimité.

Ivre de désir, elle se cambra contre sa main. Puis elle attira sa tête vers elle et l'embrassa avec fièvre. Cela faisait longtemps, trop longtemps. Il dut le comprendre car, sans qu'elle n'ait besoin de parler, il glissa deux doigts en elle, épousant le rythme de son corps tendu contre le sien.

Elle se tortilla pour lui montrer qu'elle le voulait, lui, plus que tout au monde. Mais, malgré elle, elle basculait déjà dans un univers où le plaisir de la sensation pure l'emportait sur le reste. Elle ne pouvait plus réfléchir, juste s'abandonner au bonheur intense qui la submergeait.

Quand Seb accéléra le rythme, il la regarda droit dans les yeux. Haletante, elle s'accrocha à ses épaules et, soudain, un plaisir d'une intensité incroyable la balaya.

— Seb ! Oh ! Seb...

Il l'embrassa avec tendresse, sur le front, les paupières et les joues, jusqu'à ce que son souffle s'apaise. Alors, graduellement, elle reprit conscience de la réalité et avança la main vers lui. Elle voulait le toucher, finir ce qu'ils avaient commencé. Ils n'avaient pas...

— Attends, mon cœur, murmura-t-il.

Pourquoi voulait-il attendre ? Ah, mais oui. Il voulait lui donner quelques instants de calme avant une nouvelle tempête. Ils avaient déjà fait cela autrefois. Ils marquaient une pause pour mieux s'aimer ensuite.

Elle se blottit contre lui, les paupières closes, ravie d'entendre leurs cœurs battre à l'unisson. Il lui caressait toujours le visage et elle s'abandonna à cette sensation relaxante en songeant que, d'ici à quelques minutes, elle pourrait lui rendre tout le plaisir qu'il lui avait donné.

Puis elle ne pensa plus à rien.

Le soleil filtrant à travers les stores arracha Bella à un sommeil sans rêves.

Un peu désorientée, elle s'assit sur le lit. Elle était allongée du côté droit alors qu'elle dormait à gauche d'habitude. Elle ne portait rien d'autre que sa jupe, et la couette d'été avait été remontée sur elle...

Soudain, la mémoire lui revint tel un flash. Oh ! non, non, non ! Elle s'était endormie avant d'avoir pu donner du plaisir à Seb. Comment avait-elle pu se montrer si égoïste ? Il lui avait tout donné... en échange de rien. Et il n'était plus là.

Elle balaya l'espace du regard, scrutant la salle de bains adjacente par la porte restée ouverte. Seb avait disparu. Où était-il passé ?

Pivotant, elle jeta un coup d'œil sur son radio réveil et une nouvelle vague de panique la submergea. Elle avait dormi trop longtemps. Elle avait promis de passer à l'hôpital même si elle était en repos. Seb, lui, devait prendre une garde à 9 heures. Était-il parti plus tôt que prévu ?

Elle avait beau chercher, elle ne comprenait pas pourquoi il l'avait laissée dormir. Avait-il attendu jusqu'à l'aube qu'elle se réveille ? Ils auraient pu aller à l'hôpital ensemble !

Un frisson de plaisir la parcourut au souvenir de la nuit précédente. Elle avait cru que cet aspect de sa vie conjugale ne reviendrait jamais. Elle n'aurait jamais pensé que Seb voudrait...

Paniquée, elle se leva d'un bond. Qu'il « voudrait » quoi, au juste ? Il n'avait pris aucune initiative. C'était elle qui avait commencé.

Elle s'était adossée à la porte avec des mines de séductrice pour le charmer, espérant que la magie opérerait. Elle lui avait dégrafé son pantalon. Elle avait initié un jeu érotique... auquel il avait d'ailleurs répondu. S'il n'en avait pas eu envie, il se serait éloigné, non ? Les souvenirs de la nuit précédente se bousculaient dans sa tête. Elle ne savait plus que croire, que penser. Si Seb était déjà à l'hôpital, elle devait le rejoindre et tenter de s'excuser.

Elle gagna la salle de bains, où elle prit une douche rapide. Néanmoins, l'eau tiède ne suffit pas à balayer son malaise grandissant. La seule solution était d'aller retrouver Seb. Rien qu'en le regardant, elle saurait si quelque chose clochait et, dans ce cas-là, elle lui demanderait où était le problème. Elle avait trop joué aux devinettes avec lui. Elle en avait assez de marcher à tâtons. Les événements de la nuit lui avaient redonné espoir, mais rien ne serait possible sans dialogue et respect mutuel.

Pourquoi Seb était-il parti comme un voleur ? Lui en voulait-il qu'elle se soit jetée sur lui ? Elle n'avait pas eu cette impression, pourtant. Au contraire, il lui avait semblé heureux et détendu. Il avait répondu à son ardeur sans chercher à prendre du plaisir lui-même. Il n'avait pas dû prévoir qu'elle tomberait littéralement de sommeil !

Postée devant son miroir, elle se maquilla et se coiffa avec un soin tout particulier. Elle gagna alors la cuisine pour boire un verre de lait, et à ce moment-là eut la surprise de découvrir un ravissant bouquet sur le plan de travail. Des marguerites blanches et des roses couleur dragée s'épanouissaient dans un vase élégant. Aucune note n'y était attachée, mais Seb était le seul à connaître ses fleurs préférées...

Le cœur battant, elle effleura les pétales délicats. Ainsi, il n'était pas en colère. Peut-être pourraient-ils réellement faire l'amour ce soir-là ? Elle ne commettrait pas deux fois la même erreur. Elle veillerait à l'aimer comme il le méritait.

Le cœur en fête, elle partit pour l'hôpital. Elle se sentait presque exaltée, chose qui ne lui était pas arrivée depuis longtemps. Néanmoins, son enthousiasme retomba un peu en arrivant car Seb n'était pas aux urgences. Elle rejoignit alors le bureau, pensant l'y trouver, mais la pièce était déserte. Un détail attira toutefois son attention : il avait griffonné « Jessica » et un numéro de téléphone sur un papier.

Pourquoi voulait-il contacter la spécialiste ? Cela ne devait pas être important puisqu'il n'avait parlé de rien. Du moins l'espérait-elle...

Elle s'apprêtait à ressortir quand on frappa à la porte.

— Entrez, répondit-elle machinalement.

Une femme brune se matérialisa sur le seuil.

— Docteur Lopez ?

— Je suis le Dr Isabella Lopez. Mon mari est le Dr Sebastian Lopez. Lequel de nous deux cherchez-vous ?

La visiteuse s'avança en souriant.

— Désolée, j'ignorais que vous étiez un couple. Je viens juste me présenter.

Son accent indiquait qu'elle n'était pas argentine, et Bella comprit soudain qui elle était.

— Seriez-vous par hasard le Dr Gonzalez ?

Sauf erreur, elle n'avait reçu aucun message de la direction précisant la date d'arrivée de cette nouvelle collègue. D'ailleurs, elle aurait préféré la recevoir à un autre moment car elle avait hâte de voir Seb. Mais au fond peut-être n'était-ce pas plus mal d'attendre. Elle aurait ainsi le temps de réfléchir aux événements de la veille. Elle lui parlerait à froid plutôt que de dire tout ce qui lui passait par la tête...

— C'est bien moi, confirma la visiteuse. Appelez-moi Emilia, s'il vous plaît. Avez-vous quelques instants à m'accorder ?

— Bien sûr. Venez, asseyez-vous !

Emilia Gonzalez prit place sur le canapé, et Bella lui montra le coin bar.

— Voulez-vous un café ou un jus de fruits ?

— Non merci, c'est gentil. Je viens de boire un thé avec mes collègues, là-haut.

— Si j'ai bien suivi, vous arrivez d'Uruguay et vous êtes pédiatre spécialisée en néonatologie ?

— C'est exact.

— Avez-vous de la famille en Argentine ?

— Aucune, mais ma fille va me rejoindre sous peu. Elle a décroché une bourse pour étudier ici, à l'université de Buenos Aires. C'est dur pour une mère de laisser partir son enfant si loin. Quand j'ai vu passer l'annonce de l'hôpital, j'ai sauté sur l'occasion. J'ai postulé immédiatement.

— Mais c'est super ! Félicitations à elle et à vous, bien sûr.

— Merci beaucoup.

Bella supposait qu'Emilia était une maman célibataire puisqu'elle n'avait pas parlé d'un conjoint. Cette situation la touchait particulièrement : bientôt, elle serait peut-être dans le même cas. Si les choses tournaient mal avec Seb, elle élèverait ses enfants seule une partie du temps.

— Je me mets à votre place, répondit-elle d'un ton doux. Je suis enceinte de triplés, figurez-vous.

— Waouh ! De combien de semaines ?

— Dix-neuf.

Sa collègue parut hésiter à lui poser d'autres questions. Bella devina à quoi elle pensait.

— J'ai fait plusieurs FIV avant de tomber enceinte, expliqua-t-elle. Cela fait presque dix ans qu'on essaie.

— Vous et votre mari devez être aux anges.

— C'est… une situation très particulière, éluda-t-elle. En tout cas, je suis ravie, vous l'imaginez bien.

— Et comment ! Cela m'enchante pour vous. Mais je ne veux pas vous embêter, vous devez avoir dix mille choses à faire. Je voulais surtout vous demander si vous avez des points de vigilance qui me concernent.

Bella réfléchit un instant. Sa collègue marquait un point par son professionnalisme. Il serait sans doute agréable de travailler avec elle.

— Certaines journées sont parfois chargées, répondit-elle. Chez nous, il faut toujours se préparer au pire, quel que soit le service. Et comme l'unité néonatale est la meilleure du pays, on vous envoie pas mal de patientes, au moins pour des avis consultatifs.

— C'est super. Je préfère avoir trop de patientes que pas assez. On cogite moins quand on a l'esprit occupé.

Emilia Gonzalez déprimait-elle parce que sa fille allait bientôt quitter le nid ? C'était possible. Si l'instinct de Bella ne la trompait pas, cette femme devait être une mère poule...

La visiteuse s'était levée et Bella l'accompagna vers la porte en souriant.

— Merci beaucoup d'être venue vous présenter, Emilia. Surtout, n'hésitez pas si je peux vous être utile. On pourrait aller boire un café ensemble – ou plutôt une tisane en ce qui me concerne –, si votre n'êtes pas trop prise par votre emménagement ?

— Avec grand plaisir. Merci pour votre accueil, Bella. Et à bientôt !

Après le départ de sa nouvelle collègue, Bella se promit de la contacter rapidement. Elle pourrait peut-être lui servir de guide après son installation ? Débarquer seule dans une ville inconnue n'était jamais très drôle. Et puis, cette Emilia avait l'air fort sympathique...

Elle allait fermer la porte quand elle sentit une résistance. Pensant qu'Emilia était revenue en arrière, elle écarta le battant et sourit.

— Avez-vous oublié quelque chose ?

— Mais à qui parles-tu ?

Elle sursauta, stupéfaite. Seb s'était matérialisé devant elle !

— À Emilia Gonzalez, la nouvelle spécialiste en néonatologie. Elle sort d'ici à l'instant. Elle a dû partir dans l'autre sens... Elle fait le tour des équipes et voulait nous rencontrer, mais elle te verra plus tard.

Elle fronça les sourcils, puis reprit :

— Je t'ai cherché ce matin.

Il dansa d'un pied sur l'autre, l'air embarrassé.

— Excuse-moi, Bella. Tu dormais trop bien. Je n'ai pas voulu te réveiller.

— Oui, j'avais compris, mais tu aurais dû ! Je suis très gênée de ce qui s'est passé la nuit dernière. Je ne voulais pas… profiter de la situation. Tu le sais, j'espère. Je suis vraiment, vraiment désolée de m'être endormie.

— Tu n'as pas à être désolée. Tout va bien.

— Bien ? Je ne comprends pas. C'était plutôt frustrant pour toi de…

Sans lui laisser le temps de répondre, elle désigna du doigt la table de travail.

— Avais-tu l'intention d'appeler Jessica ? Quelque chose te tracasse ?

Cette fois, il évita carrément son regard. Elle se rappela alors que la veille il avait reculé lorsqu'elle avait tenté d'avoir un vrai rapport sexuel.

— C'est à propos de la nuit dernière ?

Il haussa les épaules.

— Je voulais être sûr qu'on n'avait pas mis en danger la santé des petits.

Ainsi, il s'inquiétait pour les enfants qu'elle portait. Tout s'expliquait à présent ! Le fait qu'il lui touche les seins avec précaution, qu'il s'abstienne d'avoir une relation intime… Jessica avait conseillé de faire attention en fin de grossesse, mais elle n'en était pas là !

Elle inspira à fond, ferma les paupières et les rouvrit.

— Jessica ne nous a pas interdit de faire l'amour, que je sache.

— Je sais. Je voulais juste me rassurer.

— Pourquoi ne m'en as-tu pas parlé, Seb ? Imagines-tu que je prendrais le moindre risque, vu la situation ?

Elle se sentit soudain très bête. Elle l'avait presque supplié d'aller plus loin. Elle avait tenté plusieurs fois de s'accrocher à lui, mais il s'était écarté gentiment. Il avait pris ses distances, comme le jour où il était parti, convaincu que la dernière FIV avait échoué !

Avait-il seulement eu envie d'elle la nuit précédente ? Ou s'était-il cru obligé de satisfaire ses désirs de femme enceinte ?

Même s'il avait eu une érection, il n'avait pas poussé les choses plus loin. Elle aurait dû percuter ! Une petite voix intérieure lui avait soufflé que quelque chose clochait, mais elle n'avait pas voulu l'écouter...

Seb n'aurait rien tenté si elle n'avait pas fait le premier pas. Il avait manœuvré habilement et lui avait demandé d'attendre après lui avoir donné du plaisir. Il la connaissait bien. Il savait qu'elle s'endormait souvent après l'amour pour mieux se réveiller. Sauf que cette fois elle était restée endormie.

Une nouvelle vague de colère la submergea.

— Si tu n'as pas encore appelé Jessica, épargne-toi un coup de fil. Il n'y a pas besoin de la déranger. Cela ne se reproduira plus.

— Bella...

Elle leva la main pour l'interrompre.

— Non, s'il te plaît. Tu avais raison depuis le début. Tu avais vu juste en disant qu'on avait besoin de prendre nos distances. Je comprends pourquoi tu es parti.

L'amertume devait transparaître dans sa voix, mais elle n'y pouvait rien. C'était comme s'il avait transpercé une artère émotionnelle où les blessures accumulées depuis dix ans se mettaient à saigner. Elle ne pouvait plus les contenir. Elle ne pouvait plus se taire.

— Tu vas être ravi : je suis d'accord avec toi. On doit commencer à vivre chacun de notre côté. En tout cas, c'est mon souhait. Tu avais proposé de prendre plus de patients, là encore, tu vas être satisfait. Je lève le camp. Débrouille-toi pour réorganiser le service. Moi, je m'en vais. J'ai besoin de réfléchir.

Sans lui laisser le temps de répondre, elle sortit du bureau et claqua la porte derrière elle.

L'heure des adieux avait sonné. Cette décision lui brisait le cœur, mais elle n'avait plus le choix. Ils avaient atteint un point de non-retour.

9

De retour à l'appartement, Bella se jeta sur son lit et pleura toutes les larmes de son corps.

Blottie sous la couette, elle avait froid malgré la chaleur ambiante. Rien n'avait plus de sens depuis quelques semaines. Seb était revenu d'Afrique, mais leur vie tournait autour des bébés. Il était devenu obsédé par sa grossesse et ne parlait plus d'autre chose.

Comment avait-il pu la croire inconsciente à ce point-là ? L'imaginait-il capable de faire courir des risques à leurs enfants ? Elle trouvait logique et même rassurant qu'un futur père s'inquiète. Mais l'attitude de Seb envers elle était tout, sauf normale !

Elle était lasse de courir après lui. Elle avait presque quémandé leur rapprochement physique, la veille. Auparavant, elle avait dû le supplier pour qu'il accepte de nouvelles FIV. Quand était-il devenu si fermé ?

Une sanglot amer lui échappa. Elle devait se reprendre. Passer la journée à pleurer ne donnerait rien.

Elle ne voulait pas que Seb s'en aille, mais en l'état actuel des choses mieux valait arrêter les dégâts. Elle refusait de garder un homme dans sa vie uniquement parce qu'ils avaient – auraient – des enfants. Son amour pour Seb n'avait rien à voir avec les bébés qu'elle portait. Il avait peut-être eu cette impression, mais ce n'était pas le cas.

Devait-elle essayer de lui parler à nouveau ? Les tentatives précédentes avaient mal tourné, et aujourd'hui elle regrettait de ne pas avoir utilisé les bons arguments. Au lieu de réclamer son soutien dans la procréation assistée, elle aurait dû lui demander de donner une autre chance à leur histoire. Elle s'était trompée de bataille !

À présent, elle n'avait plus le courage de livrer un combat supplémentaire. Il était sans doute trop tard de toute façon.

Décidée à réagir, elle se leva et gagna la cuisine. Cette séance de pleurs l'avait non seulement laissée sans forces, mais malade : elle avait des crampes d'estomac. Quelle plaisanterie que ce vase sur le comptoir ! Les fleurs semblaient la narguer de tous leurs pétales ouverts...

Avec ce bouquet, Seb avait voulu lui offrir un gage de paix à défaut d'amour. Elle comprenait son geste car il avait sans doute culpabilisé après leurs « ébats ». Il avait eu le réflexe d'appeler Jessica pour s'assurer qu'il n'avait rien fait de mal, mais il avait eu tort de réagir ainsi. C'est à *elle*, sa femme, qu'il aurait dû parler. Il aurait dû discuter avec *elle*. Il l'avait rejetée une fois de plus !

Elle s'assit à la table et se prit la tête entre les mains.

Elle n'avait pas fait mieux dans le genre, au contraire. Elle avait quitté leur bureau en claquant la porte, non sans avoir précisé qu'elle voulait une séparation. Il avait à peine eu le temps de prononcer une phrase, dans laquelle il avait exprimé sa peur pour les bébés...

Et s'il avait eu une autre motivation ? Peut-être souhaitait-il demander à Jessica ce qu'un couple de futurs parents pouvait faire à ce stade ? Le « attends un petit moment » de la veille s'expliquerait mieux de cette manière. Il avait dû se poser mille questions et se dire qu'il préférait solliciter l'avis de la gynécologue...

Quoi qu'il en soit, Bella devait arrêter de se faire du mal. Elle aurait beau retourner le problème dans tous les sens, elle ne pouvait pas revenir en arrière. Elle s'était emportée et avait laissé la colère prendre le dessus. Il ne lui restait plus qu'à initier une dernière tentative de réconciliation.

Elle ne saurait jamais ce que Seb avait dans la tête – et surtout dans le cœur – s'ils n'avaient pas une conversation posée. Elle devrait surtout éviter que les anciennes blessures n'empoisonnent le présent et l'avenir. Elle était convaincue que Seb se sentait mal, lui aussi. Il s'était peut-être dit qu'elle voulait profiter de lui, qu'elle le considérait seulement comme un géniteur. La vérité était très différente, mais elle n'avait jamais pris la peine de le lui dire…

Il était temps désormais d'aller le voir pour lui demander ce qu'il attendait de leur union. S'il n'espérait plus rien, elle serait fixée une fois pour toutes. En revanche, s'il croyait encore à l'avenir de leur couple, ils iraient voir Jessica ensemble. Ils pourraient s'inscrire à des groupes sur la parentalité, se nourrir de l'expérience des autres. Tout serait bon à prendre pourvu qu'ils trouvent une solution.

Assoiffée, elle but un peu de lait, lava son verre et le rangea en soupirant. Elle se sentait fatiguée et un nouveau trajet vers l'hôpital ne l'enchantait guère. Néanmoins, elle refusait d'évoquer l'avenir de son mariage au téléphone.

Elle gagna le hall, mais à peine avait-elle fait trois pas qu'une vive douleur lui transperça le côté. Elle s'adossa au mur, retint son souffle… Tout allait bien. Elle pouvait repartir.

La douleur lancinante reparut dès qu'elle voulut bouger. Mais cette fois elle eut l'impression que sa culotte était humide.

Non, non, non !

Les mains plaquées sur le ventre, elle se rua vers la salle de bains. Il y avait des traces rouges sur son slip. Elle saignait, comme au début de sa grossesse.

Elle s'entoura l'abdomen de manière réflexe pour protéger ses enfants. Puis, au bout de quelques secondes, elle se força à bouger. Elle avait besoin d'aide !

Comme un automate, elle prit une protection périodique dans l'armoire de toilette. Le destin ne pouvait pas se montrer si cruel, tout de même ?

Elle courut vers l'entrée, prit son portable dans son sac d'une main tremblante et appela Seb.

Allez, réponds. Réponds !

L'annonce exaspérante de la messagerie lui vrilla les nerfs. Elle tenta de nouveau sa chance, reproduisant le code qu'ils avaient établi : si l'un d'eux appelait deux fois de suite, même sans laisser de message, cela voulait dire qu'il y avait une urgence.

Hélas, le second essai n'aboutit pas davantage que le premier. Elle fixa l'écran de son mobile, laissa s'écouler une minute et secoua la tête. Elle ne pouvait plus attendre. Elle devait joindre les secours.

Un opérateur décrocha dès la seconde sonnerie.

— En quoi puis-je vous aider, madame ?

— Ici le Dr Isabella Lopez, de l'hôpital général. Je suis enceinte de presque cinq mois. J'attends des triplés. J'ai des douleurs abdominales et des saignements.

Sa voix s'étrangla sur les mots. Elle inspira à fond avant de poursuivre :

— Pouvez-vous envoyer une équipe à mon domicile ? Faites vite, s'il vous plaît.

— Allongez-vous tout de suite, docteur. J'envoie une ambulance. Donnez-moi votre adresse.

Tout en indiquant ses coordonnées, elle alla déverrouiller la porte d'entrée. Un nouveau tiraillement lui cisailla le ventre alors qu'elle se dirigeait vers le canapé. Elle se coucha aussitôt et le soulagement fut immédiat : la douleur disparut comme par enchantement.

Soulagée d'avoir pu donner l'alerte, elle se focalisa sur sa respiration. Une fois calmée, elle essaya alors de joindre Seb mais tomba de nouveau sur sa messagerie. Il n'y avait plus qu'une chose à faire : contacter les urgences.

— As-tu vu Seb dans les parages ? demanda-t-elle à la standardiste.

— Non, pas depuis un moment. Je suis désolée, mais il n'est pas en salle de soins. Veux-tu que je lui laisse un message ?

— Non, merci. J'essayais à tout hasard. Ce n'est pas urgent, mentit-elle.

Une sourde inquiétude s'empara d'elle. Où était Seb et pourquoi ne décrochait-il pas ? Même s'il était en colère, ce n'était pas son genre de jouer les abonnés absents…

Quoi qu'il en soit, elle devait rester tranquille. Elle ne pouvait pas s'inquiéter de lui maintenant. Ses bébés étaient la priorité absolue. La douleur avait disparu, mais elle n'osait pas regarder si elle saignait toujours...

Au terme d'un quart d'heure qui lui parut une éternité, on frappa à sa porte. Elle fut soulagée de voir Gabriel et son équipier entrer dans le salon. Gabriel était l'ami de Seb. Avec lui, elle serait entre de bonnes mains.

— Que se passe-t-il, Bella ? demanda-t-il en s'agenouillant près d'elle.

— Je... n'arrive pas à joindre Seb et...

Elle commença à pleurer, réveillant la douleur. Elle prit une profonde inspiration pour s'obliger au calme.

— J'ai des crampes abdominales et je saigne.

— Tu es dans le deuxième trimestre ?

— Oui. J'approche des cinq mois de grossesse.

Gabriel opina, l'air soucieux.

— On va vérifier tes constantes et t'emmener à l'hôpital.

— D'accord. J'ai appelé Seb plusieurs fois, mais il n'a pas décroché.

— Il doit être occupé. Ne t'en fais pas, il va vite te rappeler.

Bella ne sanglotait plus, mais les larmes ruisselaient sur ses joues et elle se mordit la lèvre. Puisse Gabriel dire vrai ! Elle avait plus que jamais besoin de Seb.

Debout sur le pont gréco-romain du Bosques de Palermo, Seb contemplait le lac.

Plusieurs couples faisaient du pédalo et il eut un pincement au cœur en pensant que, trois semaines plus tôt, il était ici avec Bella. Il se sentait très mal de l'avoir blessée. Au lieu d'esquiver, il aurait dû se montrer honnête. Il aurait dû lui dire qu'il préférait demander son avis à Jessica avant de faire l'amour.

Dès son arrivée au bureau ce matin-là, il avait appelé l'obstétricienne. Jessica lui avait confirmé ce qu'elle avait dit lors du premier rendez-vous : les rapports sexuels étaient autorisés. Il n'y avait pas lieu de prendre de précautions particulières. Bella et lui ne risquaient pas de mettre la grossesse et les bébés en péril.

Il s'apprêtait à en informer Bella, mais sa fureur l'avait pris de court. Y avait-il de quoi se mettre dans un état pareil ? Après tout, il avait essayé de lui faire comprendre…

Il secoua la tête, dépité. Depuis son retour d'Afrique, il ne lui avait pas dit *la* chose essentielle. Jamais, pas une seule fois, il ne lui avait dit qu'il l'aimait. Il avait eu trop peur qu'elle ne le rejette. Il avait craint qu'elle ne voie plus en lui que le futur père de leurs enfants.

Et si elle avait pensé la même chose ? Avait-elle imaginé qu'il ne l'aimait plus ? Qu'il restait avec elle en raison de la grossesse ?

Il n'y avait qu'une seule manière de sortir de l'impasse : il devait lui avouer ses sentiments. Le plus tôt serait le mieux car elle envisageait une séparation physique. En tout état de cause, il fallait prendre une décision. Ils ne pouvaient plus continuer à se rendre malheureux. Il allait téléphoner à Bella et lui dire qu'il rentrait à l'appartement pour discuter.

Quand il voulut extirper son mobile de sa poche arrière, il constata, dépité, qu'elle était vide. Il songea alors qu'il avait dû laisser son portable dans la voiture. Il le lançait souvent sur le siège passager pour ne pas être gêné et l'oubliait ensuite. Cela arrivait toujours au mauvais moment !

Pestant à voix haute, il se hâta vers l'entrée du parc. Toutefois, les allées étaient longues et, même en courant une partie du chemin, il mit dix bonnes minutes à rejoindre le parking.

Hélas, son téléphone n'était pas dans son 4x4. Pris par l'agitation du matin, il avait dû l'oublier à l'hôpital, mais il était hors de question qu'il y retourne. L'urgence était de voir Bella !

La première chose qu'il aperçut en arrivant chez eux fut sa petite voiture garée sur l'emplacement habituel. Soulagé, il se rua vers l'ascenseur, puis il parcourut le couloir de l'étage au pas de course jusqu'à leur appartement.

— Bella ! cria-t-il en ouvrant la porte.

Aucune réponse.

— Bella ?

Une vague d'angoisse déferla sur lui. Il se précipita, traversa toutes les pièces l'une après l'autre, mais elle n'était nulle part. Et pourquoi y avait-il un emballage de protection périodique sur le carrelage de la salle de bains ?

En quelques secondes, sa peur se mua en panique. Bella devait avoir un sérieux problème et, encore une fois, il n'avait pas été à la hauteur. Quelle que soit l'urgence, elle avait dû se débrouiller seule puisqu'il n'était pas joignable !

Au moment de récupérer son téléphone dans l'entrée, il avisa une petite note posée sur le guéridon.

On a emmené Bella à l'hôpital. Elle a des saignements et des maux de ventre. Rejoins-nous là-bas si tu trouves ce message. Gabriel.

Pétri d'angoisse, il repartit sur les chapeaux de roues. Il lui semblait s'être mis en pilote automatique et, en même temps, il avait une conscience aiguë de la situation. Pourquoi les voitures n'avançaient-elles pas ? Pourquoi y avait-il un si gros embouteillage ?

Il tremblait comme une feuille quand il arriva enfin à l'hôpital. Il se gara devant les urgences dans un crissement de pneus, jaillit du 4x4 et se rua vers le hall.

La réceptionniste le regarda entrer avec des yeux ronds. Il devait avoir l'air d'un fou ! Heureusement, une infirmière le vit et se rapprocha.

— Bella est en salle 1, chuchota-t-elle. Liz finit une césarienne. Elle va descendre dès que possible.

— Avez-vous prévenu le Dr Jessica Lucas ?

— Oui. Elle est de garde, cela tombe bien. Sa secrétaire lui transmet le message. Va vite retrouver Bella. C'est la meilleure chose que tu puisses faire pour l'instant.

— Bien sûr. Merci.

Il prit la direction des salles de soin, frappa à la porte 1, puis se glissa à l'intérieur du box. Bella fondit en larmes lorsqu'elle le vit.

— Oh ! Seb ! Je suis tellement désolée...

Sans réfléchir, il se précipita, s'assit sur le lit à côté d'elle et l'attira dans ses bras.

— Chut. Tu n'as aucune raison d'être désolée. Ce n'est pas ta faute.

— Si ! Tu avais raison hier soir. On n'aurait jamais dû…

— Arrête. C'est toi qui avais raison. J'ai appelé Jessica tôt ce matin, avant que tu n'arrives. Elle m'a confirmé que les bébés ne risquaient rien.

Elle enfouit le visage contre sa poitrine, le corps soulevé de sanglots.

— Mais alors, pourquoi le sort s'acharne-t-il contre nous ? Pourquoi maintenant ? dit-elle d'une voix étranglée.

— Je n'en sais rien, ma chérie. Je suis là. Et avec ou sans bébés, je resterai avec toi.

— Mais tu m'as bien fait comprendre que tu restais à cause des bébés, justement.

L'espace d'une seconde, il se demanda s'il avait bien entendu. Puis soudain, le sens de ses propos s'imprégna en lui. Oh non. Comment avait-elle pu croire une chose pareille ?

— Ce n'est pas vrai, Bella, protesta-t-il. Excuse-moi si je t'ai donné cette impression, mais tu te trompes ! Ma plus grosse peur, c'est de te perdre. J'angoisse à l'idée de faire quelque chose de mal, non seulement pour les petits, mais aussi pour toi.

Elle se rejeta en arrière contre les oreillers. Il eut mal au cœur de voir ses yeux rougis et son air abattu.

— Tu… parlais toujours de la grossesse, bafouilla-t-elle. Tu disais que je devais… qu'on devait être prudents.

— J'en parlais pour te faire plaisir, car j'étais persuadé que c'était ton souhait. Tu n'avais plus l'air d'avoir besoin d'un mari, juste d'un soutien, alors je me suis adapté. Cela m'a rendu fou de ne plus pouvoir te dire que je t'aimais. Je n'ai jamais cessé de t'aimer, Bella. Même pendant les quelques mois horribles qui ont précédé mon départ en Afrique.

Il lui captura le menton, puis ajouta :

— J'aime nos bébés, mais je te veux, toi. Devenir père sera un bonus, la cerise sur le gâteau, le bonheur que je n'espérais plus. Mais quoi qu'il advienne, je resterai. Je te chérirai jusqu'à la fin de nos jours à condition que tu le veuilles.

Elle ferma les paupières et les rouvrit avec un sourire un peu tremblant.

— Oui, c'est ce que je veux. Je t'aime aussi, Seb. Je t'ai toujours aimé, même quand tu es parti. Je voulais m'excuser… de t'avoir fait subir toutes ces années de galère, pour les FIV. Je sais que tu n'étais pas d'accord.

Il la fixa, interloqué. De toute évidence, il ne lui avait pas assez montré l'importance qu'il attachait à *leur* combat. Sinon, elle ne se serait pas mis ce genre d'idées en tête.

— Bella… J'avais de la peine de te voir souffrir à chaque fois que les choses tournaient mal. Je n'ai jamais accepté les FIV à contrecœur, sauf la dernière, et la suite m'a donné tort ! Alors écoute-moi bien : si tu veux dix enfants, je ferai tout ce qui est humainement possible pour que ton rêve se réalise. Mais pour ma part j'ai besoin de ma femme. Cela a toujours été toi et personne d'autre. Je suis perdu quand tu n'es pas là.

À peine avait-il fini sa phrase que Liz se précipitait dans la pièce, stéthoscope autour du cou.

— Bella ! Ils m'ont un peu expliqué au téléphone, mais dites-moi ce qui vous arrive.

D'une voix éteinte, Bella exposa la situation. Elle raconta à Liz l'épisode de la veille et leur dispute matinale. Après avoir quitté les urgences, elle était rentrée à l'appartement. Elle avait pleuré. En se levant de son lit, elle avait ressenti une vive douleur. Elle avait constaté des saignements…

Seb lui prit la main et la serra. Si seulement il l'avait suivie lorsqu'elle était retournée chez eux ! Mais, énervée comme elle l'était, aurait-elle voulu l'écouter ? On ne pouvait pas refaire l'histoire de toute manière…

— Avez-vous perdu beaucoup de sang ? demanda Liz.

— Non, juste un peu. Cela ressemblait à du mucus rosé. Je

saignais beaucoup plus quand je faisais mes fausses couches, mais… J'ai peur, Liz.

— Bien sûr, c'est normal. Avez-vous encore des douleurs ?

— Oui, quand je me tourne sur le côté droit.

— Est-ce que cela fait penser à des spasmes ou à des contractions ?

— Je ne crois pas.

— D'accord. On va regarder ce qui se passe.

Elle approcha l'échographe portable du lit et l'alluma.

— Seb, pouvez-vous aider Bella à se préparer pendant que je mets tout en place ?

— Bien sûr. Allonge-toi, ma chérie.

Les mains un peu tremblantes, il lui descendit sa jupe sur les hanches, puis il défit les derniers boutons de son chemisier.

— Montre-moi où tu as mal, dit-il.

Elle désigna un point sur le côté et grimaça lorsqu'il exerça une légère pression à cet endroit. Il échangea un regard perplexe avec Liz.

— À mon avis, c'est musculaire, dit-il. Mais je me sentirai mieux quand on aura jeté un coup d'œil sur ces bébés.

Se penchant, il embrassa Bella sur la joue. Aussitôt, elle lui noua les bras autour de la nuque.

— Avant qu'on ne connaisse le verdict, je veux te dire que je t'aime, chuchota-t-elle. Je tiens à sauver notre mariage.

Submergé par l'émotion, il ferma brièvement les paupières.

— On le sauvera, ma chérie, répondit-il d'un ton doux. Quoi qu'il advienne, on fera tout pour que ça marche.

Il trouvait ce moment aussi magique que le jour où ils avaient échangé leurs vœux. L'avenir jusqu'alors si sombre s'était éclairci d'un coup.

Liz toussota pour leur rappeler sa présence.

— On y va ? demanda-t-elle doucement.

Il entendit Bella expirer à fond, puis elle s'allongea contre les oreillers.

— Oui, murmura-t-elle.

Seb se mit debout et lui prit la main comme lors du dernier

rendez-vous avec Jessica. Mais la situation était différente cette fois-ci. Ils avaient retrouvé leur complicité perdue. Quoi que cet instant leur réserve, ils l'affronteraient à deux…

Il déglutit péniblement lorsque Liz promena la sonde sur le ventre de Bella.

Bientôt, la cacophonie rassurante de battements de cœur désordonnés s'éleva dans la pièce et il sentit des larmes brûlantes lui piquer les yeux. Un bonheur tel qu'il n'en avait jamais connu irradiait dans sa poitrine, montait jusqu'à sa gorge et lui réchauffait tout le corps.

— Bella, tu entends ?

Elle opina. Il devina que l'émotion l'empêchait de parler, mais son air soulagé valait un millier de mots.

— Sont-ils tous là ? demanda-t-il.

— Je vois le bébé A, le B… Le petit C est toujours un peu caché, mais il commence à se montrer, répondit Liz en souriant.

Seb ne prit pas la peine de lui dire que ces bouts de chou avaient désormais un prénom. À cette minute précise, cela n'avait aucune importance.

— Est-ce qu'ils… vont bien ? chuchota Bella.

— Pour moi oui, affirma Liz. Je ne vois rien d'inquiétant, ni chez les bébés, ni sur les placentas.

— Mais alors, pourquoi ai-je saigné ?

— Vous savez comme moi que cela arrive parfois et qu'on ne peut pas tout expliquer. La muqueuse reçoit un flux sanguin important au cours du deuxième trimestre. Du coup, elle est un peu fragile. Par exemple, un simple examen au spéculum pourrait déclencher des saignements à ce stade. Neuf fois sur dix, il n'y a pas de quoi s'alarmer. Je vais envoyer un message à Jessica pour le point de côté, mais à mon avis, Seb a raison. Vous avez une douleur musculaire. Je ne vois aucun signe de contractions utérines.

Elle les regarda tour à tour, puis conclut :

— Je ne veux pas que vous travailliez aujourd'hui, ni l'un ni l'autre. Rentrez à la maison et chouchoutez-la, Seb. Jessica vous appellera certainement. Pour ma part, je vous téléphonerai cet après-midi. Et Bella, si vous saignez de nouveau, revenez tout de suite, d'accord ?

— Bien sûr.

Liz se pencha, étreignit Bella et lui tapota le dos.

— N'hésitez pas à m'appeler, à n'importe quelle heure. Je suis là. Je serai toujours là pour vous épauler.

— Merci beaucoup, Liz. Vous n'imaginez pas à quel point cela compte pour moi… pour nous.

L'obstétricienne les considéra en souriant, puis gagna la sortie.

— Je vous laisse, dit-elle doucement. Prenez votre temps.

— Merci pour tout, répondit Seb d'une voix enrouée.

Après le départ de Liz, il enleva le gel sur le ventre de Bella à l'aide de serviettes en papier, puis il l'aida à se rajuster.

— Tu veux bien que je m'allonge à côté de toi ?

Elle opina en souriant. Il se glissa près d'elle et lui entoura les épaules.

— À quoi penses-tu, ma chérie ?

Elle se blottit contre lui.

— Je me dis que j'ai beaucoup de chance et que j'ai été très bête.

— Bête ? Mais pourquoi ?

— Parce que j'ai laissé les choses dégénérer entre nous. J'aurais dû te dire que je t'aimais encore. Seulement… je craignais qu'il ne soit trop tard. J'avais peur de t'avoir déjà perdu.

Il déposa un tendre baiser sur son front et soupira.

— J'avais la même angoisse. Je n'aurais jamais dû partir pour l'Angola. Rétrospectivement, je me dis que c'était très égoïste de ma part.

— Arrête de culpabiliser. Tu as fait ce qui était nécessaire pour ton bien-être. Et moi, j'avais besoin d'un électrochoc. Le jour où je t'ai revu au milieu de ce tas de plumes jaunes, l'air distant comme jamais, j'ai compris que je ne voulais pas te perdre, toi. C'était l'un des pires moments de ma vie. Quand tu m'as regardée, j'ai cru que tout était fini entre nous.

— J'ai pensé la même chose. Tu étais si froide… Je ne te reconnaissais pas.

— Quels idiots nous avons été ! J'espère que tu ne seras pas trop déçu d'avoir seulement trois enfants, ajouta Bella d'un ton malicieux. Parce que je compte bien m'arrêter là.

— En es-tu sûre ? On pourrait adopter.

— C'est vrai. On pourrait aussi devenir famille d'accueil.

— Si on prend les décisions ensemble, je serai ouvert à tout, mon cœur. Tu le sais bien.

Elle fit une petite grimace.

— Tu as quand même des restrictions. Tu l'as montré hier soir.

— J'étais inquiet et je le suis toujours. Je me demande si tu n'as pas saigné à cause… de ce que nous avons fait.

— Arrête ! Tu as entendu Liz. C'est un problème de vaisseaux sanguins. Mais si cela peut te rassurer, on procédera autrement. Moi, j'aurai toujours le droit de te toucher…

Il secoua la tête en souriant.

— Cela t'ennuierait beaucoup qu'on se contente de soirées télé ? Je voudrais juste… être avec toi. J'aimerais qu'on passe des moments tranquilles, sans avoir peur de ce qui va nous tomber sur la tête. J'ai besoin qu'on se retrouve. Crois-tu que ce serait possible ?

— Bien sûr que oui.

Elle lui planta un baiser sur les lèvres, un autre sur le nez, puis elle eut un sourire lumineux.

— Je suis une femme très, très chanceuse. Et à compter d'aujourd'hui, je ne prendrai plus rien pour acquis.

— Moi non plus. L'amour s'entretient jour après jour, je le sais maintenant. Je t'aime, Bella.

— Je t'aime aussi, Seb.

Il se redressa et la fit asseoir en même temps.

— Si on rentrait ?

— Oui, allons-y.

— Il me reste juste une chose à faire. Je dois récupérer mon téléphone dans notre bureau. Je vais me l'accrocher autour du cou jusqu'à la naissance des petits. J'ai cru devenir fou quand j'ai trouvé le mot de Gabriel. Alors tiens-toi le pour dit, je ne vais plus te lâcher.

— À ce propos...

— Oui, mon amour ?

— Vas-tu revenir dans notre chambre ?

— Et comment ! Je dormirai avec toi cette nuit et toutes les autres.

Il avait enfin retrouvé son alter ego. L'univers s'était remis sur orbite. Il veillerait à ce que rien, désormais, ne vienne ternir ce bonheur.

Épilogue

Trois ans plus tard

— On mange ! Vous avez assez fait les fous.

Assise à l'ombre sur une couverture de pique-nique, Bella jeta un regard attendri sur la scène qui s'offrait à elle. Ses trois garçons s'adonnaient à leur sport favori : jouer à la bagarre avec leur père !

Comme souvent le dimanche, ils étaient venus au Bosques de Palermo.

Après la naissance des petits, Seb et elle avaient beaucoup flâné dans les allées avec leur grande poussette triple. Puis Sergio, Lorenzo et Luis avaient eu chacun leur trotteur, jusqu'à ce qu'ils soient capables de marcher… ou le plus souvent, de courir.

Par sécurité, Bella et Seb ne les avaient pas encore emmenés sur le lac. Mais ils engageaient parfois une baby-sitter et, ces jours-là, ils venaient seuls, en amoureux, louer un pédalo. Ils s'arrêtaient sous le pont, là où ils pouvaient s'embrasser loin des regards indiscrets…

S'ils avaient été sages jusqu'à la fin de sa grossesse, ils s'étaient bien rattrapés depuis. L'imagination de Seb était sans limites lorsqu'il s'agissait de les amener à se perdre dans les bras l'un de l'autre !

Depuis trois ans, ils menaient une vie riche et épanouie dans tous les domaines.

Aussi incroyable que cela puisse paraître, Bella appréciait maintenant les soirées télé. Se blottir contre Seb sur le canapé, devant un bon film, après avoir couché les enfants, était devenu un must. Ils étaient désormais les heureux propriétaires d'un immense salon très cosy – dans un logement qui ne l'était pas moins – puisqu'il avait bien sûr fallu déménager.

Là encore, ils avaient eu beaucoup de chance : l'appartement terrasse situé au dernier étage de leur immeuble s'était libéré un mois avant la naissance des triplés. Ils s'en étaient portés acquéreurs, et le déménagement s'était effectué de manière tranquille, le soir ou le week-end, jusqu'à leur installation définitive dans ce « palace » où tout semblait avoir été pensé pour une grande famille.

Du côté professionnel aussi, il y avait eu du changement. Il s'était passé beaucoup de choses en trois ans à l'hôpital général de Buenos Aires. Mais Bella et Seb, eux, étaient restés chefs des urgences. Ils dirigeaient toujours le service à deux, même si elle travaillait à mi-temps afin d'être plus disponible pour les enfants.

Au fil des mois, des couples s'étaient formés ou reformés dans leur entourage. Néanmoins, Bella était si heureuse qu'elle ne se préoccupait guère des bruits de couloir. Elle souhaitait juste à tout le monde de connaître le même bonheur conjugal que Seb et elle-même. La route avait été longue. Ils avaient traversé une tempête, mais à présent ils naviguaient sur une mer d'huile.

— Maman !

— Maman !

— Maman !

Elle éclata de rire. Les appels, les mots, les cris étaient souvent multipliés par trois chez les Lopez !

— Venez vous asseoir, petits coquins. On va déjà se nettoyer avec des lingettes.

Trois paires de mains potelées se tendirent vers elle. Luis était toujours moins costaud que ses frères, mais au fil des mois le décalage s'estompait. Ces enfants-là poussaient comme des champignons. Ils avaient hérité de l'appétit de leur père, et pour les deux plus grands, de sa belle carrure.

D'ici à quelques mois, ils seraient prêts à voyager en famille et, sur ce plan, Bella et Seb ne s'interdisaient plus rien. Au contraire, ils fourmillaient de projets. Ils avaient même reparlé de Médecins Sans Frontières. Puisque le monde s'offrait à eux, il n'y avait aucune raison d'y mettre des limites.

En guise de baptême du feu, ils avaient prévu d'emmener leurs enfants en Écosse, où les parents de Seb les accompagneraient. « Papy Luis » se portait toujours comme un charme et les deux retraités avaient la bougeotte. Ils s'offraient des escapades dès qu'ils ne jouaient pas les baby-sitters !

Bella enveloppa sa tribu d'un regard heureux.

Elle espérait que Seb et elle seraient de bons parents. On ne pouvait pas prédire le futur, mais tant que l'amour serait présent tout irait bien.

Et, dans cette famille, il y avait de l'amour à revendre.

Pour toujours et à jamais.

LUANA DaROSA

Son rival brésilien

Traduction française de
VIRGINIE CANTIN

BLANCHE

HARLEQUIN

Titre original :
SURGEON'S BROODING BRAZILIAN RIVAL

1

Le bruit de l'eau emplit la salle d'opération. Levant les yeux de l'évier où il se désinfectait les mains, Carlos regarda à travers la paroi vitrée. À leur poste, les membres du bloc attendaient l'arrivée de leur patient. Un patient qui aurait déjà dû être là il y a cinq minutes lorsque les urgences l'avaient bipé pour l'informer qu'une intervention chirurgicale d'urgence était prévue.

Ses yeux se posèrent sur l'horloge et, les lèvres serrées, il regarda les secondes s'écouler. Il relâcha la pédale et le filet d'eau s'arrêta. Lorsqu'il se retourna, l'infirmière du bloc l'attendait déjà avec une serviette pour qu'il se sèche les bras, puis elle l'aida à enfiler la blouse et les gants.

— Où est notre patient ? demanda Carlos en franchissant les portes de la salle d'opération.

— Je vais appeler ! dit une infirmière, et Carlos hocha la tête tandis qu'elle s'approchait du téléphone mural.

Pendant qu'il attendait, il laissa son regard errer dans la pièce, examinant chaque membre du personnel. Le chirurgien qui l'assistait n'était pas là non plus. Les urgentistes étaient probablement en train de transporter le patient après avoir effectué la consultation initiale.

Carlos était arrivé à l'hôpital général de Buenos Aires une semaine auparavant. Sebastian Lopez, qui dirigeait avec sa femme Isabella le service de médecine d'urgence de l'établissement, l'avait approché lors d'une conférence où il était l'un des principaux orateurs.

Bien qu'ils aient surtout parlé de la méthode mise au point par Carlos pour trier les patients de chirurgie multidisciplinaire, il avait eu le sentiment que son interlocuteur avait autre chose en tête. Cette « autre chose » s'était avérée être une offre d'emploi pour venir à Buenos Aires enseigner aux chirurgiens traumatologues de la ville comment gérer au mieux un service.

Contrarié, Carlos consulta l'horloge. Ce n'était certainement pas ainsi qu'il dirigeait son cabinet de traumatologie. Pour lui, être en avance, c'était être à l'heure, et être à l'heure, c'était déjà être en retard. Le transport de ce patient était donc *très* en retard. Dans sa discipline, chaque seconde comptait : c'était même bien souvent une question de vie ou de mort.

Il était inacceptable qu'un membre de *son* équipe soit en retard pour amener un patient. Les urgences se trouvaient juste en dessous des salles d'opération de chirurgie traumatologique. Il savait exactement combien de temps il fallait pour transporter un patient à l'étage, car le premier jour il l'avait chronométré lui-même.

La mâchoire serrée, Carlos se força à détendre ses muscles lorsque les portes s'ouvrirent enfin et que le brancard entra dans la salle d'opération.

— Tout le monde est prêt ? lança-t-il à l'anesthésiste avec un signe de tête impatient. Nous perdons du temps !

— Il y a eu...

Une voix féminine se fit entendre derrière lui, mais il la coupa sans se retourner.

— Inutile de vous excuser. Mais je veux commencer cette opération sans plus tarder. Êtes-vous mon chirurgien manquant ?

Il regarda l'anesthésiste retirer la perfusion du bras du patient et insérer la canule pour injecter les produits.

— Je suis chirurgienne traumatologue dans cet hôpital, mais je ne suis certainement pas *votre* chirurgienne.

Qu'est-ce que cela voulait dire ? Carlos fronça les sourcils et regarda par-dessus son épaule, mais il n'aperçut qu'une mèche de cheveux bruns qui disparut derrière la porte de la salle d'opération.

Un instant plus tard, il aperçut à travers la vitre une jeune femme qui se désinfectait les mains au lavabo. Leurs regards se croisèrent, et une étrange sensation de familiarité l'envahit lorsqu'il découvrit ses yeux mordorés. Sebastian l'avait présenté à tous les chirurgiens de l'équipe lorsqu'il était arrivé en début de semaine, y compris à elle. Elle l'avait accueilli avec un large sourire et une franche poignée de main, et il se rappela son parfum aux notes d'abricot qui avait persisté longtemps après qu'il se fut tourné pour saluer les autres membres du personnel. La main de Carlos s'était attardée dans la sienne une fraction de seconde, et il avait senti une chaleur inconnue se répandre en lui.

— Le patient a subi une trachéotomie. Je vais connecter le tube au respirateur et nous devrons passer à l'aspiration manuelle lorsque vous serez prêt à le retirer, dit l'anesthésiste derrière lui, ramenant Carlos à l'instant présent.

— Une trachéotomie ? répéta-t-il.

Il se retourna face au patient, puis se pencha pour examiner le tube qui sortait de sa gorge.

Le briefing qu'il avait reçu il y avait à peine dix minutes n'évoquait aucune obstruction des voies respiratoires qui aurait nécessité cette intubation. Il eut envie de s'adresser à la jeune femme – Dr Martinez, se rappela-t-il – pour lui demander ce qu'il s'était passé. Mais le bip sonore d'un moniteur ramena son attention sur son patient, qui se trouvait dans un état critique.

— Sa tension artérielle baisse. Nous devons l'opérer le plus vite possible et traiter l'hémorragie interne.

Repoussant ses pensées négatives, Carlos s'approcha du patient et avança la main pour recevoir le scalpel que l'infirmière du bloc lui tendait déjà.

— Ce n'est pas très bon, marmonna-t-il après avoir constaté l'étendue des lésions.

Bien qu'il ait travaillé en chirurgie traumatologique dès le début de son stage à Rio de Janeiro, il y avait de nombreuses années, constater la faculté de récupération du corps humain ne le rendait pas moins humble, surtout quand c'était lui qui recousait les gens.

— J'ai besoin d'une paire de mains supplémentaire, dit-il.

Alors qu'il cherchait des yeux le Dr Martinez, dix doigts fins et gantés apparurent dans son champ de vision.

— Je suis là, dit-elle, sans autre commentaire.

Cela n'avait pas d'importance. Il était sincère lorsqu'il avait dit ne pas vouloir savoir ce qui lui avait pris tant de temps. Ils pourraient avoir cette discussion plus tard.

— C'est gentil de vous joindre à nous, Martinez, dit-il, sans pouvoir réprimer un clin d'œil amical.

Pendant toutes les années passées au sein des plus grands services d'urgence d'Amérique du Sud, il n'avait jamais laissé tomber un seul chirurgien, et c'est ce genre de dévouement qu'il attendait de tous ses confrères.

Quand elle leva vers lui ses yeux en amande, il se demanda à quoi ressemblaient ses lèvres, sous son masque. Étaient-elles minces ou, au contraire, plutôt charnues ?

— Le sang s'accumule autour du foie et ses reins sont légèrement décolorés. Il faudra examiner cela une fois le saignement résorbé.

Carlos se concentra sur l'opération en cours, et fronça les sourcils lorsqu'il réalisa que le Dr Martinez retenait facilement son attention. Qu'est-ce qui l'attirait malgré lui chez elle ? Il ne lui avait même pas adressé la parole en dehors de leur brève présentation !

— Aspiration ou éponges ? demanda-t-elle.

— Je vais aspirer pendant que vous comprimez le foie et empêchez le sang de s'accumuler, répondit-il, avant de prendre l'aspirateur des mains de l'infirmière.

Le crachotement de l'appareil étouffa le bip du moniteur et Carlos écouta l'anesthésiste lui communiquer les constantes du patient.

— Les urgences ont dit qu'il avait eu un accident sur un chantier de construction. Savez-vous comment cela s'est produit ?

Il ne leva pas les yeux en posant la question, et sa main resta ferme tandis qu'il nettoyait le champ opératoire.

— Passez-moi l'agrafeuse, s'il vous plaît, dit-il à l'infirmière en lui rendant le tube d'aspiration.

— Vous allez agrafer la lacération ?

Cette question était la première que posait le Dr Martinez depuis qu'elle avait commencé à éponger le sang qui coulait du foie. Grâce à ses efforts, on voyait désormais l'endroit où l'organe s'était déchiré lors de l'impact.

— Les agrafes sont plus rapides que les sutures et tout aussi efficaces, répondit-il, avant de poser la première agrafe. Il y aura des cicatrices, mais compte tenu de la situation dans laquelle se trouve ce patient, c'est le cadet de nos soucis !

Carlos n'attendit pas que le Dr Martinez émette de nouvelles objections et agrafa le reste de la plaie d'un geste sûr et rapide.

— Il a été écrasé sous une poutre métallique, précisa-t-elle lorsqu'il eut fini de soigner le foie.

— L'hématome du rein m'inquiète. Pas de quoi poser un drain, cependant... Il tient bon pour l'instant, mais il reste problématique. Des opérations de suivi seront nécessaires dans les prochains jours.

Carlos fit une pause pour évaluer le patient avant de se diriger vers le moniteur qui affichait les signes vitaux. La pression artérielle s'était stabilisée, montrant que la source de l'hémorragie interne avait été identifiée et traitée.

— Avec une telle blessure, il pourrait souffrir du syndrome d'écrasement. S'il est suffisamment stable pour être transporté, il faut le mettre sous perfusion et surveiller sa fonction rénale toutes les heures, déclara le Dr Martinez.

Carlos acquiesça.

— Très bien, docteur Martinez. Refermons-le.

La suite de l'opération se déroula sans encombre, au grand soulagement de Sofia. Ses mains étaient stables, mais son souffle restait haché.

« Inutile de vous excuser. »

Ses paroles avaient résonné dans sa tête tout au long de l'opération. La dernière fois qu'elle avait reçu une réprimande, c'était pendant son internat, il y a des années, de la part d'un chirurgien en chef acrimonieux. Carlos Cabrera essayait apparemment de rivaliser avec lui pour le titre de chirurgien le plus désagréable avec lequel elle avait eu le malheur de travailler.

Le Dr Morales ne manquait jamais une occasion de la critiquer devant ses pairs, saisissant n'importe quel prétexte pour la rabaisser. Elle n'avait jamais su ce qui la rendait si suspecte aux yeux du vieux chirurgien mais à cause de ses paroles cinglantes Sofia avait pris l'habitude de vérifier par deux fois chaque geste qu'elle faisait à l'intérieur et à l'extérieur de la salle d'opération. Les manuels professionnels étaient devenus ses meilleurs amis, car sa seule défense avait été d'expliquer ses actes en se fondant sur la pratique médicale.

Contrairement au chirurgien grincheux qui supervisait son stage, Carlos, au moins, était agréable à regarder : ses pommettes étaient hautes, et son profil de statue inspirait le respect. Avec ses cheveux parfaitement coiffés et ses yeux bruns qui semblaient observer tout ce qui l'entourait, il ressemblait à un acteur. Il l'impressionnait tant que Sofia ne pouvait s'empêcher de le fixer, inexplicablement attirée par lui.

Sebastian lui-même lui avait confié qu'il s'était allié au directeur de l'hôpital pour faire venir Carlos, afin que toute l'équipe de chirurgie et de médecine d'urgence profite de son savoir.

D'ailleurs, dans l'opération d'aujourd'hui, elle avait effectivement appris quelque chose. Les agrafes n'étaient pas une invention nouvelle, et elle les avait utilisées à de nombreuses reprises lorsqu'elle travaillait aux urgences pour refermer rapidement des plaies superficielles. Mais, pour réparer les lésions internes, Sofia prenait toujours le temps de faire des sutures.

Si les agrafes étaient une solution rapide et facile, l'inconvénient était une cicatrisation excessive pouvant entraîner d'autres complications. Mais, dans une discipline comme la chirurgie traumatologique, la solution la plus rapide était le plus souvent la meilleure.

Le moniteur de fréquence cardiaque émit un bip, ramenant Sofia à l'instant présent alors qu'Alejandra, la jeune interne, se penchait vers le patient pour examiner sa gorge.

— On laisse la trachéotomie comme ça ? demanda-t-elle.

— Oui, répondit Carlos alors que Sofia s'apprêtait à le faire elle-même. Dans l'état où il se trouve, il devra rester intubé et sous ventilation. Une opération de suivi aura lieu demain, au cours de laquelle l'équipe cardiovasculaire décidera de la marche à suivre.

Alejandra acquiesça, et Sofia retint une réplique cinglante, forçant sa main à se détendre. Pendant que le Dr Cabrera parlait, elle avait resserré sa prise autour de l'écarteur.

Pourquoi ce type la dérangeait-il ? Il n'était pas si séduisant que ça ! Pourtant, elle ne pouvait nier l'admiration qu'il lui inspirait, ni celle qu'elle lisait dans les yeux d'Alejandra. Elle apprenait beaucoup à son contact et se sentait rougir chaque fois qu'elle le regardait.

Lorsqu'il travaillait en face d'elle au bloc opératoire, elle était tentée de se laisser bercer par sa voix de baryton, tout en suivant chacun de ses gestes.

Elle le regarda poser un pansement sur une incision. Ses doigts bougeaient avec une étonnante délicatesse, qui contrastait avec sa mine sévère, à tel point que Sofia se demanda comment étaient ses mains sans ses gants. Seraient-elles rugueuses ou douces contre sa peau ?

— Pouvez-vous me donner un autre pansement, Martinez ?

Sa voix grave chassa les pensées interdites qui lui venaient à l'esprit, et Sofia réprima un frisson.

— Oui, bien sûr...

Elle tira le ruban adhésif et le tendit à Alejandra, qui le coupa. Ensuite, elle le positionna à l'endroit précis où Carlos tenait la compresse, puis le tapota pour qu'il adhère, jusqu'à ce que sa main rejoigne celle de Carlos, qui tenait toujours la peau en place.

L'étincelle créée par ce contact furtif fit courir une légère décharge électrique le long de son bras. Surprise par cette délicieuse sensation, elle laissa échapper un soupir.

Un instant plus tard, ses yeux se rivaient aux siens. Mon Dieu, l'avait-il entendue, même avec le faible ronronnement du respirateur et le bip constant des moniteurs ? La dernière chose dont elle avait besoin, c'était que Carlos Cabrera pense qu'elle avait un faible pour lui !

— Vous êtes affectée à ma salle d'opération pour aujourd'hui ? demanda Carlos en se tournant pour laisser l'infirmière l'aider à enfiler sa blouse.

— En effet. Cela pose-t-il un problème ? demanda-t-elle d'un ton un peu trop sec.

Elle savait qu'elle n'aurait pas dû se montrer aussi cassante mais, après l'humiliation publique qu'il lui avait infligée pour son retard, il ne l'avait pas volé !

Comme Carlos ne répondait pas, elle se retourna pour le regarder et entrevit son expression amusée, vite remplacée par le masque de professionnalisme froid qu'il affichait d'ordinaire.

— Ne soyez plus en retard et nous n'aurons plus de problèmes, dit-il avant de se tourner vers l'anesthésiste.

Déstabilisée, Sofia se demanda si elle supporterait de passer un après-midi entier avec lui. Peut-être devait-elle se préparer mentalement ? Il serait bien avisé de ne pas faire d'autres remarques à propos de sa conduite. Sofia n'allait pas laisser tomber ses patients juste parce qu'il était inflexible sur les horaires et entendait les faire respecter à la lettre. La chirurgie était imprévisible, et elle aurait pensé qu'un professionnel de renom comme Carlos le savait mieux que quiconque.

2

Le reste de l'après-midi se déroula sans anicroche, et Sofia évita tout contact prolongé ou conversation sérieuse avec Carlos. Elle en ferait désormais une règle absolue, décida-t-elle, échaudée par l'incident qui s'était produit en salle d'opération. Elle l'écouterait avec attention à chaque fois qu'il dirigerait la formation du personnel afin d'apprendre tout ce qu'elle pourrait de lui, mais garderait ses distances.

Sofia n'avait pas de problème à opérer avec lui, bien au contraire. Malgré son caractère ombrageux, Carlos avait un rythme qui s'accordait à merveille au sien, comme s'ils avaient été à la même école. Et même si elle avait des réserves à son égard, elle devait bien admettre qu'ils formaient un duo performant.

Cependant, elle se refusait à lui accorder trop de crédit pour cela. Unanimement salué par la communauté médicale pour ses compétences, il était capable de travailler avec n'importe qui et de s'adapter à sa façon de faire – ce qui, selon elle, était la moindre des choses. Est-ce ce qu'il se passait entre eux ? Se pouvait-il qu'il ait calqué sa pratique sur la sienne ?

L'idée que Carlos puisse l'observait de si près lui fit monter le rouge aux joues. Qu'avait-il perçu d'autre pendant qu'il la surveillait ? Avait-il remarqué l'attention qu'elle lui portait, et deviné à quel point elle avait été impressionnée par son habileté, à son corps défendant ? Elle s'était promis de ne pas se laisser abuser par Carlos Cabrera. Certes, il était séduisant, talentueux et travailleur, mais cela ne signifiait pas qu'il méritait le traitement de faveur que tout le monde lui réservait, y compris Sebastian.

Sofia regarda le chef du service se diriger vers le poste des infirmières, où elle terminait de rédiger le compte rendu d'un patient opéré un peu plus tôt. L'agitation des urgences formait un bruit de fond familier, et le cliquetis des brancards transportant les patients, les sonneries des bipeurs ne la dérangeaient nullement.

— Quand on parle du loup…, dit-elle en élevant la voix pour couvrir le brouhaha de la salle de traumatologie, alors que Sebastian s'approchait d'elle d'un pas assuré.

— Qu'est-ce qui t'a mis de si bonne humeur, ce matin ?

Sebastian éclata de rire et s'appuya au comptoir.

— L'amour, ma chère ! C'est ce qu'il y a de mieux pour commencer la journée. Tu devrais essayer !

Sofia se força à sourire, mais son souffle se bloqua dans sa gorge comme l'image de Carlos s'imposait à son esprit. Elle revit ses doigts sûrs et agiles agrafant la plaie de leur patient, son regard acéré… Son talent de chirurgien était indéniable, mais comment était-il en tant qu'amant ?

Sebastian remarqua l'hésitation qu'elle tentait de masquer par une petite toux et pencha la tête d'un air interrogateur. Mais Sofia n'avait pas l'intention de lui répondre. Si l'amour réussissait à son chef, ce n'était pas le cas pour elle. La chirurgie était un domaine très compétitif, qui ne lui avait laissé jusqu'alors que peu de temps pour penser à autre chose.

Sofia laissa échapper un soupir.

— Tu sais ce que c'est ! Lorsqu'on sort avec un chirurgien, il faut s'attendre à ce qu'il annule ses rendez-vous galants pour honorer ses rendez-vous professionnels, souvent plusieurs fois d'affilée. Et la journée d'un chirurgien ne se termine que rarement à 17 heures !

Chacun de ses petits amis avait prétendu comprendre que son travail devait passer en premier – jusqu'à ce qu'ils se lassent de l'attendre et de compter en vain sur elle…

Sebastian leva les mains.

— Je sais que tu as eu des déboires, surtout avec… David, c'est ça ?

— Daniel, corrigea Sofia.

Elle avait cru trouver en Daniel un homme qui comprenait – enfin ! – que le travail serait toujours sa priorité. Hélas, Daniel s'était révélé le pire de tous. Ses autres partenaires avaient au moins eu la décence de lui dire que les choses ne pourraient pas marcher entre eux. Daniel, lui, l'avait trompée, puis avait accusé son dévouement au travail d'être à l'origine de sa trahison.

— Daniel, c'est vrai…

Sebastian secoua la tête, sans doute au souvenir du désordre que Daniel avait laissé derrière lui lors de leur rupture. Son amitié avec le couple qui dirigeait le service des urgences s'en était trouvée renforcée, songea Sofia, et c'était bien la seule chose positive qui était ressortie de leur relation ! Brisée, elle s'était beaucoup rapprochée d'Isabella, qui l'avait aidée à recoller les morceaux de sa vie.

— Comment va Isabella ? demanda Sofia, en repoussant la tempête d'émotions qui faisait rage en elle chaque fois qu'elle pensait à son ex.

— Elle va bien. Les triplés aussi. Ses médecins lui ont demandé de se ménager, mais tu sais comment elle est ! Même lorsqu'elle n'est pas à l'hôpital, je la trouve à la maison en train de repeindre la chambre d'enfants ou de nettoyer le garage.

Il roula des yeux exaspérés, mais elle comprit qu'il était sincèrement inquiet que sa femme en fasse trop.

Sebastian et Isabella Lopez avaient pris en charge les urgences de l'hôpital général de Buenos Aires de nombreuses années auparavant, et avaient transformé ce service peu performant en un centre de traumatologie réputé. Sofia n'était pas là à l'époque _ elle n'avait commencé à travailler ici que trois ans auparavant_, mais elle avait entendu parler par d'autres membres du personnel de la transformation de l'hôpital.

— Cela ne m'étonne pas ! dit-elle, tandis qu'une chaleur familière se répandait dans sa poitrine en songeant à son amie. Mais tu sais qu'elle ne ralentira pas jusqu'à ce qu'elle soit trop enceinte pour bouger.

Sebastian soupira et secoua la tête.

— Je lui ai confié des tâches administratives à faire à l'hôpital, mais je commence à manquer de travail pour elle.

Il marqua une pause, puis marmonna, plus pour lui-même que pour Sofia :

— Je devrais peut-être l'envoyer travailler avec Carlos Cabrera.

En entendant le nom de Carlos, Sofia sentit la douce chaleur qui l'avait envahie se muer en un brasier ardent menaçant de la dévorer tout entière. Elle se raidit. Pourvu que Sebastian n'ait rien remarqué !

— Je voulais justement te parler de lui et de sa présence au sein de l'équipe, dit-elle.

Les sourcils de Sebastian remontèrent jusqu'à la racine de ses cheveux.

— Tu ne l'aimes pas ? demanda-t-il, comme s'il était déçu.

Elle le regarda longuement, avant de répondre :

— Oh ! mon Dieu, tu es tombé sous son charme, toi aussi ? Qu'est-ce qui ne va pas chez toi ?

Sofia leva les mains en signe d'incrédulité devant le visage perplexe de Sebastian.

— Certes, c'est un bon chirurgien, mais je ne m'explique pas cet engouement, ajouta-t-elle.

— Y a-t-il un problème dont je devrais être informé ? coupa Sebastian, visiblement surpris par sa véhémence.

Elle remarqua un léger durcissement de son ton, comme s'il voulait lui rappeler qu'il était son patron, et elle secoua la tête. Même si Sofia avait beaucoup à dire sur Carlos, elle savait qu'elle n'était pas dans l'état d'esprit nécessaire pour le faire de manière constructive. Et, même si Sebastian ne dirigeait pas le service de chirurgie, elle passait tellement de temps aux urgences qu'ils étaient devenus assez proches pour partager leurs opinions.

— Je le trouve juste un peu… arrogant, dit-elle, ce qui n'était qu'une partie de ce qu'elle voulait confier à Sebastian, le moment venu.

Sebastian s'esclaffa.

— Je vois que la rivalité professionnelle bat déjà son plein ! Ne t'emballe pas trop, Sofia. Il est ici pour un contrat d'un mois, et ensuite il repartira.

Elle tourna vers lui un regard étonné.

— Tu ne veux pas qu'il reste ici en permanence ?

— Oh ! non, c'est lui qui ne cherche pas un poste à plein temps. Cabrera n'est pas resté plus de six mois au même endroit au cours des cinq dernières années, et ni moi ni le directeur de cet hôpital n'avons pu le faire changer d'avis.

Sofia fronça les sourcils.

— Depuis cinq ans, il travaille dans différents hôpitaux. Pourquoi ?

— Aucune idée, mais on peut lui demander si tu veux, proposa Sebastian en fixant un point, derrière elle.

Elle tourna la tête et écarquilla les yeux en voyant Carlos s'approcher d'eux. Tête baissée, il consultait son téléphone. Il ne l'avait pas vue, comprit-elle, soulagée.

Sofia hésita. La dernière chose qu'elle voulait, c'était lui donner la satisfaction de la voir fuir, en évitant les brancards et les collègues qui couraient en tous sens. Mais elle n'était pas non plus d'humeur à rester en sa présence plus longtemps qu'il ne le fallait. Tout en lui l'exaspérait : son attitude, les compétences qu'il n'hésitait pas à exhiber, son subtil parfum boisé…

— Il faut que j'y aille, dit-elle lorsqu'elle sentit un étrange picotement au bout de ses doigts.

Sans laisser à Sebastian le temps de réagir, elle se dirigea à vive allure vers la porte la plus proche et disparut.

— Cabrera…

Carlos leva la tête et vit une porte se refermer sur une blouse grise au moment où il s'arrêtait devant Sebastian Lopez, qui l'avait appelé.

— Lopez ! Je suis content de vous voir, dit-il au chef des urgences.

Il n'était pas forcément sûr d'avoir beaucoup de choses à lui dire, mais sa courtoisie professionnelle ne lui permettait pas d'ignorer ses collègues, et encore moins lorsqu'il s'agissait de l'un de ses supérieurs.

— Que puis-je faire pour vous ?

Une expression qu'il n'arrivait pas à définir apparut sur le visage de sn interlocuteur. De l'agacement ? Carlos leva les yeux vers la porte qui venait de se refermer quelques secondes plus tôt, et Sebastian suivit son regard en soupirant. Il ouvrait la bouche pour dire quelque chose quand le bipeur accroché à sa ceinture sonna. Il y jeta un coup d'œil puis se redressa, les sourcils froncés.

— On me demande en médecine. Je...

Sebastian jeta un nouveau coup d'œil à la porte, puis haussa les épaules.

— Ne vous inquiétez pas, dit-il. Il y aura forcément des frictions, mais elle finira par s'y faire...

Confus, Carlos lui demanda :

— De qui parlez-vous ?

Ses mots restèrent lettre morte car déjà Sebastian s'était éloigné.

Qu'est-ce qui n'allait pas dans cet hôpital ? Cela faisait trois jours qu'il avait commencé à travailler ici, et il avait déjà un carnet rempli de suggestions sur les changements à apporter dans le service de traumatologie et aux urgences, afin qu'ils soient plus efficaces. Carlos devinait que cela ne ferait pas de lui le chirurgien le plus populaire du service. Non qu'il s'en soucie beaucoup, car de toute façon il ne restait jamais longtemps au sein du même hôpital. Pour des raisons professionnelles, mais aussi parce qu'il ne voulait pas s'attacher à quiconque. L'époque où il se liait d'amitié avec les gens avait pris fin il y a cinq ans, lorsque sa femme était morte dans un accident de voiture. Depuis, il ne restait jamais plus de quelques mois au même endroit.

Deux médecins passèrent devant lui, et Carlos les suivit du regard, certain qu'ils étaient en train de parler de ce qu'il s'était passé entre le Dr Martinez et lui au bloc opératoire. Tout au long de la journée, il avait entendu différentes versions de cet incident, et cela le préoccupait.

Comment prendre son travail au sérieux lorsqu'on perdait son temps en commérages ? Ce genre de discussions n'avait pas sa place à l'hôpital. Mais ce qui l'intéressait avant tout, c'était Sofia Martinez elle-même. Il était clair qu'elle laissait un problème personnel entraver leur relation de travail. Or il ne pouvait pas tolérer qu'un chirurgien l'évite, ce qui risquait de provoquer des rumeurs encore plus gênantes à l'hôpital. Non, il allait corriger dès maintenant l'idée fausse qu'elle se faisait de lui.

Il prit une profonde inspiration et, lorsque sa main se posa sur la poignée de la porte, un frisson l'alerta. Dans les trois derniers hôpitaux où il avait travaillé, il avait toujours rencontré des gens mécontents des changements qu'il avait recommandés. Même si Sofia se comportait ainsi, elle ne lui semblait pas être du genre à rejeter une occasion d'apprendre. Lorsqu'ils avaient opéré ensemble, il avait même senti une certaine proximité : leurs approches chirurgicales se complétaient.

Avant d'avoir totalement analysé leur compatibilité en salle d'opération, Carlos poussa la porte et se retrouva nez à nez avec Sofia Martinez. Elle était si proche qu'il sentit son sang s'échauffer, irradiant tout son corps. Submergé par une foule de sensations troublantes, il recula d'un pas et sursauta lorsque son dos heurta le battant de la porte qu'il venait de franchir.

Dans ses yeux bruns brillaient des étoiles, si lumineuses qu'il en fut ébloui. Quelques secondes s'écoulèrent, durant lesquelles ils se fixèrent, chacun attendant que l'autre détourne le regard.

— Vous avez besoin de quelque chose, docteur Cabrera ? finit par demander Sofia, le tirant de sa stupeur. Des indications, peut-être ?

Son ton était glacial, mais il aurait pu jurer qu'il y avait un léger tremblement dans sa voix.

Le discours qu'il avait préparé avant d'ouvrir la porte s'était envolé ! Tout comme les répliques bien senties qu'il avait concoctées.

Il se souvenait à peine de ce qui l'avait poussé à venir ici. Peut-être avait-il vraiment besoin de conseils ?

— Pourquoi me fuyez-vous ?

Il lui lança la question sans préambule, trop troublé par sa soudaine proximité pour se soucier de délicatesse.

Plus vite ils régleraient cette question, plus vite il pourrait s'éclipser.

Sofia cligna plusieurs fois des yeux, ses longs cils effleurant ses joues. Pendant une fraction de seconde, mais suffisamment longtemps pour que Carlos le remarque, elle se mordit la lèvre inférieure.

— Je ne vous fuis pas, dit-elle.

Elle eut au moins la décence de rougir du mensonge évident qu'elle venait de proférer, tandis qu'il luttait contre l'envie de lui caresser la joue. Qu'est-ce qui n'allait pas chez lui ?

— Si vous ne m'évitez pas, pourquoi êtes-vous ici, alors ? demanda-t-il d'une voix rauque.

Carlos se sentit presque mal pour elle lorsqu'elle laissa tomber avec un soupir :

— Même si je cherche à vous éviter, qu'est-ce que ça peut bien vous faire ? Vous n'avez pas vraiment envie d'entendre mes excuses, n'est-ce pas ? dit-elle en redressant les épaules.

À son tour, Carlos cligna des yeux. Avait-il été trop abrupt avec elle ? Il savait que les gens le percevaient comme direct, mais c'était une qualité qui lui avait valu le succès qu'il connaissait aujourd'hui dans son domaine. En chirurgie traumatologique, il n'y avait de place ni pour le doute, ni pour l'hésitation. Il s'efforçait d'incarner ces principes et attendait du personnel avec lequel il travaillait qu'il en fasse autant.

Mais il était là pour enseigner, et il voyait bien qu'il n'y parvenait pas. Sinon, Sofia aurait compris le sens de ses interventions.

— Les voies respiratoires du patient se sont bloquées pendant son transport. Vous avez dû vous interrompre pour procéder à une trachéotomie d'urgence, c'est bien cela ?

Après un long silence, elle releva le menton et lança :

— C'est exact.

Ce n'était pas la première fois qu'un confrère le défiait, et cela ne s'était jamais bien terminé.

Mais quelque chose chez Sofia lui donnait envie de lui renvoyer la balle. Il voulait voir jusqu'où ils pouvaient aller. Professionnellement, bien sûr…

— Croyez-vous que cela ait été le bon moment pour me présenter les raisons de votre retard ? Notre patient était sur le point de se vider de son sang !

Malgré tous ses efforts, il n'arrivait pas à faire disparaître complètement le côté tranchant de ses paroles. Un tranchant qu'il avait affiné au cours des cinq dernières années, une arme qu'il maniait pour que personne n'ose jamais l'approcher de trop près. Si tous le percevaient comme un chirurgien arrogant et élitiste, il serait plus facile de partir à la fin de la mission. Son désir d'établir des liens affectifs forts avec autrui était parti avec Rosa…

Sofia le fixait, immobile, et il pouvait presque l'entendre penser.

— Il y a un temps et un lieu pour les explications, dit-il alors qu'elle restait silencieuse. Lorsqu'un patient arrive dans notre salle d'opération, la seule chose qui doit nous intéresser, ce sont les éléments qui peuvent nous permettre de mieux réaliser l'intervention. Nous pouvons discuter de tout le reste ensuite, au moment du compte rendu.

Elle le fixait toujours, même si ses yeux s'étaient encore rétrécis, et il eut presque envie de rire de sa réticence à lui accorder ne serait-ce qu'un peu de reconnaissance. L'entêtement était un trait de caractère qu'il ne connaissait que trop bien : c'était aussi grâce à cela qu'il avait réussi à aller aussi loin en tant que chirurgien.

Enfin, Sofia prit la parole.

— Des explications, oui, je suis d'accord, dit-elle d'un ton ferme. Mais vous avez expressément parlé d'excuses. Je n'ai jamais eu l'intention de vous en présenter, parce que je n'ai pas besoin de justifier mon retard quand il s'agit de vous amener le patient en vie. Je suis tout à fait d'accord pour que vous aidiez l'équipe de traumatologie à parfaire ses compétences, mais n'oubliez pas que les mots que vous utilisez ont de l'importance, docteur Cabrera.

— Carlos.

Son nom sortit de sa bouche avant qu'il puisse y réfléchir, et cela l'alerta. Pourquoi diable lui avait-il proposé de l'appeler par son prénom ?

Il ne voulait pas se sentir proche de Sofia, ni de qui que ce soit d'autre dans cet hôpital. Non, les mêmes règles s'appliquaient ici comme ailleurs : il ferait de son mieux pour dispenser ses enseignements au personnel puis, une fois que tous seraient familiarisés avec ces nouvelles techniques, il passerait à l'établissement suivant.

Pourtant, il était là, désarmé devant cette femme étrangement troublante qui se tenait les bras croisés, une étincelle de défi dans ses yeux mordorés.

— Carlos..., répéta-t-elle alors que le silence se prolongeait entre eux.

Il percevait le bruit de sa respiration, et regrettait de l'avoir suivie dans cet espace minuscule. Elle était trop proche de lui, et remarquait chacune de ses réactions. Soudain, il entendit son propre souffle s'accélérer.

— Je reconnais que les mots que j'utilise ont de l'importance, et je tiendrai compte de cette remarque. Je suis venu ici pour enseigner à tous, mais cela ne veut pas dire que je ne suis pas prêt à apprendre de nouvelles choses moi-même. J'apprécie votre ouverture d'esprit, ajouta-t-il.

Il le pensait sincèrement, mais il était aussi pressé de mettre fin à cette conversation pour retourner enfin aux urgences, où l'air était beaucoup plus respirable !

— Les règles et les normes comptent beaucoup pour moi. Si vous avez l'impression que je ne les respecte pas, j'aimerais le savoir.

Carlos se prépara à une nouvelle réplique, mais les lèvres de la jeune femme s'entrouvrirent sur un sourire sincère. Il ne savait pas comment réagir alors qu'une chaleur accrue s'insinuait dans ses veines, le forçant à relâcher un souffle saccadé.

— C'est peut-être quelque chose que nous avons en commun. Sebastian m'a plus d'une fois décrite comme trop à cheval sur les principes. Il affirme que j'ai besoin de me détendre, mais je ne vois aucune raison de changer, dit-elle, comme son sourire atteignait ses yeux.

— Je ne vois pas l'intérêt de changer cela chez vous. Au contraire, c'est une qualité que j'encourage chez les professionnels auxquels je dispense mon enseignement. Nous devons penser de manière autonome et avoir suffisamment de liberté pour faire ce qui est nécessaire dans l'instant. Mais pour cela, nous devons connaître tous nos process sur le bout des doigts.

Il se détendit, rassuré de parler d'un sujet qu'il maîtrisait parfaitement.

— Comment se fait-il que vous aimiez à ce point les règles et les règlements ? demanda-t-elle en s'adossant au mur de manière bien trop décontractée à son goût.

Il sourit, mais ne répondit pas.

— J'ai découvert que, souvent, un événement déterminant se produit dans notre vie, qui… fait de nous ce que nous sommes, continua-t-elle. Cela s'est-il passé ainsi pour vous ? Pour moi, le déclic a eu lieu à l'école primaire. Nous n'avions qu'un seul ballon pour jouer, alors certains enfants se regroupaient pour tricher. J'ai inventé un système équitable, ce qui a impressionné l'institutrice. La mise en place de ce planning marque peut-être la naissance de ma vocation…

La tension qui traversait son corps s'estompa tandis qu'il méditait ses paroles, et il haussa un sourcil.

— Je vois… Les règles vous ont visiblement permis de connaître le succès. Je comprends pourquoi elles comptent autant pour vous.

Il ne voulait pas en savoir plus sur Sofia Martinez. Certes, il comprenait que le fait de bien connaître une personne améliorait la collaboration, mais il se refusait à une trop grande familiarité.

À en juger par son regard aigu, elle avait deviné son souhait, mais voulait passer outre. Comme il le redoutait, elle insista.

— Et vous ? Quel événement a fait de Carlos Cabrera l'homme méthodique et organisé qu'il est aujourd'hui ?

Carlos n'ignorait pas ce qui le poussait à répondre franchement, alors qu'il aurait pu s'enfuir. Quelque chose chez Sofia le désarmait. Peut-être parce qu'ils avaient trouvé le seul point sur lequel ils pouvaient s'entendre dans une relation par ailleurs conflictuelle ?

— J'ai perdu quelqu'un qui comptait beaucoup pour moi, dit-il simplement.

Alors qu'un chagrin déchirant l'assaillait, il vit ses traits s'adoucir et une lueur de sympathie briller dans ses yeux. Une réaction compréhensible, mais que Carlos détestait voir. Il ne méritait la pitié de personne. Car c'était lui qui conduisait la voiture, le soir de l'accident qui avait tué sa femme.

— Oh ! je suis désolée...

Avant qu'il ne puisse prononcer une parole qu'il risquait de regretter, Carlos tendit la main et saisit la poignée de la porte.

— Heureux que nous ayons pu éclaircir ce point, Martinez, conclut-il abruptement, avant de quitter le réduit sans se retourner.

3

Le souvenir de sa discussion avec Carlos, dans cette pièce exiguë, hanta longtemps Sofia, même si elle s'efforça en vain de l'oublier. L'une des principales raisons de ces échecs répétés était Carlos lui-même. Elle le croisait tous les jours à l'hôpital, et à chaque fois il provoquait en elle un trouble qu'elle peinait à dissimuler.

Sofia secoua la tête, furieuse contre elle-même et contre Carlos. Elle devait à tout prix se ressaisir !

— Peut-on lui administrer ces antibiotiques en même temps que ses injections d'insuline habituelles ?

La voix familière de Mariana Flores, l'infirmière responsable des urgences, perça le brouillard épais de ses pensées, et Sofia cligna des yeux.

— Pardon ?

Elle prit la tablette que Mariana lui tendait et déchiffra l'ordonnance de son patient en postopératoire.

— Oui, répondit-elle. Il ne devrait pas y avoir d'interférences.

L'infirmière lui adressa un sourire bienveillant.

— À quoi rêviez-vous, docteur ?

— À rien, marmonna-t-elle en guise de réponse, avant d'afficher sur la tablette le programme du bloc opératoire du service de traumatologie.

Au cas où une urgence surviendrait, elle voulait s'assurer que la salle d'opération numéro 2 n'était pas occupée.

Mais elle ne parvint pas à tromper la femme qui se tenait de l'autre côté du comptoir.

— Vous voulez connaître l'emploi du temps du Dr Cabrera ? Je ne vous savais pas fan à ce point ! lança l'infirmière, avec un petit rire qui fit rougir Sofia.

Elle éprouva le besoin de se justifier.

— Je me renseigne sur lui pour pouvoir l'éviter. Il n'a absolument aucun respect pour la façon dont nous gérons nos priorités, dans cet hôpital. Chaque fois que je me retourne, il est déjà dans l'ambulance, en train de voler un autre de mes patients. C'est une vraie plaie de travailler avec lui !

Carlos était là depuis une semaine déjà, et au lieu de lui enseigner les choses qu'elle devait apprendre il bouleversait sa routine par ses interventions constantes. Parfois, il avait même l'audace de lui suggérer de l'assister dans une opération qu'elle pouvait mener seule. C'était là le comportement d'un homme imbu de sa personne.

— Ce n'est pas ce que j'entends de la part des autres, dit Mariana, un sourire aux lèvres. Hier, quelqu'un lui a apporté un plat, après l'avoir entendu dire qu'il n'avait pas le temps de cuisiner.

— Je sais… C'est super bizarre, non ? Surtout qu'il donne la moitié des cadeaux qu'il reçoit. Il a reçu une assiette d'*alfajores*, et il a eu le culot d'essayer de me les refourguer !

— Mais… vous aimez les *alfajores*, non ?

— Ce n'est pas la question, Mariana. Voler les opérations chirurgicales de ses confrères et leur donner des cadeaux qu'on vous a offerts est très impoli ! Pourquoi personne ne veut-il le reconnaître ?

Les poings serrés, elle tapa sur le comptoir qui la séparait de l'infirmière.

Mariana leva les mains, comme pour se protéger.

— Arrêtez ! Je n'y suis pour rien si vous avez des sentiments cachés pour Cabrera !

Son cœur s'emballa quand Mariana prononça ces paroles, et elle se rappela leur proximité, dans le réduit. L'odeur de pin et d'épices de Carlos envahit ses narines et elle ferma les yeux. La tension entre eux avait grimpé d'un cran, mais il s'était ouvert, lui laissant entrevoir le masque qu'il portait tous les jours au travail. Le fil ténu qui les reliait s'était renforcé, parce qu'ils avaient trouvé un terrain d'entente.

Avait-elle rêvé en croyant sentir un courant passer entre eux ? D'habitude, elle ne fantasmait pas sur ses collègues. Son travail était bien trop important pour qu'elle s'intéresse aux médecins *gringos* qui venaient travailler à l'hôpital. Le dernier homme à qui elle s'était ouverte avait trahi sa confiance, alors elle veillait depuis à laisser ses sentiments à la porte de l'établissement.

Pourtant, Carlos occupait souvent ses pensées, songea-t-elle. Comment diable avait-il réussi à s'y insinuer ainsi ?

— Je vais aller aux urgences avant qu'il n'y apparaisse comme par magie ! marmonna-t-elle, plus pour elle-même qu'à l'adresse de Mariana.

Puis elle tourna les talons et s'éloigna. Elle pourrait rattraper son retard sur les dossiers des patients en attendant que la prochaine urgence franchisse les portes et, avec un peu de chance, devancer Carlos.

En poussant les portes de la salle d'examen, elle faillit se heurter à une montagne de muscles. Une familière odeur boisée l'assaillit, et elle leva les yeux vers Carlos Cabrera.

— Comment se fait-il que vous soyez déjà ici ? Vous voulez me rendre folle ? C'est pour ça qu'on vous a engagé ?

Il était censé être en chirurgie, elle l'avait vérifié deux minutes plus tôt !

Il pencha la tête sur le côté, avec un sourire si insolent que Sofia eut envie de l'effacer d'un baiser. Mais pourquoi diable pensait-elle à embrasser Carlos alors qu'elle n'avait que du mépris pour lui ? Ce n'était tout de même pas les instants partagés dans le réduit qui avaient modifié à ce point leurs relations, n'est-ce pas ? Rien ne pourrait la faire changer d'avis sur son compte.

— De quoi parlez-vous ? demanda-t-il.

Sofia dut prendre plusieurs respirations pour chasser l'image de leurs lèvres jointes qui assaillait son esprit.

— J'étais à l'étage et j'ai vu votre nom sur le tableau. Mais, au moment même où j'essaie de me remettre au travail, vous êtes là, telle une sorte de *demonio* envoyé pour me tourmenter !

— Un démon ? Vraiment, Sofia ?

Le sourire qui se dessina aux coins de ses lèvres transforma son visage, et elle sentit une étrange chaleur l'envahir tout entière.

Elle ne savait toujours pas pourquoi il se donnait tant de mal pour la contrarier alors qu'il ne comptait pas rester dans cet hôpital. Pourquoi, dans ces conditions, persister à lui piquer ses patients ?

— Je ne peux pas l'expliquer autrement, dit-elle après un long silence.

— Et que me reprochez-vous, au juste ?

Sa voix était presque traînante, et elle avait bien du mal à formuler une pensée cohérente. Qu'est-ce qui n'allait pas chez elle ? Certes, cela faisait un moment qu'elle avait rompu avec Daniel, mais avait-elle à ce point besoin d'un homme que le premier qui croisait son chemin lui embrouillait l'esprit ?

— Vous volez *mes* patients et effectuez *mes* opérations, même quand je suis censée les mener seule. Je croyais que vous étiez venu ici pour nous former, dit-elle en croisant les bras pour résister à l'élan qui la poussait à tendre la main vers lui pour le toucher. Vous devriez être en salle d'opération 2, en train de vous occuper du cas de traumatisme arrivé il y a une heure !

Son sourire s'estompa à ce moment-là. Le contraste entre son visage détendu et cette expression sévère était si frappant qu'elle se surprit à regretter ses paroles, même si elle ignorait pourquoi il avait cessé de sourire. Se pouvait-il que ce soit… à cause d'elle ?

— Le patient n'a pas survécu. Lorsque nous sommes arrivés en salle d'opération, il avait déjà fait un arrêt cardiaque, déclara-t-il, avec le détachement de quelqu'un qui a délivré un tel message un nombre incalculable de fois, que ce soit à ses collègues ou aux proches de ses patients.

— Oh…

Soudain, elle se sentit ridicule de l'avoir traité ainsi. Elle ne savait pas comment elle aurait réagi si elle avait été à sa place, mais elle ne s'attendait pas à cet air contemplatif. Le frisson qui parcourut son dos lorsque ses yeux sombres se posèrent sur elle la troubla. Pourquoi la regardait-il ainsi ?

Et pourquoi diable s'en souciait-elle ? Elle ne valait pas mieux que ses collègues qui s'extasiaient devant Carlos, mais il y avait quelque chose d'irrésistible en lui, un charme qu'il déployait pour ensorceler les gens.

Comme le silence se prolongeait, l'atmosphère se tendit entre eux, jusqu'à ce qu'il dise :

— Je ne vole personne. Je ne fais qu'admettre les patients qui arrivent aux urgences. Si vous estimez que vous manquez des opérations, je vous suggère de vous occuper des patients avant moi !

Sofia écarquilla les yeux, outrée par tant d'arrogance.

— Vous sous-entendez que je ne suis pas assez présente aux urgences quand les patients arrivent ? dit-elle, en veillant à garder une voix aussi calme que possible.

Ce type savait exactement comment la pousser à bout, et au sourire qui se dessinait sur ses lèvres elle devinait qu'il en tirait une grande satisfaction.

— Je ne sous-entends rien du tout. La chirurgie est une discipline exigeante et je ne peux pas attendre que vous preniez en charge les patients qui arrivent aux urgences. Vous savez que notre certification en tant que centre de traumatologie sera menacée si les temps d'attente pour les interventions chirurgicales augmentent encore. Je ne peux pas laisser cela se produire, lui répliqua-t-il, comme si elle était une interne de première année qui venait de commencer son stage aux urgences.

Elle le fusilla du regard, puis répliqua :

— J'ai l'impression que vous vivez dans cet hôpital ! Sinon, comment se fait-il que vous soyez *toujours* là, même quand c'est moi qui suis de garde et censée pratiquer les opérations ? Vu le temps que vous passez ici, je plains ceux qui vous attendent à la maison. Êtes-vous marié ?

La dernière question avait jailli avant qu'elle ait pu se demander si elle voulait vraiment savoir. Oui, elle voulait savoir. La tension qui régnait entre eux exigeait une réponse, même si cette information ne changerait rien pour elle. Quand bien même il serait célibataire, elle n'était pas intéressée, car elle n'avait pas encore fait le deuil de sa dernière relation.

Une ombre passa sur son visage et, l'espace d'un instant, elle vit une étincelle de douleur briller dans ses yeux, avant de disparaître en même temps que son sourire.

Il secoua la tête et dit simplement :

— Non, je ne suis pas marié.

Sofia se retint de demander des détails. S'il n'était pas marié, cela signifiait qu'il était... libre de faire ce qu'il voulait, avec qui il voulait. Avait-elle envie de cela ? De vivre une aventure sans rien demander de plus ? Sans rien promettre ni exiger ? Cela faisait un moment qu'elle n'avait pas connu le plaisir entre les bras d'un homme, et même si elle détestait l'admettre, Carlos était son genre. Avec sa mâchoire virile et ses pommettes hautes, il devait beaucoup plaire aux femmes...

Lorsqu'elle lui avait demandé s'il était marié, il avait eu l'air peiné pendant une fraction de seconde. Se pouvait-il qu'il ait... perdu sa femme ?

— Ambulance en route, dit une voix dans le haut-parleur. Nous attendons toujours les infos sur le patient. Une assistance chirurgicale en traumatologie est demandée.

L'annonce les tira tous deux de leurs pensées, et ils tournèrent la tête vers la porte menant aux ambulances. Carlos la regarda, et elle remarqua que son sourire était revenu.

— J'ai passé un bon moment à opérer avec vous l'autre jour, alors travaillons ensemble ! lança-t-il avant de se précipiter en l'entraînant avec lui.

Carlos se hâtait dans le couloir qui menait à l'accès réservé aux ambulances. Il avait besoin d'être seul pour se remettre les idées en place, car Sofia l'avait ébranlé plus d'une fois au cours de leur échange. Quand elle lui avait demandé s'il était marié, il avait senti la panique l'envahir. C'est pour éviter des questions comme celle-ci qu'il ne restait jamais assez longtemps au même endroit. Comment pouvait-il se confier sur son mariage, alors qu'il avait laissé mourir la seule personne qu'il avait promis de protéger jusqu'à la fin de ses jours ?

Incapable d'échapper à son sentiment de culpabilité lié à l'accident de voiture et au rôle qu'il y avait joué, il se complaisait dans sa solitude, à ressasser la fin tragique de son mariage.

C'est à tout cela qu'il songeait en s'approchant des portes de l'infirmerie, Sofia sur les talons. L'effet qu'elle avait sur lui était inquiétant, et la force qui le poussait vers elle le secouait jusqu'au plus profond de son être. Comment pouvait-il se sentir attiré par la seule personne de l'hôpital qui lui était ouvertement hostile ? De plus, ils étaient collègues de travail, ce qui rendait tout rapprochement on ne peut plus inapproprié. Heureusement, il partirait avant même qu'ils n'aient eu l'occasion d'entamer une relation…

Car il n'y avait rien à explorer, rien à partager. Carlos était ici pour travailler et rien d'autre. Les liaisons éphémères, les histoires d'une nuit étaient réservées à ceux dont le cœur était moins brisé que le sien. Même si l'on ne voulait pas s'attacher, il fallait avoir les idées claires pour s'engager dans une histoire, aussi limitée dans le temps soit-elle. Or ce n'était pas son cas. Il valait donc mieux lutter contre son attirance, et fuir Sofia Martinez. Il savait que c'était la meilleure solution et, pourtant, il sentit son cœur battre follement quand celle-ci s'approcha de lui.

Son parfum était enivrant, et ce n'était pas la première fois qu'il se demandait quelle odeur aurait sa peau nue contre la sienne lorsqu'il lui aurait ôté tous ses vêtements…

— Avez-vous des informations sur le patient ? demanda Sofia alors qu'un interne franchissait les portes.

— Il vient du centre médical Evita Perón. Ils n'ont plus de place en traumatologie à la suite d'un gros accident de la route impliquant plusieurs véhicules, expliqua l'interne en lisant les notes sur son téléphone.

Carlos sentit un frisson glacial courir dans son dos, une réaction familière qu'il détestait par-dessus tout. Il inspira profondément afin d'endiguer le flot d'émotions qui menaçait de le submerger. L'interne avait dit qu'il y avait eu un accident de voiture, sans préciser si leur patient faisait partie des victimes. Il se pouvait qu'ils aient transféré un cas sans rapport ici parce qu'il n'y avait plus de place dans l'autre hôpital.

Bien que cinq ans se soient écoulés depuis son accident, il y avait encore des moments où les souvenirs revenaient en force. Raison de plus pour ne jamais s'ouvrir à son entourage. Comment pouvait-il être chirurgien traumatologue alors qu'il avait du mal à opérer les victimes d'accidents de la route ? Certes, les médicaments et la thérapie l'aidaient à faire face à la situation, mais les techniques d'ancrage n'étaient que d'une relative efficacité dans l'environnement chaotique d'une salle d'opération.

— Carlos...

Entendre son nom le tira de ses sombres pensées et il tourna la tête. Sofia le regardait, une fine ligne entre les sourcils. Avec une douceur qu'il n'avait jamais vue chez elle auparavant, elle demanda :

— Ça va ?

Son émoi était-il donc si évident que cela ? Il plaqua son habituel masque d'indifférence sur son visage, les yeux fixés sur l'ambulance qui approchait. Une part de lui ignorait la question, tandis qu'une autre appréciait cette sollicitude, même s'il pensait ne pas la mériter.

— Je suis...

Il hésita, cherchant les mots justes, sans les trouver, hélas. Après une profonde inspiration, il reprit :

— Je n'ai pas bien dormi...

Les portes s'ouvrirent et l'ambulancier sortit par l'arrière du véhicule, après le brancard où était allongé le patient inconscient.

Il tenait d'une main un insufflateur qu'il pressait à intervalles réguliers. Aussitôt, un interne prit en charge l'administration d'oxygène.

— Dis-nous tout, Gabriel ! invita Sofia en saisissant les poignées du brancard.

— Il s'agit d'une patiente d'une trentaine d'années impliquée dans un accident de la route à grande vitesse. Elle a subi un traumatisme thoracique important et présente un pneumothorax potentiel, annonça l'ambulancier en suivant le rythme de Carlos et Sofia, qui poussaient le brancard dans le couloir.

— Nous avons dû la mettre sous oxygène et lui administrer des fluides et des analgésiques conformément au protocole.

Pour Carlos, respirer devenait plus difficile à chaque pas, et il luttait de toutes ses forces contre la panique qui montait en lui. Il n'avait pas pu aider Rosa, mais il pouvait aider cette jeune femme à s'en sortir et à reprendre le cours de sa vie, se répétait-il pour se donner du courage.

De nouveau, il sentit le regard de Sofia sur lui, et lut dans ses yeux la même question que celle qu'elle lui avait posée quelques instants plus tôt. Mais il l'ignora, et demanda à l'ambulancier :

— Quelle est sa tension artérielle ?

— La dernière mesure était de 9/5, avec un rythme cardiaque à plus de 140 et une saturation de 92, répondit Gabriel, regardant tour à tour Carlos et Sofia.

— Cela pourrait signifier que vous avez raison au sujet de la perforation du poumon. Il faut faire une radiographie d'urgence pour déterminer la marche à suivre.

De nouveau, Sofia le regarda, et il eut l'impression qu'elle lisait dans ses pensées et percevait la tension qui l'habitait. Il s'efforçait pourtant de contrôler ses symptômes de stress post-traumatique et, jusqu'à présent, aucune des personnes avec lesquelles il avait travaillé n'avait remarqué quoi que ce soit.

Pourtant, Sofia savait, il en était certain.

Il hocha la tête en guise de réponse et ils continuèrent à faire avancer le brancard. Une fois dans la salle de traumatologie, Carlos s'approcha du lavabo et nettoya scrupuleusement ses mains moites avant d'enfiler des gants.

— Je vais préparer la radiographie portable, dit-il en se retournant, évitant de regarder la patiente de trop près.

Il n'avait besoin que de quelques minutes pour s'éloigner et se ressaisir.

— Préparons-la pour la radiographie, dit Sofia, avant de donner des instructions aux personnes présentes autour d'elle.

— Les radios sont bonnes, dit-il en se tendant lorsqu'il remarqua que sa voix se brisait.

Son esprit s'emballait, et il se demanda s'il devait prendre une pause. Sofia avait la situation en main, et même s'ils n'étaient pas d'accord sur les méthodes, il avait confiance en elle.

— L'oxygène est bien en place. Tout le monde sort pendant la radiographie !

Sofia salua l'interne qui les assistait, et l'équipe quitta la pièce pour éviter toute exposition inutile aux radiations. Après avoir entendu bourdonner la machine, ils revinrent, et les images ne mirent que quelques secondes à apparaître sur les écrans.

Quand Sofia et l'interne s'approchèrent de la patiente, attendant visiblement ses directives, Carlos prit une grande inspiration tout en essayant de se concentrer sur son rôle de médecin. Mais, lorsqu'il vit le sang d'une blessure ouverte couler sur la peau de la jeune femme dont les cheveux noirs s'échappaient de son chignon défait – une coiffure qu'il avait jadis l'habitude de voir tous les matins au réveil – son souffle s'arrêta.

— Son pouls s'accélère. Elle est en détresse respiratoire, dit l'interne en écoutant son stéthoscope placé sur la poitrine de la patiente. Diminution des bruits respiratoires du côté droit…

— Carlos ?

Sofia prononça son nom d'un ton plein d'inquiétude, mais il l'entendit à peine à cause de l'afflux de son propre sang dans ses oreilles. L'obscurité s'empara de lui, brouillant sa vision, et chaque respiration devint plus difficile que la précédente. La lumière fluorescente des moniteurs l'éblouit soudain, l'obligeant à détourner le regard.

Dans cet état, il ne pouvait pas travailler. Il devait sortir d'ici, et vite !

— On a besoin de moi ailleurs, lança-t-il à la hâte. Je vous confie la salle de traumatologie, docteur Martinez. J'enverrai quelqu'un pour vous aider…

Craignant que sa voix ne trahisse sa détresse s'il poursuivait, il se retourna sans ajouter un mot, alors que de nouvelles visions du passé menaçaient de le submerger.

— Bon travail, tout le monde ! dit Sofia alors qu'on transportait la patiente vers l'unité de soins intensifs.

L'accident lui avait brisé plusieurs côtes. L'une d'entre elles avait perforé son poumon gauche, comme l'avait soupçonné l'ambulancier. Le pneumothorax était heureusement peu important et pourrait être traité avec un bon anti-douleur et du repos. Après avoir stabilisé la respiration de la patiente, ils avaient suturé les plaies et vérifié qu'il n'y avait pas d'autres blessures. Cette jeune femme avait échappé au pire, et maintenant qu'elle en avait fini avec elle Sofia pouvait de nouveau penser au sujet qu'elle avait évacué afin de pouvoir se concentrer pleinement sur son travail.

Elle passa rapidement au poste central pour demander s'il y avait d'autres cas entrants et fut heureuse de voir l'infirmière secouer la tête. Elle avait du temps libre juste au moment où elle en avait besoin – ou plutôt, au moment où Carlos en avait besoin.

Compte tenu du calme dont il avait fait preuve à chaque opération sur laquelle ils avaient travaillé ensemble, son comportement dans la salle de traumatologie était tout à fait inhabituel. Il s'était complètement figé lorsqu'il avait vu la patiente. La connaissait-il ? L'angoisse s'était emparée de lui, assez pour que Sofia le perçoive, et alors qu'elle s'apprêtait à lui demander ce qui n'allait pas il s'était éclipsé.

Sofia parcourut les différentes salles de soins pour voir s'il n'était pas en train de traiter un autre patient. Mais il n'était pas là, et lorsqu'elle appela l'infirmière responsable pour lui demander s'il était en chirurgie, celle-ci lui répondit qu'elle ne l'avait pas vu depuis qu'il était descendu aux urgences. Il était donc toujours quelque part dans le service…

Elle s'arrêta lorsque ses yeux tombèrent sur la porte fermée de la réserve à fournitures où ils étaient restés un moment seuls la semaine précédente. Son pouls s'accéléra, et une étrange sensation l'envahit. Aurait-il cherché refuge dans l'espace confiné qu'ils avaient partagé ? Ou était-elle en train d'inventer un lien étrange avec lui pour justifier l'intensité de sa propre réaction à son égard ?

Cela ne ferait pas de mal de vérifier, dans un cas comme dans l'autre. Au pire, elle se faisait des idées. Mais, s'il était là et qu'il avait besoin d'aide, elle s'efforcerait de lui être utile… L'expression qu'elle avait surprise sur son visage ne ressemblait à rien de ce qu'elle avait pu voir jusqu'à présent. Certes, il se savait le meilleur dans son domaine, mais elle n'avait perçu nulle arrogance dans son regard.

Chassant ce souvenir, elle s'approcha de la porte, poussa la poignée et passa la tête par l'entrebâillement. Carlos se tenait derrière la porte, et lui tournait le dos. À la façon dont ses épaules se soulevaient et s'abaissaient, elle comprit qu'il respirait par à-coups. Elle referma la porte derrière elle et tourna la clé dans la serrure.

Sofia balaya du regard les étagères remplies de matériel médical nécessaire au bon fonctionnement des urgences, laissant à ses yeux le temps de s'habituer à la pénombre.

— Carlos, c'est moi, dit-elle comme il ne réagissait pas à son arrivée.

Elle fronça les sourcils en s'approchant de lui. Même dans la semi-obscurité, elle vit que la couleur avait disparu de son visage, et qu'il avait les yeux dans le vide. Glissant sa main autour de son bras, elle pressa son index et son majeur à l'intérieur de son poignet, pour compter les battements de son cœur. Sa peau était froide.

— Je crois que tu as une crise d'angoisse, dit-elle doucement, en resserrant sa main sur son bras.

Elle l'avait tutoyé le plus naturellement du monde, songea-t-elle, et il ne fit pas mine de l'avoir remarqué. Ce genre d'incidents étaient beaucoup trop fréquents chez les chirurgiens traumatologues. Constamment sous pression pour évaluer les patients de manière efficace et précise, ils prenaient rarement le temps de s'occuper d'eux-mêmes. Comment auraient-ils pu en faire une priorité alors que leurs journées duraient souvent douze heures, voire plus selon les interventions chirurgicales et les gardes auxquelles ils étaient astreints ? De nombreux collègues avaient développé un syndrome de stress post-traumatique après avoir été témoins de blessures graves et connu au jour le jour de faibles taux de survie, même dans les meilleurs services.

— Il faut ralentir ta respiration. L'hyperventilation ne fait qu'aggraver les symptômes.

Elle eut froid dans le dos lorsque Carlos tourna son visage pour la regarder enfin, l'air affolé. D'instinct, elle saisit son autre main et les souleva toutes les deux pour les placer sur sa poitrine.

— Tu sais respirer profondément, n'est-ce pas ? Je t'ai vu le faire tout à l'heure quand tu as senti venir la crise, dit-elle.

Elle prit une grande respiration et l'encouragea à suivre son exemple.

Carlos l'imita, ce qui ralentit un peu son rythme cardiaque, mais sans permettre toutefois de vaincre sa panique. Sofia chercha d'autres techniques apprises pendant sa formation, tout en se disant que Carlos, en tant que professionnel de santé, avait probablement sa propre série d'exercices à faire.

— Comment puis-je t'aider ? Veux-tu me parler de la cause de cette attaque ou tu préfères discuter d'autre chose ?

Il ne voulait probablement pas qu'elle soit témoin de sa vulnérabilité, songea-t-elle. Ils étaient déjà sur un terrain glissant, et cet incident n'améliorerait pas les choses. Mais il avait besoin d'aide, et Sofia ne pouvait pas s'en aller et le laisser seul.

Elle poussa un soupir lorsque ses doigts se resserrèrent autour des siens et qu'il chercha son regard.

— Pression, dit Carlos d'une voix étouffée, ayant visiblement du mal à articuler.

Sofia s'apprêtait à demander ce qu'il entendait par là lorsque les pièces du puzzle se mirent en place. La technique qu'il utilisait pour lutter contre l'angoisse était la pression profonde. Elle jeta un coup d'œil autour d'elle, parcourant des yeux les étagères à la recherche de quelque chose qui l'aiderait à peser sur tout son corps. L'hôpital disposait de couvertures lestées à cet effet, mais elles ne se trouvaient pas dans la salle d'urgence.

Non, elle devrait le faire elle-même.

— D'accord, dit-elle en hochant la tête et en lui lâchant les mains. Je peux me débrouiller.

Elle ravala la boule qui s'était formée dans sa gorge à l'idée d'être si proche de Carlos alors qu'elle avait eu du mal à garder son calme en sa présence. Mais il ne s'agissait pas d'elle ou de l'attirance qu'elle essayait tant bien que mal de combattre. Si un autre collègue avait été à la place de Carlos, elle n'aurait pas hésité à le serrer contre elle.

Après tout, le Dr Cabrera n'était qu'un patient comme les autres ! se dit-elle en entourant son torse de ses bras pour le plaquer contre elle.

Une vive chaleur l'envahit tout entière, mais elle l'ignora, de même que la merveilleuse sensation que lui procurait le contact de son torse solide. Les bras le long du corps, les muscles raides, il ne bougeait pas, mais, tandis qu'elle maintenait son emprise, sa respiration ralentit peu à peu.

— Essaie de détendre un muscle de plus à chaque expiration, souffla-t-elle à son oreille, et elle ne put s'empêcher de sourire lorsqu'elle sentit qu'il suivait ses instructions.

Ses jambes se détendirent en premier, et il rapprocha tout son corps d'elle à mesure que la tension le quittait. Puis ce furent ses bras et son torse qui s'assouplirent un peu. Et enfin sa tête s'affaissa vers l'avant, puis se posa sur son épaule dans une longue expiration.

Sans le lâcher, Sofia continua à respirer profondément, donnant à Carlos un rythme à suivre. Son souffle fut bientôt à l'unisson du sien dans ce réduit faiblement éclairé, absorbant l'énergie silencieuse qui les entourait.

Sans savoir combien de temps ils étaient restés ainsi, lovés l'un contre l'autre, ni à quel moment elle s'était perdue dans ce simple contact, elle revint à la réalité lorsque les mains de Carlos se posèrent sur sa taille, l'attirant plus près de lui. Sa tête reposait toujours sur son épaule, et il respirait profondément et régulièrement maintenant. Elle sentait son souffle sur sa peau à chaque expiration.

Ses mains remontèrent le long de son dos, son visage se rapprocha, et elle se pencha vers lui, tandis qu'une chaleur délicieuse envahissait tout con corps.

— Merci, murmura-t-il tout contre son oreille.

Le souffle de Sofia se bloqua dans sa gorge et un gémissement involontaire s'échappa de ses lèvres, déchirant le silence.

Carlos leva la tête et elle inspira vivement lorsque leurs regards se croisèrent. Son visage était suffisamment proche du sien pour qu'elle puisse, en se hissant sur la pointe des pieds, poser sa bouche sur la sienne...

— Carlos... Je...

Sofia n'était pas sûre de vouloir cela. Mais, plus important encore, elle ne savait pas s'il le voulait, lui, ou s'ils étaient mus tous deux par une impulsion soudaine, peut-être causée par leur proximité forcée.

Carlos respira profondément, et elle sentit sa poitrine trembler sous ses mains. Il cligna deux fois des yeux, et à chaque fois la tension diminua d'un cran.

L'incendie qui faisait rage en elle s'éteignit lorsqu'une seconde plus tard il recula d'un pas, manquant heurter une étagère.

De nouveau, Sofia ouvrit la bouche pour parler, mais la referma lorsque Carlos secoua la tête. Il passa la main dans ses cheveux courts et poussa un long soupir.

— Je ne suis pas… Ce n'est pas ce que tu crois…

Carlos jura, puis il tourna la clé dans la serrure, ouvrit grand la porte et disparut avant que Sofia n'ait eu le temps de comprendre ce qu'il avait tenté de lui dire.

4

La semaine s'écoula sans que Sofia ne voie beaucoup Carlos. Après ce nouveau huis-clos, il semblait l'éviter. Elle en aurait ri si elle n'avait pas été affectée par cette feinte indifférence. Car il n'avait rien oublié, elle en était certaine…

Avait-il honte d'avoir eu une crise d'angoisse ? Non, sa confiance en lui n'était pas si fragile. Il était médecin et avait admis dès son premier jour devant le personnel rassemblé à quel point travailler en traumatologie pouvait mettre le psychisme à rude épreuve. C'est d'ailleurs l'une des raisons pour lesquelles la direction de l'hôpital l'avait engagé, en lui donnant pour mission de fluidifier les tâches et de diminuer le stress au sein du service, afin que tous puissent se concentrer sur les choses qui comptaient vraiment.

— Tu as vu comment ce nouveau chirurgien a rabroué Adriana ? Elle a eu du mal à garder son calme…

Elle perçut des bribes de conversation, mais se força à continuer d'avancer, les yeux rivés devant elle, sur les portes de l'hôpital. C'était la fin de sa garde, et elle avait hâte de rentrer chez elle pour se reposer.

Ce nouveau chirurgien ne pouvait être que l'homme qui hantait ses pensées. Dans le réduit, elle avait été prise d'un désir irrépressible de combler la distance qui les séparait en se penchant vers lui. Mais la situation l'avait contrainte à ignorer la réaction enflammée de son corps.

Elle avait été témoin d'un rare moment de vulnérabilité, et à la façon dont il s'était enfui elle devinait qu'il en avait été mortifié. Il n'avait sans doute pas voulu qu'elle le voie dans cet état, et encore moins qu'elle croie qu'il partageait son attirance.

Une voix familière attira son attention alors qu'elle s'apprêtait à franchir les portes de l'hôpital. Gabriel Romero se tenait à quelques pas de l'entrée, adossé au mur. Elle s'approcha de lui avec un sourire las.

— Gabe ! On ne s'est pas vus depuis la semaine dernière, n'est-ce pas ?

C'est Gabriel qui avait accompagné la patiente traumatisée victime d'un accident de voiture, et donc déclenché l'intervention de Carlos. Comme Sofia passait beaucoup de temps à attendre l'arrivée des patients nécessitant une évaluation immédiate par l'équipe de traumatologie, elle s'était familiarisée avec tous les ambulanciers qui travaillaient à l'hôpital. Gabriel et elle s'entendaient bien et avaient plaisir à discuter chaque fois qu'ils se rencontraient en dehors des situations d'urgence.

— J'espère toujours te voir, *amiga*, mais chaque fois que j'arrive avec un cas, c'est le nouveau chirurgien qui m'accueille avec sa cour d'internes.

Gabriel fit une pause, lui adressant un sourire avant d'ajouter :

— Il est très populaire, n'est-ce pas ?

Deux semaines plus tôt, Sofia aurait levé les yeux au ciel, mais maintenant la chaleur lui montait aux joues et elle ne parvenait pas à feindre l'indifférence.

— Il n'arrête pas de me devancer. Si je ne le connaissais pas, je penserais qu'il obtient des informations secrètes ! ironisa-t-elle pour chasser le trouble qui l'envahissait.

Gabriel leva les mains pour se défendre.

— Tu sais que je ne te doublerais jamais comme ça, Sofia.

— Oui, j'en suis sûre.

Cette fois, le sourire qu'elle lui adressa était sincère.

— Je sais qu'il le fait pour enseigner aux internes, mais je ne peux m'empêcher de me sentir un peu... mise à l'écart.

Le visage de Sofia s'était détendu, et il hocha la tête en signe de sympathie.

— Mais il se comporte bien avec toi, n'est-ce pas ?

Elle hocha la tête.

— Oui. Je suis juste...

Sofia fit une pause, hésitant à évoquer ce qu'il s'était passé entre elle et Carlos. Mais cela faisait une semaine qu'elle ressassait cette histoire sans avoir personne à qui en parler. D'habitude, elle allait voir Bella, mais avec les nouveaux horaires de son amie, enceinte de vingt-deux semaines de triplés, elle n'avait pratiquement plus l'occasion de la voir.

— Je ne sais pas ce qu'il s'est passé lorsque tu as amené ce patient, mais quelque chose l'a choqué, ce jour-là. Il a eu une crise de panique, et j'ai dû l'aider à se calmer. Depuis, il m'évite, et je ne sais pas quoi en penser.

Les mots sortaient de sa bouche sans qu'elle puisse les retenir, mais Gabriel était son ami et elle pouvait lui faire confiance, même si leurs conversations portaient généralement sur les patients.

— C'est une situation difficile à vivre, reprit Sofia. Nous sommes tous exposés à des éléments déclencheurs traumatisants. Peut-être a-t-il mal vécu certaines opérations sans jamais rien exprimer ?

Gabriel réfléchit, son index tapotant son menton.

— Oui, peut-être...

Sofia venait tout juste d'y penser, mais si c'était le cas, il était encore plus important de libérer la parole. Et si c'était le fait d'être dans un nouvel environnement qui avait provoqué la crise ? Mieux valait le savoir, au cas où quelque chose arriverait...

— Je n'ai jamais vu Cabrera faire un seul faux pas avec un patient, et je suis sûr qu'un chirurgien de sa qualité ne mettrait pas l'hôpital en danger comme ça, déclara l'ambulancier en haussant les épaules. Son attitude est surprenante...

— Tu ne crois pas si bien dire ! Je viens d'apprendre qu'il avait malmené une collègue. Il a peut-être décidé que parce qu'il partait à la fin du mois, ce n'était pas la peine de ménager le personnel...

— Peut-être. Certains ambulanciers ont essayé de le faire revenir sur sa décision, mais il semble très… déterminé.

— Papa !

Le cri d'un enfant arracha Sofia à ses pensées, et alors qu'elle se retournait un jeune garçon se jeta dans les bras de Gabriel.

— Bonjour, *mijo*. Tu te souviens de Sofia ?

Sofia sourit au garçon et lui fit un petit signe de la main.

— *Hola*, Javi. Tu es impatient de retrouver ton papa ?

Le garçon hocha la tête, et Sofia prit congé.

— Je vous laisse. Merci de m'avoir écoutée, Gabe…

L'ambulancier acquiesça avec un petit sourire.

— À suivre…

Bien qu'elle eût quitté l'hôpital depuis près d'une heure, Sofia n'était pas pressée de rentrer chez elle. Sa brève conversation avec Gabriel avait fait resurgir le souvenir de ses échanges avec Carlos, et elle errait sans but dans Buenos Aires en réfléchissant à la manière de gérer cette délicate situation.

Alors qu'elle marchait dans les rues sinueuses du centre-ville, ses yeux s'arrêtaient tantôt sur une jolie robe dans la vitrine d'un magasin, ou sur d'appétissantes pâtisseries. Mais rien n'était assez captivant pour retenir son attention longtemps, et elle revenait sans cesse à Carlos et à son étrange comportement.

Alors qu'elle croisait un attroupement devant la vitrine d'un magasin, elle s'avança, curieuse de savoir ce qui pouvait bien attirer une telle foule. Sur l'enseigne, on pouvait lire *Academia Ritmo de Capœira*.

Capœira ? Il s'agissait d'une sorte de danse, n'est-ce pas ? Mais cela n'expliquait pas pourquoi ce studio attirait un groupe de jeunes femmes aussi important.

Par la fenêtre, elle aperçut ce qui ressemblait plus à une salle de sport qu'à un studio de danse. Des tapis recouvraient tout le sol, et des chaussures de tailles, de couleurs et de marques différentes étaient alignées de part et d'autre.

Au milieu d'un cercle, deux hommes se faisaient face et se livraient à une activité que Sofia n'arrivait pas à décrire. Ce n'était pas tout à fait une danse, du moins pas celle qu'elle connaissait, mais plutôt un échange de mouvements fluides qui semblait lier les participants, même s'ils ne se touchaient jamais.

L'homme de gauche portait un ample pantalon blanc et un débardeur. Ses cheveux étaient gris, et des rides profondes entouraient ses yeux. Malgré ces signes de l'âge, il se déplaçait avec une fluidité gracieuse, en se baissant pour esquiver l'autre homme – son adversaire ?

Celui-ci lui tournait le dos et, contrairement à son adversaire, il avait choisi de ne pas porter de chemise pour l'entraînement. Tout le monde admirait ses muscles saillants sous sa peau bronzée où perlait la sueur tandis qu'il se déplaçait d'avant en arrière, tel un félin.

— Ay, Dios mío, qué guapo ! soupira l'une des femmes devant elle.

Sofia ne pouvait qu'acquiescer : cet homme était absolument magnifique, et il n'était pas surprenant qu'une foule se soit arrêtée pour l'admirer. S'agissait-il d'une danse ou d'un combat ? Sofia n'en savait toujours rien. Quoi qu'il en soit, le contrôle que l'homme exerçait sur son corps était inouï. Si seulement il tournait la tête pour qu'elle puisse voir son visage ! Les deux hommes se déplaçaient toujours autour du cercle, mais il fallut attendre qu'une troisième personne se joigne à eux et tape doucement sur l'épaule du second pour que celui-ci se retourne. Stupéfaite, Sofia porta la main à sa bouche en reconnaissant Carlos Cabrera.

Il jeta un coup d'œil à la foule rassemblée devant la vitre, et sourit aux femmes qui l'applaudissaient. Le cœur de Sofia s'arrêta à l'instant précis où leurs regards se croisèrent. Le sourire figé, les yeux écarquillés, elle le contempla fixement...

Elle avait cherché en vain à le croiser à l'hôpital, et voici qu'il la surprenait en train de l'épier pendant son temps libre ! Croirait-il qu'elle était venue ici par hasard ? Et si elle faisait mine de ne pas l'avoir reconnu ?

Suivant son instinct, elle tourna les talons et s'éloigna dans la rue.

— Il faut que j'y aille ! lança Carlos, sans quitter des yeux Sofia qui partait précipitamment.

Il franchit le cercle et enfila ses sandales avant de passer à la hâte son T-shirt par-dessus sa tête. Sofia n'était qu'à quelques mètres devant lui, et bien qu'il l'ait évitée ces derniers jours, il se lança à sa poursuite sans réfléchir.

Lorsqu'elle l'avait aidé à vaincre sa crise d'angoisse, il avait eu l'impression de sortir d'un cauchemar au beau milieu de la nuit, s'apercevant qu'il n'avait rien à craindre car son ange gardien veillait sur lui.

Ce n'était pas le visage familier de Rosa qu'il avait découvert, mais celui de Sofia, qui était presque une inconnue pour lui...

Cette image le hantait depuis et, aux prises avec une foule d'émotions contradictoires, il l'avait évitée durant les jours qui avaient suivi. Carlos ne pouvait plus nier qu'elle l'attirait comme un aimant. De l'étincelle dans ses yeux mordorés à son chignon désordonné, tout lui plaisait chez elle, et il rêvait de la voir gémir sous ses caresses...

Son attirance pour Sofia était-elle le premier signe qu'il était prêt pour quelque chose de nouveau ? Une relation durable était hors de question, mais quel mal y aurait-il à s'accorder un peu de plaisir, sans engagement mutuel ?

— Sofia, attends !

Peut-être qu'une liaison, même éphémère, l'aiderait à dompter ses démons ? Il était souvent sous pression, au travail, et c'était l'adrénaline qui lui permettait de tenir le coup, mais il pouvait obtenir le même effet avec des endorphines, n'est-ce pas ?

Carlos combla l'écart qui les séparait au moment où elle tournait dans une ruelle. Comme elle ne faisait pas mine de s'arrêter, il s'écria :

— Tu ne veux pas me parler ?

Il allongea le pas et manqua la heurter lorsqu'elle s'immobilisa et se retourna lentement pour lui faire face. Elle était tendue comme un arc.

— Ah bon, tu es décidé à parler, maintenant ? Alors que cela fait une semaine que tu te caches ?

Sa voix tremblait de fureur, mais étrangement cela ne l'arrêta pas.

— Et alors ? Tu n'as jamais eu besoin d'un temps de réflexion après avoir fait une crise d'angoisse devant un collègue ?

Son expression s'adoucit à ses mots et Carlos en fut heureux. La dernière chose qu'il voulait, c'était susciter sa pitié.

— Tu n'as pas le premier à subir ce genre d'incident au travail. Les professionnels de santé sont l'un des groupes de personnes les plus susceptibles de souffrir de symptômes de stress post-traumatique, dit-elle d'un ton plus calme.

Carlos savait comment réagir face à quelqu'un qui lui reprochait son arrogance, mais la sympathie le laissait désarmé. Si les gens savaient que son épouse était morte par sa faute, ils ne seraient pas aussi gentils avec lui ! songea-t-il, amer.

Le souvenir du corps de Sofia pressé contre le sien dans le réduit surgit à son esprit, et il s'accrocha à cette image pour ne pas flancher. Il ne voulait pas revenir sur ce qu'il s'était passé, mais au contraire explorer cette attirance mutuelle. Car plus vite elle oublierait ces instants de vulnérabilité, mieux cela vaudrait. Et son instinct lui disait qu'il serait facile d'effacer l'image qu'elle avait de lui en la remplaçant par une nouvelle... Il n'avait qu'à se laisser porter, et faire en sorte qu'elle pense à lui sous un jour différent.

— Je t'ai vue me regarder par la fenêtre, là-bas, dit-il en baissant délibérément la voix.

Le regard de Sofia se porta sur sa gorge, et un sourire en coin se dessina sur ses lèvres.

— La foule m'a intriguée, et j'ai jeté un œil par la fenêtre pour voir ce que les gens regardaient. Je ne savais pas que tu étais là, répondit-elle.

— Et… ? As-tu apprécié ce que tu as vu ?

Carlos n'avait pas été aussi direct avec une femme depuis qu'il avait rencontré sa défunte épouse. Une chaleur étrange se répandit en lui quand il vit les joues de la jeune femme rougir. Elle refuserait sans doute de l'admettre, mais sa réaction en disait long : entre eux, l'attirance était réciproque.

— Oui. L'exercice était fascinant, et je n'avais jamais rien vu de tel auparavant, répondit-elle en levant le menton.

— C'est la capœira, une discipline apparentée aux arts martiaux qui combine des mouvements de combat et de danse acrobatique, dit-il en s'avançant vers elle.

Sofia redressa les épaules pour maintenir le contact visuel, mais elle ne recula pas.

— Tu t'entraînes depuis longtemps ? demanda-t-elle d'une voix rauque qui l'électrisa.

— Depuis mon enfance, ou presque.

Carlos fit un pas de plus. Désormais, il était suffisamment proche pour que le souvenir de leur étreinte lui revienne de plein fouet.

— Je pourrai t'en dire plus si tu acceptes de dîner avec moi. Je pourrais te montrer quelques mouvements…

Il n'était pas sûr qu'elle accepte son invitation, mais il n'essayait pas de lui faire dire oui tout de suite. Il ne faisait qu'évoquer une idée, une possibilité de ce qu'ils pourraient envisager s'ils étaient sur la même longueur d'onde.

Il n'était donc pas tout à fait prêt lorsque Sofia se mordit la lèvre inférieure et demanda :

— Où veux-tu m'emmener ?

5

Une fois devant le restaurant, Sofia lissa le devant de sa robe. Le ciel avait pris une teinte rouge qui se mêlait de violet à mesure que le soleil disparaissait à l'horizon. Au cours des dernières heures, elle avait envisagé de décliner l'invitation de Carlos. Pourtant, une part d'elle-même voulait désespérément voir où tout cela allait la mener, même si elle savait que cette aventure ne pourrait pas aller très loin...

Sofia fut tirée de ses pensées par un groupe de personnes qui la dépassa pour entrer dans le restaurant. Elle franchit à son tour les portes qui se refermèrent derrière elle. Le bruit de la grande rue animée de Buenos Aires s'estompa, remplacé par le murmure des conversations et le tintement des couverts.

L'intérieur du restaurant était faiblement éclairé, et on avait du mal à distinguer les visages des clients. Soudain, ses yeux s'accrochèrent à un regard sombre, au fond de la salle. Carlos soutint son regard quelques secondes, puis baissa les paupières pour détailler sa tenue. Soudain, sa robe rouge qui moulait sa silhouette comme une seconde peau avant de s'évaser au niveau des hanches lui sembla trop étroite.

Elle vit la mâchoire de Carlos se contracter tandis qu'il l'invitait d'un geste à le rejoindre. Sofia avait choisi cette robe dans un but précis : montrer son corps comme elle ne l'avait pas fait depuis longtemps. Elle avait espéré cette réaction de sa part, et pourtant son cœur se mit à battre la chamade.

Carlos se leva pour l'accueillir. Il la dominait de sa haute taille, et Sofia réprima un frisson lorsqu'il posa une main sur ses reins et l'attira à lui pour déposer un baiser sur sa joue.

— Tu es magnifique, mais j'ai l'impression que tu le sais déjà, murmura-t-il contre son oreille.

Une banquette incurvée était posée devant la table ronde, créant un cadre plus intime que les tables et les chaises traditionnelles installées dans la partie principale du restaurant. Avec les lumières tamisées, elle doutait qu'on les remarque, et elle ne put s'empêcher de se demander si Carlos avait choisi cet endroit précisément pour cette raison.

— Merci, dit-elle avec un sourire, en le regardant s'asseoir. Toi aussi, tu es très élégant.

C'était peu dire. Il avait échangé son pantalon de lin ample contre un chino marine et une chemise écrue. Les deux boutons supérieurs étaient défaits, laissant entrevoir sa peau hâlée.

— Es-tu déjà venu ici ? demanda-t-elle en se glissant sur le banc, de l'autre côté de la table.

— Non, mais mon maître de capœira me l'a recommandé, répondit-il en lui tendant la carte des vins. Il a vécu toute sa vie dans cette ville et il a eu la gentillesse de me suggérer des activités qui pourraient me plaire.

Le serveur s'arrêta à leur table et ils commandèrent des boissons. Ensuite, Sofia étudia le menu.

— Comment cette recommandation a-t-elle été formulée ? As-tu demandé le meilleur restaurant de cuisine fusion ?

Le lent sourire qu'il lui adressa fit bouillir le sang dans ses veines.

— Je lui ai demandé où il emmènerait une jolie femme pour l'impressionner, répondit-il à voix basse.

En flirtant ainsi avec elle, il la forçait à sortir de sa zone de confort, mais à quoi bon flirter s'il n'avait pas l'intention de s'engager dans une relation ? Et s'il voulait juste se laisser aller sans songer aux conséquences, pourquoi ne pas le suivre, après tout ?

Dans une quinzaine de jours, il serait parti, alors que risquait-elle ?

— Cela fait longtemps que je n'ai pas eu de *date*, avoua-t-elle, avant de se replonger dans la lecture du menu.

Soudain, il la regarda.

— Es-tu nerveuse ? demanda-t-il dans préambule.

Elle haussa les épaules.

— J'ai envie de te dire non, mais ce n'est pas tout à fait exact. Cette situation est un peu… déstabilisante.

Carlos sourit, et les traits de son visage s'adoucirent.

— En effet. Dans toutes les missions de courte durée que j'ai acceptées ces dernières années, je n'ai jamais reçu de critique aussi virulente que la tienne, avoua-t-il.

— Mais je…

Elle s'interrompit, et Carlos secoua la tête en riant.

— Je ne t'en veux pas du tout, au contraire, je te suis… reconnaissant, reprit-il. Lorsqu'on fait autorité dans un domaine, les gens ont tendance à prendre vos paroles pour des vérités inébranlables. Être mis au défi m'aide à garder mes compétences à jour. Même si je dois admettre que je peux être un peu… cassant quand on me contredit.

Il attrapa son verre et but une gorgée.

— C'est un sujet sur lequel je travaille…

Sa sincérité était si désarmante que Sofia sentit sa nervosité s'évanouir. Et si, au lieu de s'inquiéter pour l'avenir, elle profitait de l'instant présent ? Une foule de questions assaillait son esprit, qu'elle refoula l'une après l'autre. À quoi bon le pousser à en dire plus pour connaître tous les détails ? Peut-être que si elle lui laissait voir une part d'elle-même il se sentirait suffisamment à l'aise pour se livrer en retour.

— J'ai passé toute ma carrière à l'hôpital général, et j'ai parfois peur de la nouveauté, déclara-t-elle. Mais j'ai envie d'apprendre de toi.

À plus d'un titre, pensa-t-elle, sans oser le formuler à voix haute.

Ils semblaient parvenus à un point où ils pouvaient s'avouer mutuellement leurs défauts, et Carlos était conscient de l'attirance qui vibrait entre eux. Il voulait que cette soirée se termine chez lui, et il avait le plus grand mal à lutter contre l'impatience qui s'était emparée de lui.

— Je comprends ce que tu veux dire, répondit-il d'un air pensif, comme s'il songeait à tout autre chose.

Sofia haussa les sourcils, et esquissa un sourire qu'il eut envie de cueillir avec ses lèvres. L'envie de la toucher le taraudait, et il savait qu'il y succomberait bientôt. D'autant plus qu'elle s'était rapprochée de lui au cours du dîner, réduisant peu à peu la distance entre eux.

Un part de lui avait craint que la conversation ne devienne trop personnelle. Bien qu'elle soit la première personne à l'intéresser depuis Rosa, il doutait de parvenir un jour à tourner la page et n'était pas très enclin à partager ses pensées.

Mais l'attirance qu'il éprouvait pour Sofia finit par avoir raison de sa résistance. D'un geste, il posa la main sur sa nuque, puis glissa les doigts dans ses cheveux et se pencha vers elle.

— Parle-moi de ta dernière relation, souffla-t-il à son oreille.

Il crut voir une lueur de tristesse passer dans ses beaux yeux, et regretta ses paroles. Pourtant, il voulait savoir, et attendit sans la brusquer.

— Je n'ai pas encore eu la chance de rencontrer la bonne personne, dit-elle d'un ton plus calme que d'habitude. Avec le métier que nous faisons, il n'est pas facile de retrouver quelqu'un qui comprend qu'on ne peut pas toujours laisser ses soucis à l'hôpital. Mes relations se sont terminées parce que je ne pouvais pas m'engager suffisamment, mais cela ne m'a pas perturbée outre mesure. Jusqu'à maintenant, j'ai choisi de faire passer ma carrière avant tout le reste.

Elle marqua une pause pour saisir son verre. Carlos sentait qu'elle pensait à une personne en particulier, mais il se garda d'insister malgré son désir d'en savoir plus sur elle.

— Avec mon dernier petit ami, Daniel, j'avais pensé que les choses seraient différentes. Il ne se plaignait jamais que j'écourte mes rendez-vous pour intervenir en urgence, ou qu'il faille nous organiser en fonction de mon emploi du temps. Hélas, je me trompais...

Sofia but une gorgée et leva les yeux vers lui en reposant le verre.

— Je crois que je suis prête pour une aventure, souffla-t-elle.

Carlos prit une profonde inspiration, puis posa la main sur sa joue qu'il caressa doucement. L'entendre évoquer son dernier ex-petit ami l'avait perturbé plus qu'il ne s'y attendait. La douleur était encore vive en elle, et Carlos se surprit à vouloir la consoler…

Il aurait voulu savoir ce que Daniel lui avait fait, mais se retint de poser la question. À quoi cela servirait-il de savoir cela ?

— Tu es sûre de vouloir tenter cette aventure avec moi ? demanda-t-il.

Il sentit sa peau s'échauffer sous ses doigts. Comme il avait envie d'elle !

Était-ce le premier signe de sa guérison ? Carlos n'était pas sûr de pouvoir ouvrir à nouveau son cœur à une autre femme, mais Sofia avait touché quelque chose en lui, un point sensible qu'il avait pris soin de cacher à tout le monde. Elle n'avait pas peur de le défier, et grâce à son audace elle avait réussi à fissurer ses défenses.

— Tant que nous voulons tous les deux la même chose, je crois que tout est possible, répondit-elle. Je n'ai peut-être pas d'expérience en la matière, mais je sais ce que je veux – et ce que je ne veux pas.

Sofia marqua une pause, puis tendit sa main et la posa sur sa poitrine.

Il s'enflamma à ce contact et, cette fois, il ne lutta pas contre son désir. Lentement, il se pencha et nicha sa tête dans le creux de son cou.

Il l'entendit soupirer, puis murmura tout contre sa peau :

— C'est encore mieux que ce que j'avais imaginé…

Délicatement, il prit le lobe de son oreille entre ses dents. Une nouvelle fois, son parfum sensuel l'excita au plus haut point, mais avant d'aller plus loin il voulait être très clair avec elle.

— Je n'ai pas de place pour qui que ce soit dans ma vie, tu sais, dit-il simplement.

Le regard glacé de la jeune femme le fit regretter de ne pas avoir eu cette conversation plus tôt. Mais si elle acceptait de le suivre maintenant il fallait qu'elle sache. Il poursuivit donc.

— Si je me déplace beaucoup, c'est parce que je n'aime pas me lier avec les gens et que je préfère éviter les questions trop personnelles.

Sofia cligna des yeux, lentement, et il se demanda si elle luttait avec la même retenue que lui. Ce qu'il venait de lui dire était-il trop difficile à accepter pour elle ?

Mais elle acquiesça d'un haussement d'épaules.

— Tu me raconteras quand même comment tu as appris la capoeira ?

Un souffle tremblant s'échappa de sa gorge, et leurs lèvres se rencontrèrent en un baiser fougueux qui fit naître une chaleur intense dans tout son corps. Une sensation de joie l'envahit soudain, et il fit doucement basculer sa tête en arrière pour approfondir son baiser.

Le léger soupir qu'elle laissa échapper suffit à l'embraser et il oublia toute prudence pour ne plus songer qu'à une chose : la posséder…

Mais Carlos savait qu'il ne devait pas aller trop vite. Même si elle acceptait de rentrer avec lui ce soir, ce serait uniquement pour assouvir son propre désir, et c'était ce qu'il voulait lui aussi.

Il se força à reculer, et appuya son front contre le sien.

— Au lieu de te l'expliquer, si je te faisais une démonstration ? proposa-t-il.

Sa gorge se noua et il lui fallut un moment pour reprendre son souffle. Son cœur battait la chamade lorsqu'elle lui demanda :

— Où habites-tu ?

6

Sofia savait que Carlos l'avait invitée chez lui pour une seule raison – qui n'avait pas grand-chose à voir avec la capœira. Le baiser qu'ils avaient échangé l'avait bien montré, et elle avait l'impression de sentir encore ses lèvres dans son cou.

Alors qu'elle entrait dans l'ascenseur menant à son appartement, elle réalisa qu'elle rêvait de ce moment depuis leur toute première rencontre. C'est la tension née de leurs désaccords au travail qui avait conduit à cette situation, se rappela-t-elle avec un frisson d'anticipation.

Qu'attendait-il d'elle, au juste ? Une brève aventure uniquement dédiée à la recherche du plaisir, mais sans promesse ni engagement ? À en juger par le feu qui brûlait dans ses yeux, il avait très envie d'elle, et elle se sentit fondre en songeant que, bientôt, elle se donnerait à lui…

Sofia n'avait jamais envisagé d'avoir ce genre de relation jusqu'alors, et elle se demanda si Carlos serait rebuté par son inexpérience. Quand elle avait évoqué Daniel, elle avait vu les yeux de Carlos se fermer un instant, comme s'il était décontenancé, et elle avait compris pourquoi quelques instants plus tard : pour vivre le meilleur de leur aventure, il préférait en savoir le moins possible à son sujet.

C'est ce qu'elle voulait aussi, n'est-ce pas ? À quoi bon attendre des réponses à ses questions, au fond ?

— À quoi penses-tu ? murmura-t-il en se penchant vers elle.

Ces mots la ramenèrent à la réalité et elle regarda la porte de l'ascenseur s'ouvrir.

— Désolée, j'étais perdue dans mes pensées. Cela fait un moment que...

Elle s'interrompit. Il ne voulait rien savoir d'elle, songea-t-en entrant dans l'ascenseur. Son intérêt pour elle était purement physique, elle ne devait pas l'oublier.

Ils sortirent au dernier étage, et une fois dans l'appartement Sofia découvrit une vue panoramique de la *skyline* de Buenos Aires. De grandes baies vitrées laissaient voir la lune et les étoiles, et un grand canapé invitait à la détente.

— J'ignorais que tu vivais dans un penthouse, dit-elle en s'approchant des fenêtres pour admirer la vue.

Lentement, Carlos s'approcha d'elle, et elle sentit sa chaleur dans son dos. Mais il garda délibérément une distance de quelques centimètres entre eux, comme pour retarder encore ce contact que leurs deux corps réclamaient.

— Cet appartement est à vendre, et il est loué au mois en attendant de trouver un acheteur, expliqua-t-il.

Sa voix était si proche qu'elle sentait son souffle sur sa nuque.

— Dommage que tu ne puisses pas vraiment en profiter ! lança-t-elle. Tu passes tout ton temps à l'hôpital !

Sofia osa lui jeter un regard par-dessus son épaule, et remarqua qu'il avait l'air sérieux, soudain.

— Tu m'as dit qu'il y avait longtemps que tu n'étais pas sortie avec un homme, reprit-il. Combien de temps, exactement ?

Le cœur battant, elle se retourna pour lui faire face.

— Est-ce important ? Je croyais que tu ne voulais pas poser de questions personnelles ?

Carlos la déshabillait du regard, faisant courir des frissons partout où ses yeux se posaient. Jamais elle ne s'était sentie ainsi exposée, et jamais elle n'avait ressenti un désir aussi brûlant.

— J'ai dit que je ne voulais pas répondre à des questions

personnelles, mais j'ignorais qu'il en était de même pour toi. Permets-moi tout de même de te poser une question, une seule...

Son dos heurta la vitre froide, lorsqu'il fit un pas vers elle. Le baiser qu'il déposa sur son épaule enflamma tout son corps.

— Je sais ce que j'attends de toi. Mais toi, que veux-tu, Sofia ?

La bouche sèche, elle garda un instant le silence avant de répondre :

— Je pense que nous savons tous les deux que tu ne m'as pas invitée ici juste pour me faire une démonstration de capœira. Mais c'est peut-être un bon début...

Carlos éclata d'un rire grave.

— T'embrasser n'était pas vraiment prévu, mais je suis heureux d'être ici avec toi.

Balayant ses dernières hésitations, Sofia posa les mains sur son torse.

— Je quitterai Buenos Aires dans deux semaines, dit-il, et d'ici là, tout est possible...

Sofia ignora son petit pincement au cœur. Elle n'avait jamais vécu ce genre d'aventure auparavant, mais elle savait que les sentiments n'y avaient pas leur place. C'était une bonne chose qu'il ne cherche rien de sérieux, car elle non plus ne voulait pas s'engager. Ses relations sérieuses s'étaient toutes terminées par un chagrin d'amour, et il était temps pour elle de sortir des sentiers battus.

Un regain de confiance l'enhardit, et elle l'attira plus près d'elle pour lui offrir ses lèvres.

Lorsqu'un gémissement étouffé s'échappa de la gorge de Sofia, Carlos perdit tout contrôle. Posant les mains sur les hanches de Sofia, il la plaqua contre lui pour lui faire sentir la force de son érection, tandis qu'il baissait la fermeture Éclair de sa robe.

Le tissu léger glissa le long de son corps, et il toucha enfin la peau veloutée de ses jolis seins. Lorsque son pouce en effleura la pointe, elle se cambra, attisant son désir déjà brûlant... Parce qu'il s'était privé de la compagnie d'une femme pendant si longtemps, l'afflux de sensations menaçait de le submerger. Mais il devait se contenir, et partager son plaisir avec elle.

Éperdu, il happa la pointe d'un sein entre ses lèvres, et l'entendit crier.

Comme Carlos la soulevait dans ses bras, Sofia enroula instinctivement les jambes autour de sa taille. Le tissu du canapé était frais contre sa peau, et elle prit une respiration tremblante en sentant sa jupe, puis sa culotte glisser sur ses jambes...

Agenouillé devant elle, Carlos fit courir sa bouche à l'intérieur de ses cuisses, et elle frémit lorsqu'il effleura du doigt son bouton sensible...

Comme s'il devinait ses pensées, il interrompit sa caresse et leva les yeux pour croiser son regard.

— Tu ne veux pas que je te donne du plaisir ? demanda-t-il.

La gorge nouée, Sofia hocha lentement la tête, désireuse de paraître aussi expérimentée que lui.

— Si, mais je préfère que ce soit moi qui mène la danse...

Carlos se redressa, les sourcils froncés, puis il s'allongea près d'elle et déposa une pluie de baisers sur son visage et son cou. Un gémissement sourd lui échappa lorsque leurs langues se mêlèrent. Doucement, il descendit le long de son corps, embrassant et mordillant sa peau...

— C'est toi qui as le contrôle, maintenant, ma chérie. Je ne ferai rien que tu ne souhaites pas.

De nouveau, il s'agenouilla devant elle, et ses doigts reprirent leur délicieuse torture.

— Oui...

Alors qu'un plaisir inouï montait en elle, elle se cambra pour mieux s'offrir à ses caresses.

— Encore...

— Il n'y a rien de plus excitant qu'une femme qui me dit ce qu'elle veut que je lui fasse, murmura-t-il.

Sa voix était si basse qu'un désir renouvelé s'empara d'elle, et elle trembla lorsque ses lèvres entrèrent en contact avec son sexe humide.

Vaincue, Sofia s'abandonna totalement à cette caresse intime, fermant les yeux pour mieux savourer les merveilleuses sensations qu'il faisait naître en elle. Il la caressa jusqu'à ce qu'une vague de plaisir monte en elle, enfle et enfle encore, puis la soulève pour l'emmener au septième ciel.

— J'ai un aveu à faire, ma chérie, dit-il alors qu'elle reprenait ses esprits, douce et alanguie entre ses bras. Je n'ai pas de protection, et si nous allons plus loin…

La brume qui l'enveloppait se dissipa tout à coup.

— Comment ça ?

La question avait jailli spontanément, et elle s'en voulut d'être aussi directe.

— Je n'ai pas l'habitude de voyager avec des préservatifs, précisa-t-il.

Elle perçut une légère contrariété dans sa voix. Sofia savait qu'elle ne l'avait pas vexé avec sa question, mais elle avait sûrement mis le doigt sur quelque chose qu'elle aurait préféré ignorer.

Pour une raison ou une autre, ce qu'il venait de dire était difficile à concilier avec l'image de lui qu'elle s'était construite. N'avait-il pas une maîtresse différente dans chaque hôpital où il travaillait ? N'était-elle pas une conquête parmi d'autres ?

— Je comprends, dit-elle, même s'il n'en était rien.

Décontenancé, Carlos se lova contre elle, et suivit du doigt la courbe de ses hanches.

— Je savais que nous ne pouvions pas aller plus loin, mais je n'ai pas pu me retenir de te goûter. Tu es si… délicieuse.

Cette déclaration fit naître une vague de chaleur dans tout son corps, et son désir décuplé la prit au dépourvu. Que faire, maintenant ? Devait-elle partir tout de suite ? Ou rester blottie contre lui ?

— Qu'est-ce qui ne va pas ?

Sofia décida de dire la vérité.

— Je suis un peu… désorientée. Je n'ai jamais fait cela auparavant, et je ne suis pas sûre de pouvoir gérer la situation.

Une ligne se dessina sur son front alors qu'il la considérait, perplexe.

— C'est nous qui fixons les règles, tu sais. Tu peux dire et faire ce que tu veux, et moi aussi, souffla-t-il en se penchant pour effleurer ses lèvres.

Sofia sourit en le voyant se lever.

— J'ai envie de prendre une douche ! lança-t-il soudain. Tu peux te joindre à moi.

7

Carlos regarda avec un hochement de tête satisfait les internes sortir le patient de la salle d'opération. Sa troisième semaine commençait aujourd'hui, et il laissait désormais le personnel formé prendre la direction de la plupart des opérations. Ils avaient élaboré le plan chirurgical sans lui et n'avaient besoin que de très peu de conseils sur la marche à suivre en cas de difficulté. Carlos s'en réjouissait, car il avait passé de nombreuses heures, en salle d'opération et lors des visites, à enseigner sa technique de triage et à aider ses internes à la mémoriser.

Ses efforts avaient porté leurs fruits, et les internes pouvaient désormais s'appuyer sur ses enseignements en matière de chirurgie d'urgence, distinguer avec certitude les cas critiques de ceux qui pouvaient attendre. Tout le personnel avait bien réagi à ses conseils, et il savait qu'il passerait le reste de son contrat à observer la mise en place de ces nouveaux process.

La satisfaction du travail bien fait le gagna, et il laissa échapper un soupir. Bien sûr, il savait que ce n'était pas la seule raison de sa bonne humeur, même s'il se refusait à l'admettre…

Le souvenir de son étreinte avec Sofia le hantait, et il ne rêvait que d'une chose : recommencer. Il sentait encore le goût de sa peau sur ses lèvres, et des images de son corps nu, offert à ses caresses, le tenaient éveillé toutes les nuits, taraudé par un désir douloureux qu'elle seule pouvait assouvir. En entrant dans la douche, ce matin-là, il s'était remémoré leurs folles caresses…

Bien qu'il ait fait plus d'une conquête, au cours des cinq dernières années, il n'avait jamais dépassé le stade de l'aventure d'une nuit. Ses défenses étaient beaucoup trop solides pour qu'on puisse les abattre, même le temps d'une étreinte…

Mais Sofia l'avait vu dans une position vulnérable. Elle l'avait aidé à vaincre sa crise d'angoisse, et était restée avec lui jusqu'à ce qu'il soit calmé. Elle avait fait cela, alors qu'il n'était qu'un étranger pour elle, qui plus est un confrère avec lequel elle était en désaccord au travail.

Il ne savait pas trop quoi penser de leur histoire, mais faisait le constat qu'aucune autre femme n'avait réussi à l'intéresser autant depuis longtemps. La culpabilité s'était installée très vite en lui, ne lui permettant même pas d'envisager de s'attacher à quiconque, temporairement ou non. Ce sentiment était présent à chaque instant en lui, et il doutait qu'il disparaisse un jour. Comment pourrait-il oublier qu'il avait failli, et échoué à sauver sa défunte épouse ?

En poussant la porte de la salle d'opération, Carlos jeta un coup d'œil au tableau des interventions. Deux opérations étaient en cours, mais Sofia ne travaillait sur aucune d'entre elles. Il essaya de se rappeler si elle lui avait dit ce qu'elle faisait aujourd'hui, mais ils n'avaient pas parlé depuis la veille, n'échangeant qu'un bref regard lorsqu'il était allé répondre à un appel aux urgences.

Carlos fit le tour du service de traumatologie, passant la tête dans les différentes chambres et s'excusant lorsqu'il dérangeait quelqu'un, jusqu'à ce qu'il trouve Sofia dans une petite salle de repos réservée au personnel, occupée à grignoter un biscuit en surfant sur sa tablette.

Carlos se racla la gorge, et les yeux de Sofia ne quittèrent l'écran qu'une seconde, comme si elle ne souhaitait pas être interrompue. Il sourit lorsqu'elle leva à nouveau le regard et rougit légèrement.

— Tu t'amuses bien ? demanda-t-il en s'approchant de sa chaise.

Plusieurs centimètres les séparaient, mais il sentait la chaleur de son corps.

— Tu rédiges les comptes rendus des patients, c'est ça ?

Elle jeta un coup d'œil au bloc-notes posé sur la table, puis le regarda, et Carlos s'efforça de respirer à un rythme régulier. Sous la lumière crue de l'hôpital, sa peau couleur de miel était encore plus tentante…

Puis ses yeux s'arrêtèrent sur l'échancrure de sa blouse, qui laissait entrevoir un décolleté généreux. Sans réfléchir, il se pencha en avant, suffisamment pour toucher le dossier de sa chaise.

— Essaie d'écrire des blagues entre deux notes sérieuses. Cela rompt la monotonie, suggéra-t-il.

— Des blagues ?

Si Sofia se rendait compte de l'effet qu'elle produisait sur lui, elle choisit de l'ignorer, et ne le quitta pas du regard, un sourcil levé.

— Oui, comme par exemple « Le patient fait preuve d'une étrange capacité à maintenir un niveau de bruit constant dans la pièce en ronflant sans arrêt. Le rythme reste stable. Commander un casque anti-bruit pour l'infirmière de nuit. »

Le son de son rire emplit la petite pièce, faisant naître en lui un désir brûlant.

— Le Dr Carlos Cabrera, le célèbre chirurgien qui nous a tous harcelés pour que nous retenions les protocoles de triage appropriés en chirurgie traumatologique, écrit des notes idiotes dans les dossiers de ses patients ?

L'amusement qui scintillait dans ses yeux était l'une des choses les plus attirantes qu'il ait jamais vues.

— Je les efface aussitôt, mais cela permet de se distraire quand on a une tonne de travail administratif à faire et qu'on a l'impression que c'est interminable – ce qui est souvent le cas, répondit-il.

Il espérait entendre de nouveau son rire, mais Sofia se contenta de sourire, et mieux encore : elle pencha la tête en arrière, et le sommet de son crâne toucha son ventre. Sans réfléchir, il posa ses mains sur ses épaules. Il caressa son cou, puis glissa les doigts sous sa blouse et effleura ses seins.

— Ce n'est pas du tout autorisé, ce que tu fais ! gronda Sofia, feignant d'être choquée.

Loin de s'avouer coupable, il sentit une excitation étrange le gagner, et il accentua sa caresse.

— Il est interdit aussi de coucher avec son collègue, tu sais, rétorqua-t-il, avant de se pencher pour effleurer son cou de ses lèvres.

À la seconde où il était entré dans la pièce et l'avait vue, son esprit s'était vidé de toute pensée. Il avait abandonné toute retenue, sentant s'envoler la culpabilité qui pesait sur ses épaules.

Il y avait quelque chose d'indescriptible chez Sofia, et elle lui apportait une légèreté qu'il n'avait pas ressentie depuis ce jour maudit, cinq ans auparavant. Grâce à cette jeune femme, il pouvait cesser sa lutte constante et s'accorder un répit. Oublier un peu la tragédie qui avait brisé sa vie...

En cet instant, comme à chaque fois qu'il était près d'elle, il pouvait s'autoriser à être simplement lui-même, sans s'imposer toutes les règles qui régissaient d'ordinaire son existence. C'était un sentiment qu'il n'avait pas éprouvé depuis tant d'années ! Un sentiment enivrant, auquel il ne pouvait pas résister, même s'il savait que ce serait probablement mieux s'il y parvenait...

Sofia elle-même lui avait donné une bonne raison de mettre un terme à cette folie, en lui avouant qu'elle n'avait jamais connu d'aventure éphémère avec un homme. Elle n'avait eu que des relations amoureuses au long cours. Carlos lui avait d'ailleurs avoué à demi-mot qu'il n'était pas coutumier du fait, lui non plus. Il y avait eu quelques années débridées au début de ses études, durant lesquelles il avait cherché à se libérer de son stress de différentes manières – y compris en abusant du sexe.

Était-il loyal de sa part de profiter d'elle ainsi, alors qu'il savait qu'il partirait dans moins de deux semaines ? Qu'il ne serait jamais à elle, quoi qu'elle fasse ? Elle avait affirmé que c'était ce qu'elle recherchait, mais comment être sûr qu'elle pensait ce qu'elle disait, alors qu'elle n'avait aucune expérience ?

— Oui, le manuel de l'hôpital comporte un chapitre entier

consacré à ce sujet. Des procédures sont en place pour décharger l'hôpital de toute responsabilité en cas de rapprochement entre collègues, et nous avons ignoré nombre d'entre elles à plusieurs reprises, cette semaine.

Le souffle court, il continua à faire courir ses lèvres sur son cou.

— Êtes-vous vraiment prête à transgresser toutes les règles, docteur Martinez ?

Carlos avait parlé d'un ton léger, mais d'ordinaire il n'appréciait guère les démonstrations d'affection en public, et veillait à toujours respecter les règles en vigueur à l'hôpital.

N'avait-il pas lui-même reproché en privé à Sebastian de vivre son mariage trop ouvertement devant le personnel ? La quantité de ragots qu'il avait entendus dans les couloirs de l'hôpital au sujet des problèmes conjugaux de son confrère l'avait alerté, au point qu'il s'était demandé s'il n'avait pas commis une erreur en venant ici.

Et maintenant voici que c'était lui, Carlos, qui faisait des avances inappropriées à une collègue de travail !

Au lieu de lui répondre, Sofia tourna la tête sur le côté et posa ses lèvres sur les siennes. Elle gémit dans ce baiser tandis qu'il lui caressait les seins, une main glissée dans l'échancrure de sa blouse.

Le désir faisait rage en lui, et une petite voix l'exhortait à la prudence. Ils n'étaient plus dans l'intimité de sa maison, et ils ne pouvaient pas agir en toute impunité sans risquer leur réputation professionnelle à tous les deux – et leur job, par la même occasion. Sofia courait d'ailleurs encore plus de risques que lui qui devait de toute façon partir dans quelques semaines, et il refusait de lui faire subir les conséquences de son inconduite.

Mais quelque chose dans sa façon de gémir sous ses baisers, de mêler sa langue à la sienne, le privait de toute raison, ou presque…

Par un effort de volonté dont il ne se serait pas cru capable, Carlos interrompit leur baiser. Sofia laissa échapper un soupir de surprise lorsqu'il se redressa et fit un pas en arrière.

— Je me suis laissé emporter, dit-il lorsqu'il lut dans ses yeux la question silencieuse qu'elle se refusait à poser directement.

— Nous sommes tous les deux novices en la matière, alors je pense que nous devrions commencer en douceur. Par exemple, si nous voulons persister dans notre erreur, pourquoi ne pas le faire dans un endroit où on ne peut pas nous surprendre ?

Les yeux de Sofia s'arrondirent, et elle parcourut la pièce du regard, comme pour vérifier que personne n'avait surpris leur conversation.

Brusquement, ils s'écartèrent l'un de l'autre : le grincement d'une paire de sabots en caoutchouc venait de se faire entendre, et s'amplifiait de seconde en seconde, jusqu'à ce qu'une femme entre dans la salle du personnel, une main posée sur son ventre énorme, et l'autre tenant une tablette.

— Bella ! Je croyais que tu étais en congé aujourd'hui ?

Sofia se leva d'un bond, manquant renverser sa chaise. On aurait dit qu'elle voulait mettre le plus de distance possible entre elle et lui, et oublier qu'ils avaient failli se faire prendre en flagrant délit...

Cela n'échappa pas à Isabella, qui les regarda tour à tour.

— Sebastian voudrait que je prenne plus de temps libre, mais je ne m'arrêterai pas de travailler tant que ces bébés ne seront pas prêts à montrer le bout de leur nez !

Sofia fronça les sourcils d'un air désapprobateur.

— Tu attends des triplés, Bella ! Il s'agit d'une grossesse à haut risque, et tu ne dois pas travailler jusqu'à l'accouchement !

Bella leva les yeux au ciel, puis répondit :

— Tu parles comme Sebastian ! Mais n'essaye pas de changer de sujet. Que faites-vous ici, tous les deux ?

Avant que Carlos ne puisse dire quoi que ce soit, Sofia répondit avec empressement :

— Nous étions...

Elle s'interrompit et tourna vers Carlos un regard implorant. Pourvu qu'il trouve une explication plausible, et vite !

— Nous étions en train d'examiner les notes d'un patient pour une intervention chirurgicale que nous avons effectuée en début de semaine, dit-elle enfin d'un ton qu'elle espérait ferme et assuré.

Bella ne fut pas dupe, et le lui fit comprendre d'un regard. Si elle avait de nombreux talents, elle n'était pas douée pour le mensonge, songea Sofia.

Heureusement, pour la deuxième fois en peu de temps, la chance leur sourit lorsque leurs deux pagers se mirent à sonner en même temps.

— Un patient vient d'arriver et il faut l'opérer en urgence ! lança Carlos.

Après avoir salué d'un signe de tête Isabella, il passa devant elle et s'engouffra dans le couloir qui menait au bloc opératoire, Sofia sur les talons.

L'érotisme torride du baiser qu'ils avaient échangé dans la salle de repos hantait encore son esprit lorsque Sofia, le cœur battant, enfila ses gants et entra dans la salle d'opération. Elle et Carlos s'étaient lavé et désinfecté les mains en silence, mais la tension entre eux était demeurée intacte, et aucun n'avait évoqué ce qu'il venait de se passer.

Sofia gardait bien présente à l'esprit sa soirée dans l'intimité de son penthouse, mais elle ne s'attendait pas à ce qu'il se montre aussi peu prudent au travail. Après tout, ils avaient tous deux beaucoup à perdre, professionnellement, à s'exposer ainsi.

Sofia savait qu'elle aurait dû être horrifiée par le fait que Bella les ait surpris dans une situation compromettante, au sein même de l'hôpital. Après tout, elle était mariée à Sebastian, leur chef de service et, qui plus est, un membre influent du conseil d'administration de cet établissement ! Elle avait tant sacrifié pour arriver à ce stade de sa carrière ! Et c'était d'ailleurs à cause de son dévouement à son travail que ses relations s'étaient soldées par des échecs – y compris avec Daniel, qui avait choisi de la punir pour avoir privilégié sa carrière.

Pourtant, elle se sentait d'humeur légère, presque insouciante.

La proximité de Carlos faisait naître de délicieux frissons dans son corps, et un désir comme elle n'en avait encore jamais ressenti.

Soudain, la voix de Carlos résonna dans la salle d'opération, la tirant de ses pensées interdites.

— Quelqu'un peut me résumer la situation et les antécédents du patient ? demanda-t-il en approchant de la table.

S'il songeait encore à ce qu'il venait de se passer entre eux, il ne le montrait pas.

— Notre patient, un homme de trente-cinq ans, s'appelle Manny Vargas. Il a été victime d'un accident de vélo. Des passants ont signalé aux ambulanciers qu'il avait été heurté par une voiture et projeté à plusieurs mètres après l'impact, déclara le jeune interne qui les assistait, relayant les informations fournies par le service des urgences.

Sofia remarqua un petit pli entre les sourcils de Carlos et l'observa attentivement, tandis que leur confrère leur communiquait les constantes du patient et les résultats des tomodensitogrammes et des radiographies qu'ils avaient déjà effectués.

La dernière fois qu'ils avaient travaillé sur une victime d'accident de voiture, Carlos avait eu une crise d'angoisse. Depuis, elle le surveillait attentivement chaque fois qu'ils se trouvaient dans une situation de stress, notant tout changement dans son comportement pendant qu'ils opéraient. Elle n'avait rien remarqué depuis cet incident et ne décelait aucun signe d'alerte en ce moment même.

— Nous devons examiner la rupture de la rate et la fracture du fémur, dit Carlos.

Puis il se tourna vers elle et planta ses yeux dans les siens.

— Tu diriges l'opération de la rate pendant que j'examine la jambe, d'accord ?

— Très bien.

Sofia acquiesça, repoussant son inquiétude au fond de son esprit. Il serait bien temps de se préoccuper de Carlos quand des symptômes se manifesteraient, songea-t-elle. La répartition des responsabilités chirurgicales était l'un des points forts de son enseignement, et elle devait s'y conformer elle aussi. Même si son air trop sûr de lui déplaisait encore, elle devait bien admettre qu'il avait fait progresser tous les membres de l'équipe chirurgicale grâce à ses conseils.

Elle s'approcha du patient. Le champ opératoire était déjà prêt : l'opération pouvait commencer.

— Pouvez-vous me montrer les tomodensitogrammes, je vous prie ?

Yasmine, la chirurgienne stagiaire postée à côté d'elle, acquiesça, puis se dirigea vers l'ordinateur et afficha les images. Dès que les scanners furent chargés, elle constata que cette zone était endommagée. L'hémorragie active due à l'accumulation de sang autour de la rate et des autres organes était bien visible et de couleur plus vive que le reste de l'image, donnant une idée assez précise de la gravité du cas.

— Il y a une hémorragie interne, alors préparons les éponges pour l'absorber, dit-elle. Il est probable que nous devrons retirer la rate si les lésions sont trop importantes.

Il n'y avait généralement pas d'autre option, et même si cette opération était très invasive, elle donnait de meilleurs résultats que l'ablation d'un rein ou d'une partie du foie. Dans ce genre d'accident à fort impact, on ne savait jamais précisément où se situaient les lésions.

Elle prit le scalpel des mains de l'infirmière du bloc opératoire, puis pratiqua une incision dans le quadrant supérieur gauche de l'abdomen de la patiente afin de permettre l'accès à la rate. Ensuite, avec l'aide de Yasmine, elle se concentra sur cet organe afin de pouvoir en évaluer l'état et déterminer la marche à suivre.

— Mettez d'autres éponges ici, ordonna-t-elle à Yasmine lorsque le sang recommença à s'accumuler dans la cavité abdominale.

De temps en temps, Sofia jetait un coup d'œil à Carlos, qui se tenait un peu à l'écart du patient et observait sa jambe blessée, assisté par un jeune médecin. D'après les bribes de conversation qui lui parvenaient, elle comprit qu'ils essayaient de fixer l'os, mais la fracture semblait plus complexe qu'ils ne l'avaient pensé au départ. Carlos demanderait de l'aide s'il en avait besoin, n'est-ce pas ?

Pourquoi n'avaient-ils pas reparlé ensemble de la crise d'angoisse qui l'avait fait sortir précipitamment du bloc, quelques jours auparavant ? Elle avait bien tenté de le croiser par la suite pour évoquer ce qu'il s'était passé, mais Carlos l'avait évitée. Puis, lorsqu'elle l'avait enfin retrouvé par hasard, il n'avait pas été question de parler travail...

Sous la lumière vive de la salle d'opération, elle remarqua une fine pellicule de sueur sur son front, et comprit qu'elle devait transpirer elle aussi. Pour des raisons d'asepsie, ils devaient porter plusieurs couches de protection en salle d'opération, où il pouvait faire très chaud. Si Carlos devait beaucoup bouger, ils attendraient que la rate soit retirée pour opérer.

Sofia décida de chasser ses pensées dérangeantes. Ils en parleraient plus tard. Il ne servait à rien qu'elle se demande, lorsqu'ils opéraient ensemble, s'il était en détresse. Mais si la situation se présentait, ils devraient trouver un moyen d'y remédier, comme l'avaient fait avant eux de nombreux autres chirurgiens souffrant de stress post-traumatique.

— Maintenant qu'elle est fixée, nous allons ligaturer la rate et procéder à son ablation.

Elle tendit son instrument à Yasmine, qui le prit avec un hochement de tête et s'approcha de la patiente. Sofia observa les gestes de la jeune chirurgienne et lui donna des instructions pour ligaturer les petites veines, puis les artères plus importantes. Celle-ci marqua une pause pour ajuster sa prise sur son instrument et se mit au travail, tandis que Sofia continuait d'aspirer pour dégager la zone d'intervention.

— Nous allons devoir attendre pour poser les vis.

La voix de Carlos lui parvint et elle leva les yeux vers lui au moment où il se rapprochait.

— Comment ça se passe ? lui demanda-t-elle, en reportant son attention sur le patient.

— Complexe, mais nous allons pouvoir placer une tige et des vis dès maintenant pour fixer l'os, et avec un peu de chance, nous n'aurons pas besoin d'une autre opération.

Du coin de l'œil, elle vit qu'il était concentré, et très soucieux de bien faire les choses pour leur patient.

— Le chemin vers la guérison sera long, c'est certain.

Sofia suivit la main de la jeune chirurgienne qui ligaturait l'artère principale de la rate, une tâche qui exigeait la plus grande délicatesse car il s'agissait du principal canal d'irrigation de cet organe.

— On peut faire quelque chose pour vous aider ? demanda Carlos, en secouant la tête.

— Nous sommes prêts à pratiquer la splénectomie, répondit Sofia. Une fois que ce sera fait, nous refermerons, et vous pourrez continuer à traiter la fracture.

Elle s'arrêta, regarda la jambe encore ouverte, à demi recouverte d'un drap chirurgical.

— Il doit s'agir d'une fracture complexe si elle doit être réduite à l'aide d'une broche. Faut-il appeler un chirurgien orthopédique ?

Carlos secoua la tête.

— J'ai passé près d'un an au service d'orthopédie de l'hôpital principal de São Paulo. J'ai beaucoup appris dans ce domaine, auprès des meilleurs praticiens.

Sofia haussa les sourcils

— Je l'ignorais.

— Il y a beaucoup de choses que tu ignores à mon sujet, tu sais.

Elle comprit qu'il souriait sous son masque chirurgical, d'un sourire à la fois tendre et taquin. Ce faisant, il parvint à réveiller son inquiétude : en effet, elle ne savait pas grand-chose de lui, si ce n'est qu'elle ne pouvait pas lui résister.

Chaque fois qu'ils se parlaient, ils avaient le plus souvent des opinions professionnelles divergentes ou se disputaient à propos d'un incident banal ayant eu lieu à l'hôpital. Ces disputes cessaient lorsqu'ils entraient dans la salle d'opération, où ils formaient alors un duo de choc, parfaitement complémentaire, avec pour unique objectif de sauver les patients dont ils avaient la charge.

Elle avait parlé de son passé, mais lui non. De plus, il avait tenu à préciser qu'il ne partagerait rien de personnel avec elle. Il n'y avait donc pas lieu d'être déçue, n'est-ce pas ?

Lui dirait-il seulement ce qui déclenchait ses crises d'angoisse, ou devrait-elle rester dans l'ignorance ? Sofia avait évoqué sa vie sentimentale passée, lui confiant même qu'elle n'avait jamais eu de liaison occasionnelle. Il l'avait écoutée et avait semblé la comprendre. N'était-ce pas étrange qu'elle ne sache pour sa part rien de son passé, ni de ce qui l'avait amené ici ?

— Nous sommes prêts à enlever la rate, dit Yasmine, et Sofia lui tendit l'aspirateur, les yeux rivés sur-le-champ opératoire.

— Bon travail, dit-elle en souriant.

Elle s'arrêta lorsque Carlos lui tendit un sac de prélèvement qu'elle prit et ajusta sur la rate, avant de faire un signe de tête à la jeune chirurgienne pour qu'elle procède à l'ablation.

Ses yeux se tournèrent à nouveau vers Carlos, qui observait l'opération sans faire de bruit et en restant parfaitement immobile. Rien dans cette situation n'était inhabituel et n'aurait dû susciter autant de nervosité de sa part. Pourtant, elle était tendue comme un arc et se demandait pour la première fois quelle serait l'issue de son idylle avec Carlos. Jamais auparavant elle ne s'était autorisée à songer à sa vie privée pendant qu'elle opérait, mais cet homme la bouleversait tant qu'elle ne pouvait plus se dominer. Et même si elle savait que leur aventure n'était pas destinée à durer, Sofia ne voulait pas y renoncer. Après toutes ses relations ratées, elle avait pour la première fois l'impression de bien appréhender la situation : Carlos savait exactement ce qu'elle attendait d'un homme, et elle savait ce qu'il attendait d'une femme...

Inutile de s'investir émotionnellement avec lui, car il quitterait Buenos Aires dans moins de deux semaines. Ils étaient convenus de se voir pour partager des moments de plaisir et cela lui convenait parfaitement. Au lieu de se laisser aller à croire que Carlos était l'homme qu'il lui fallait, Sofia devait se rappeler qu'il lui donnait ce dont elle avait besoin. Tout cela n'avait rien à voir avec sa personne, ni avec les sentiments qu'elle aurait pu éprouver pour lui si la situation avait été différente.

Le silence postopératoire avait quelque chose d'étrangement apaisant. Après avoir retiré la rate, ils terminèrent de poser les vis et la broche sur la jambe cassée, puis vérifièrent qu'il n'y avait pas d'autres sources de saignement avant de refermer le patient. Les spécialistes se chargeraient de toutes les opérations de suivi. La salle d'opération recommença à s'agiter tandis qu'on préparait le transport du patient. Puis l'équipe des assistants sortit, laissant derrière elle les chirurgiens qui discutaient à voix basse.

À la seconde où la porte se referma et les coupa du monde extérieur, quelque chose changea sur le visage de Carlos, et Sofia eut l'impression qu'il tombait le masque, enfin.

— Ce patient a été très durement touché dans cet accident. Je ne peux même pas imaginer ce qu'il a dû ressentir au moment du choc, déclara Carlos alors qu'ils se dirigeaient vers la poubelle pour jeter leurs blouses chirurgicales.

Ils entrèrent ensuite dans la salle de désinfection, et chacun gagna un évier et se lava rapidement les mains et les bras pour éviter toute contamination.

— Tout compte fait, Manny s'en est sorti, répondit Sofia. Si la jambe cassée ne nécessite pas d'autre intervention, je pense qu'il a de la chance de n'avoir perdu que la rate. L'orthopédiste devra voir s'il a besoin d'autre chose après quelques séances de kinésithérapie.

Elle lui jeta un regard en coin, ses yeux s'étrécissant comme il essayait de déchiffrer son expression. Le calme qu'il affichait d'ordinaire avait disparu, et elle sentit qu'il était sous tension. Avait-elle raison de penser que c'étaient les accidents de la route qui le dérangeaient ? S'était-il produit quelque chose dans son passé – peut-être une opération ratée – qu'il gardait pour lui ?

En fermant le robinet, Sofia se tourna pour lui faire face. Elle ne savait presque rien de Carlos, et même s'il l'avait prévenue qu'il ne voulait pas qu'on lui pose de questions personnelles, elle s'était résolue à lui désobéir. Ils avaient déjà établi la nature temporaire de leur liaison. Quel mal y aurait-il à chercher à en savoir un peu plus ?

— Tu es originaire du Brésil, n'est-ce pas ? demanda-t-elle, ce qui lui valut un haussement de sourcils.

— As-tu... lu ma biographie quelque part ?

Ses lèvres s'étirèrent en un sourire amusé qui effaça son expression inquiète, et Sofia sentit son cœur se serrer.

— Non, mais je suis curieuse de savoir ce qui t'a poussé à quitter ton pays. Toute ma famille est ici, en ville, et même si je ne les vois pas souvent parce que je suis trop occupée à travailler, je peux compter sur eux, tout comme ils savent qu'ils peuvent compter sur moi.

Une ombre de tristesse passa sur son visage lorsqu'elle mentionna sa famille, suivie d'une expression perplexe, comme s'il n'était pas sûr de ce qu'il devait penser ou ressentir. Lorsqu'il la regarda enfin, elle lut de la curiosité dans ses yeux.

— Je suppose qu'aucun d'entre eux n'est médecin ? demanda-t-il.

Sofia secoua la tête.

— Non, alors bien sûr, ils sont très fiers de moi. Je suis la seule dans ma famille à avoir choisi ce domaine, ce qui signifie que toute réunion de famille se transforme en consultation collective !

Bien qu'elle aime s'en plaindre, cela ne la dérangeait pas tant que cela. Parce qu'elle consacrait sa vie d'adulte à sa carrière, ses proches étaient les seuls à la suivre, à lui apporter un soutien sans faille. Ils ne se plaignaient pas de ne pas la voir pendant des semaines, car ils comprenaient l'importance que son travail avait pour elle. C'était ce genre d'accord qu'elle pensait avoir trouvé avec Daniel, mais elle s'était lourdement trompée, hélas...

— Que font-ils ?

Dans ses yeux, l'étincelle se fit plus brillante, signe qu'il commençait à s'intéresser à la conversation. Et, de nouveau, elle se prit à espérer pouvoir elle aussi en apprendre un peu plus sur lui.

— Ils exploitent une ferme horticole pour répondre à la demande locale. Ils fréquentent les marchés fermiers de leur région et vendent à de petits supermarchés, expliqua-t-elle avec un sourire attendri.

— Et tes parents gèrent tout cela seuls ?

Il haussa les sourcils lorsqu'elle acquiesça.

— Avec l'aide de mon frère aîné et de sa femme. Ils vivent sur les terres qu'ils cultivent, à environ une heure de route d'ici. C'est une autre raison pour laquelle je ne leur rends pas souvent visite. Leur emploi du temps est tout aussi chargé que le mien, car ils cultivent différents fruits et légumes tout au long de l'année.

Un sentiment de culpabilité l'assaillit, une sensation plus que familière. Elle savait qu'elle aurait dû consacrer plus de temps à sa famille, mais sa carrière étant à un point de bascule elle devait tout mettre en œuvre si elle voulait connaître le succès dont elle rêvait. Au moins, sa famille comprenait qu'elle devait renoncer à certaines choses pour atteindre ses objectifs.

Carlos s'approcha et posa une main sur son épaule qu'il serra affectueusement.

— Leur vie est difficile, j'imagine ?

— En effet, dit Sofia en hochant la tête. C'est pourquoi l'idée de quitter Buenos Aires ne m'a jamais traversé l'esprit. Lorsque les choses sont difficiles, je les aide. Par exemple, lorsqu'ils ont besoin de nouveaux matériels ou n'ont pas les moyens de réparer l'un de leurs tracteurs. Ils m'ont soutenue tout au long de mes études de médecine, maintenant c'est à moi de leur rendre la pareille.

Il se tenait tout près d'elle, et elle était obligée de pencher la tête en arrière pour le regarder.

— Ils ont de la chance de t'avoir, murmura-t-il.

— Et toi, tu n'as personne qui t'attend au Brésil ? demanda-t-elle prudemment.

— Non, dit-il, avant de poser la main sur sa joue.

— Pas de famille ou d'amis qui attendent que tu leur racontes tes aventures à l'étranger ?

Comment un homme aussi séduisant que lui pouvait-il être seul dans la vie ? Certes, ils s'étaient opposés lors de leurs premières rencontres mais, malgré son caractère autoritaire, Carlos était un homme bon.

Il traça du pouce la courbe de sa pommette, puis dit d'un ton légèrement traînant :

— Non, personne.

À peine eut-elle le temps de remarquer que sa voix tremblait qu'il se pencha vers elle et l'embrassa. Comme les fois précédentes, elle se lova contre lui avec un long soupir.

Sa langue toucha ses lèvres qu'elle entrouvrit doucement. Ce simple contact l'excita, et elle oublia presque qui elle était et de quoi ils avaient parlé il y avait une minute à peine...

Mon Dieu, comment cet homme pouvait-il être aussi enivrant ? Rien dans sa vie ne pouvait rivaliser avec lui. Carlos était comme une vague chaude qui l'enveloppait, lui transmettait son énergie, et lui laissait un étrange sentiment de vide à chaque fois qu'elle se retirait.

Le contrôle lui échappa lorsque les lèvres de Carlos quittèrent les siennes et descendirent dans son cou.

— Veux-tu boire un verre avec moi ce soir ? murmura-t-il contre sa peau.

— Cela dépend... Tu es allé... faire des courses ?

Son rire qui résonna dans la pièce lui réchauffa le cœur.

— Oui, bien sûr...

— Tant mieux. Il aurait été un peu gênant de devoir expliquer au pharmacien de l'hôpital pourquoi deux chirurgiens traumatologues avaient besoin de préservatifs, répondit-elle.

Puis elle fit un pas en arrière, se dégageant de ses bras.

— Tu as un endroit en tête ?

— Oui.

Il laissa courir son regard sur son corps, l'incitant à s'approcher à nouveau. Mais quelque chose chez lui attira son attention : il penchait la tête, comme pour se cacher. D'elle ?

— Tu es très mystérieux, Carlos, dit-elle en s'éloignant de lui.

Tout au long de cette conversation, il n'avait pas répondu à une seule question sur lui-même, mais il avait réussi à la faire parler de sa famille.

Avait-il un secret qu'il gardait précieusement ?

Elle n'eut pas le loisir d'approfondir cette question car les portes s'ouvrirent sur un jeune médecin, qui se figea en les découvrant tous deux face à face.

Sofia saisit cette occasion pour s'éclipser, tout en se promettant de ne plus se laisser entraîner par Carlos lorsqu'ils seraient dans l'enceinte de l'hôpital. C'était la deuxième fois aujourd'hui que quelqu'un avait failli les surprendre.

— Je vous verrai plus tard, docteur Cabrera. Envoyez-moi un SMS avec les détails, dit-elle, avant de se faufiler devant son collègue et de quitter le bloc.

8

Elle lui avait laissé entendre qu'il était difficile à cerner, songea Carlos, alors qu'il terminait sa visite aux patients de l'unité de soins intensifs pour gagner les consultations des urgences. Il ne comprenait pas exactement pourquoi son attention était focalisée sur la déclaration de Sofia, mais quelque chose l'intriguait, et plus il y réfléchissait, moins il comprenait.

Ces mots avaient sonné comme une accusation, et ce qui était étrange, c'est qu'il le comprenait, même s'il avait affirmé qu'il ne répondrait à aucune question sur lui-même. Quelques jours auparavant, cette attitude lui avait paru raisonnable, mais il voyait bien ce que cela signifiait du point de vue de Sofia. Elle n'avait rien appris sur lui au cours de leurs nombreuses conversations, alors qu'il était heureux d'avoir recueilli quelques bribes d'information sur elle.

Carlos avait besoin d'en savoir plus sur son passé, c'était évident. Pourtant, lorsqu'elle lui avait posé des questions, il s'était empressé de hisser des barrières autour de lui, afin de se protéger de ce qu'il considérait comme une intrusion. Il mentirait s'il prétendait n'avoir pas aimé l'entendre évoquer la ferme que tenaient ses parents. Lorsqu'elle lui en avait parlé, une foule de questions avaient surgi dans sa tête, et il les avait toutes repoussées.

Quand ensuite elle lui avait demandé qui l'attendait au Brésil, il lui avait fallu fournir un immense effort de volonté pour ne pas se refermer instantanément sur lui-même. Le mécanisme de défense qu'il avait mis au point pour tout ce qui avait trait à Rosa était puissant et se déclenchait sans que ses interlocuteurs s'en rendent compte. C'était la raison pour laquelle il gardait les gens à distance depuis son veuvage.

Comment ces gens réagiraient-ils s'ils savaient qu'il était responsable de l'accident qui avait tué sa femme ? Ni la police, ni la compagnie d'assurances ne pouvaient lui reprocher quoi que ce soit, mais Carlos savait ce qu'il en était. Le jour de leur mariage, il avait promis de protéger Rosa pour le reste de sa vie. Il avait échoué, et maintenant elle n'était plus là.

Avec un soupir, Carlos attrapa son verre et en but une gorgée avant de le reposer sur le bar et de regarder l'horloge de son téléphone. Il savait que Sofia, très respectueuse des règles, franchirait ces portes au moment précis où ils étaient convenus de se rencontrer.

Il garda les yeux fixés sur le téléphone, fixant l'heure exacte, et ne les releva que lorsque Sofia fit son entrée. Tout son corps se tendit lorsqu'il la vit s'approcher de lui. La robe noire qu'elle avait choisie épousait ses courbes tentatrices avec une telle perfection qu'on aurait dit que quelqu'un l'avait confectionnée spécialement pour elle. Le décolleté flattait la rondeur de ses seins, et la jupe tombait jusqu'à ses pieds, mais une fente remontant presque jusqu'à sa hanche dévoilait sa cuisse à chaque pas.

Elle s'avançait vers lui comme si elle marchait sur un nuage. Il la regarda avec stupéfaction jusqu'à ce qu'elle s'arrête devant lui, un petit sourire aux lèvres.

— Cette place est-elle occupée ? demanda-t-elle avec assurance.

La légère rougeur de ses joues lui indiqua qu'elle prenait sur elle pour se comporter avec autant d'audace – et se faisait violence pour le draguer.

Il se leva, posa la main sur sa hanche et savoura la sensation du tissu soyeux sous ses doigts. Ses yeux descendirent d'eux-mêmes jusqu'à son décolleté, et ce n'est que lorsque Sofia soupira qu'il releva la tête.

— Aucun des mots que j'ai en tête n'est approprié, susurra-t-il, satisfait de voir le rouge de ses joues s'accentuer.

— C'est une réplique qui marche particulièrement bien avec les femmes ? ironisa-t-elle en s'asseyant à côté de lui.

— Je ne sais pas. Tu es la première à entendre ces mots.

Quelque chose dans sa façon de hausser les sourcils, les yeux écarquillés, le dérangeait. C'était le même regard qu'elle lui avait lancé lorsqu'il lui avait avoué ne pas avoir de protection sur lui.

Il se débarrassa de ce souvenir pénible lorsque le barman s'approcha du bar.

— Que puis-je vous offrir ?

— Oh...

Sofia regarda le verre de Carlos, puis laissa son regard courir sur les étagères avant de s'arrêter sur une bouteille qu'il ne pouvait pas voir.

— Pourriez-vous me préparer un *clarito* ?

Le barman hocha la tête en souriant, puis versa dans un verre du gin, du vermouth et quelques gouttes de bitter à l'orange. Le tintement des glaçons se mêlait à la musique douce et aux bribes de conversation des autres clients. C'était ce fond sonore parfait qui incitait Carlos à revenir ici régulièrement. Avec tout ce qui se passait autour de lui, il était facile de se laisser aller et de suivre le fil de ses pensées où qu'elles le mènent. Même s'il n'était pas un grand buveur, cet endroit était devenu son havre de paix à Buenos Aires.

Et à cet instant il admirait Sofia, qu'il avait volontairement invitée dans cet espace.

— C'est quoi, un *clarito* ?

Il suivit son regard et observa le barman qui posait un verre à martini sur le comptoir et commençait à y verser le liquide ambré. Ensuite, il plaça une rondelle de citron enrobée de sucre sur le bord du verre et le tendit à Sofia.

— C'est un cocktail très apprécié ici, expliqua-t-elle, et l'une des rares boissons que j'aime.

Elle leva son verre vers lui.

Carlos lui répondit par un sourire, fit tinter leurs verres l'un contre l'autre et prit une gorgée de sa propre boisson.

— Tu ne bois que rarement, c'est ça ?

Elle hocha la tête en posant son verre.

— Quand aurais-je le temps de sortir ? Surtout maintenant, avec toi qui me voles toutes mes opérations dès que j'ai le dos tourné !

Elle plaisantait, bien sûr, mais il lui lança un regard aigu.

— Je pense m'être expliqué à ce sujet et avoir pris les mesures nécessaires pour y remédier. Je ne suis pratiquement plus en chirurgie, tu le sais.

Il se pencha vers elle, et elle sentit une chaleur intense inonder tout son corps.

— Peut-être, mais maintenant, tu me suis partout, même dans l'hôpital, et tu m'embrasses à la moindre occasion ! Je ne suis pas sûr que ce soit très discret...

Le sourire qui se dessina sur ses lèvres était éloquent. Elle ne se trompait pas sur ses intentions à son égard.

Il haussa tout de même les épaules pour dire avec nonchalance :

— Je peux arrêter si tu le souhaites.

— Oh non !

Ces mots avaient franchi ses lèvres sans qu'elle puisse les contrôler et, lorsqu'elle s'en rendit compte, elle rougit de plus belle. Carlos dut faire un immense effort pour ne pas la prendre dans ses bras et la serrer à l'étouffer.

— Je ne veux pas que tu arrêtes, mais...

Cette fois, il fut incapable de se retenir. Il descendit de son tabouret et s'approcha tout près d'elle, la forçant à lever les yeux vers lui.

— Ne pas te toucher me coûte beaucoup, tu sais... Je n'arrête pas de penser à toi.

Carlos vit le pouls de Sofia battre à sa gorge, et son beau regard se brouiller.

— Je ne crois pas qu'il soit judicieux de se comporter ainsi dans l'enceinte de l'hôpital, dit-elle d'une voix rauque, et il acquiesça.

— Je suis d'accord. Si nous nous faisons surprendre, ce sera délicat à gérer, et je ne veux pas te laisser seule avec les conséquences...

Pourtant, l'embrasser avait été le meilleur moment de sa

journée, et le plaisir que cette brève étreinte lui avait procuré avait allumé en lui une étincelle qu'il n'avait pas connue depuis de nombreuses années. Le travail était devenu l'unique but de sa vie, et il s'y était noyé afin d'oublier son chagrin. Mais, maintenant qu'il avait rencontré Sofia, il avait recommencé à espérer, même s'il s'en défendait. Il appréciait le défi que représentait grâce à elle chaque cas qu'ils traitaient ensemble, et elle faisait preuve d'une volonté à toute épreuve dès qu'il s'agissait de défendre ce qu'elle croyait être la bonne approche. Elle n'avait pas peur de se mesurer à lui, et il adorait ça !

— C'était dur de ne pas travailler avec toi aujourd'hui, dit Carlos, en posant la main sur sa cuisse.

Sofia sourit.

— J'ai tout de même pensé à toi, bien malgré moi, répondit-elle.

Il cligna des yeux, surpris.

— Ce n'est pas souvent que je rencontre quelqu'un qui se montre aussi critique envers mes actions. Chaque fois que je vais dans un nouvel hôpital, je me heurte à des gens qui n'aiment pas le changement, mais ils font généralement ce que le chef du service de chirurgie leur dit de faire. Mais pas toi…

Il vit l'expression de son visage changer lorsqu'il prononça ces derniers mots : était-ce l'effet de ses paroles ou de sa main sur sa cuisse ?

— Je ne te conteste pas parce que je n'aime pas le changement. Les choses que tu enseignes à tout le personnel de l'hôpital sont importantes et constituent de bonnes améliorations pour la qualité globale de nos services. Mais tu n'es pas obligé de te montrer aussi rigide, tu sais…

Ses yeux s'écarquillèrent, comme si elle regrettait ses paroles trop abruptes.

— Ce que je veux dire…

Il éclata de rire et la coupa :

— Je comprends ! Nos premières rencontres ne se sont pas

déroulées sans heurts et j'ai peut-être été plus dur que nécessaire avec toi.

Il se souvenait de la dureté de sa voix lorsqu'il s'était opposé à elle, au bloc opératoire. L'ambiance n'avait pas vraiment changé entre eux, même s'il se rendait compte maintenant que la tension venait peut-être de la situation inédite dans laquelle il se trouvait avec elle.

— Qui aurait imaginé ce qui se cachait sous cet extérieur bourru ?

Elle le regarda d'un air taquin à travers ses cils, ses yeux bruns pailletés d'or brillant d'un éclat qui le transperça. Ce n'était pas un ton auquel il était habitué de sa part.

— Es-tu en train de flirter avec moi ?

Sur ses lèvres, un sourire s'épanouit, tandis qu'elle écarquillait les yeux.

— Tu vois ce que je veux dire en affirmant que je n'ai pas d'expérience en matière de flirt, dit-elle. Je ne suis pas très subtile !

Elle prit son verre et en but une gorgée. Quand elle le reposa, Carlos se pencha et déposa un baiser sur ses lèvres : elle avaient le goût légèrement acidulé du *clarito*.

— Nous ne sommes pas obligés de faire ce que tu ne veux pas, tu sais ? dit-il, même s'il avait la gorge serrée à l'idée qu'ils puissent se séparer ainsi.

La réaction de Sofia le rassura.

— Je veux vraiment être ici, avec toi. C'est juste que…

Elle marqua une pause, réfléchissant à ses paroles.

— Cela peut paraître stupide, mais je me suis tellement investie dans ma carrière et dans le fait d'être la meilleure dans mon domaine que c'est devenu une norme, pour moi. Par conséquent, si je me trouve dans des situations qui ne relèvent pas de mon expertise ou ne me permettent pas de progresser, j'hésite à aller plus loin…

Carlos ne peut s'empêcher de sourire. L'hyper-compétitivité des chirurgiens en général expliquait pourquoi il était parfois difficile pour lui d'enseigner. Essayer de nouvelles choses conduisait à des erreurs, or les chirurgiens apprenaient à éviter les erreurs sous peine de perdre des vies.

— Sortir de sa zone de confort est le seul moyen de se pousser à devenir meilleur, à défaut d'être « le » meilleur, affirma-t-il. Et je t'offre l'occasion de le faire.

Comme le rythme d'une chanson familière résonnait à son oreille, une idée lui vint.

— Sais-tu danser ?

Tandis qu'il posait la question, quelques clients assis aux tables du bar se levèrent.

Une ligne se dessina entre les sourcils de Sofia.

— Danser quoi ? La samba ?

— Le tango. C'est la danse argentine par excellence, non ?

— Peut-être l'ai-je dansé quand j'étais enfant, mais je ne m'en souviens pas...

Elle hésita, cherchant ses mots, et Carlos lui sourit.

— Eh bien, dis-toi que c'est une autre façon de remettre en question tes acquis ! lança-t-il avant de l'attirer à lui pour l'entraîner sur la petite piste.

Carlos dansait merveilleusement bien. Y avait-il un seul domaine au monde où il n'excellait pas ? Elle vit le défi dans ses yeux lorsque d'une main il saisit la sienne, tout en plaçant l'autre dans le bas de son dos, l'attirant à lui jusqu'à ce que leurs souffles se mêlent.

— Écoute la musique et laisse-toi guider par le rythme, dit-il en la regardant, une étincelle malicieuse dans les yeux.

Elle ne connaissait peut-être plus rien au tango, mais elle aimait relever les défis, et ceci en était assurément un !

Les premiers pas furent un peu raides, car elle se concentrait sur chaque mouvement, essayant de faire ce que Carlos lui avait conseillé. Lui évoluait avec fluidité, tout en continuant à la guider. De temps à autre, il effleurait doucement son dos ou plaquait sa cuisse contre la sienne.

Cette agilité ne la surprenait pas, car elle l'avait déjà observée à la salle de capœira. Elle ne se souvenait pas de la dernière fois qu'elle s'était sentie aussi bien qu'en cet instant, uniquement concentrée sur la danse et sur leurs deux corps qui ondulaient, étroitement enlacés.

La musique douce et sensuelle était comme une caresse sur sa peau, et elle se laissa peu à peu aller, guidée par son cavalier.

— Capœira et tango... Comment as-tu commencé à danser ? demanda-t-elle lorsqu'elle se sentit suffisamment confiante pour entamer une conversation.

— La capœira était très répandue dans le quartier où j'ai grandi. Chaque après-midi, lorsque je rentrais de l'école, la musique envahissait les rues, les gens saisissant leurs tambours et leurs guitares pour rejoindre la *roda* _ le cercle des spectateurs. Tu te souviens ? C'est ce que tu as vu, à la salle...

Sofia acquiesça. Ce souvenir lui paraissait déjà lointain, mais c'est à ce moment-là qu'elle avait véritablement pris conscience de la force qui la poussait vers lui.

— Les gens se mettaient en cercle dans la rue et se battaient les uns contre les autres ?

Le rire de Carlos fit courir un frisson dans tout son corps.

— Nous ne nous battons pas. L'art de la capœira consiste précisément à éviter les coups directs. Bien sûr, nous utilisons nos pieds et nos poings, mais ils sont destinés à tromper l'adversaire, en le mettant au défi de réfléchir rapidement et de faire preuve de souplesse, expliqua-t-il en la serrant un peu plus fort contre lui. C'est plus une danse qu'un combat, en vérité.

Sofia sentit sa peau s'échauffer alors que sa voix se faisait plus grave.

— Je ne savais même pas que cette discipline était pratiquée à Buenos Aires, et encore moins qu'un gymnase entier lui était consacré.

— Tu n'as jamais vu les adeptes de la capœira faire des démonstrations, pendant le carnaval par exemple ? demanda-t-il.

Il haussa les sourcils quand elle secoua la tête.

— Le carnaval est la période la plus propice aux blessures et aux accidents. Je le vois bien quand des personnes costumées et maquillées arrivent au bloc opératoire avec des blessures légères...

C'était généralement à ce moment-là que ses gardes étaient les plus longues, car la ville se relâchait pendant quelques jours. Tout pouvait arriver dans cette période propice aux excès en tout genre.

Soudain, elle demanda :

— Cela veut dire que... tu vas te produire le week-end prochain ? Le carnaval est bien prévu à cette date, n'est-ce pas ?

Un sourire se dessina sur ses lèvres lorsqu'il acquiesça.

— Mon contrat s'achève juste avant le début du carnaval, je devrais donc pouvoir en profiter comme il se doit.

Son contrat ? Même si elle savait qu'il ne resterait pas longtemps àr l'hôpital général de Buenos Aires, ce qui avait été l'une des principales raisons qui l'avaient poussée à accepter cette aventure, elle réalisait seulement maintenant à quel point la fin de son séjour était proche. Aurait-elle le temps de percer enfin sa carapace ? Y avait-il même une raison de le faire ? Il avait repoussé toutes ses questions, même banales, sur sa vie privée. Quelqu'un de moins têtu qu'elle aurait compris le message et aurait abandonné. Mais Sofia n'était pas arrivée là où elle était en baissant les bras devant les difficultés. Peut-être que tout dépendait de sa façon de poser des questions ?

— Et le tango ? C'est grâce à la capœira que tu as compris que tu aimais danser ?

Carlos hésita. Son pas ne faiblissait pas, et ils évoluaient toujours au rythme de la musique, lovés l'un contre l'autre. Mais elle lisait l'hésitation dans ses yeux. Il était sur le point de prendre une décision, mais elle ne pouvait même pas deviner laquelle. D'autres questions bien plus précises lui brûlaient les lèvres, mais elle s'efforça de les garder pour elle. Elle avait fait une découverte importante en dansant avec lui...

Il la regarda, et elle vit vaciller la flamme dans ses yeux noirs. Puis il fixa un point derrière elle et dit, la gorge nouée :

— Ma défunte épouse aimait danser...

La musique s'estompa, et Sofia, sous le choc de l'information qu'il venait de lui délivrer, mit longtemps à se ressaisir. Elle le regarda, les yeux écarquillés, puis son attention fut attirée par les danseurs autour d'eux. Certains s'éloignaient en traînant les pieds, car le rythme du nouvel air qui venait de commencer était plus lent ; d'autres au contraire se rapprochaient les uns des autres, et de doux murmures envahissaient la salle.

— Oh ! Carlos ! Je suis désolée...

Il secoua la tête pour l'interrompre et, lorsqu'il baissa à nouveau les yeux, un sourire se dessina sur son visage. Certes, c'était un sourire discret, mais elle comprenait ce qu'il essayait de lui dire. Il voulait qu'elle en sache davantage sur lui, mais il n'était pas prêt à lui en dire davantage pour l'instant.

Ses bras se resserrèrent autour de sa taille, l'attirant plus près d'eux alors qu'ils se balançaient au rythme langoureux d'une bossa nova, et Sofia posa sa tête sur sa poitrine. Elle n'aurait pas dû se sentir aussi heureuse qu'il ait partagé cette nouvelle avec elle, car cela ne cadrait pas avec les règles qu'ils avaient établies. Entre eux, il ne devait s'agir que d'une relation physique mais, après avoir essayé pendant si longtemps, elle avait finalement trouvé un moyen de briser ses défenses. Comment s'éloigner de lui alors qu'il venait tout juste de lui témoigner sa confiance ?

— C'était il y a quelque temps déjà. Je voulais que tu saches que je n'ai pas...

Il s'arrêta, et Sofia sentit ses mains caresser doucement son dos.

— Ce que je veux dire, c'est que cette situation est inédite pour moi...

Le cœur de Sofia battait si vite qu'elle redoutait qu'il n'explose. Était-ce sa façon de dire qu'il n'avait pas non plus l'habitude des aventures d'une nuit ? Ou plutôt qu'il préférerait partager autre chose avec elle ? Le sens de cette ouverture soudaine n'était pas clair pour elle, et elle ne trouvait pas les mots pour lui dire qu'elle voulait en savoir un peu plus...

Dans le haut de son dos, elle sentit ses doigts effleurer doucement sa peau nue, faisant naître une traînée de feu dans leur sillage.

— Ta proposition tient toujours ? demanda-t-elle pour briser le silence qui s'était installé entre eux. Tu peux me montrer quelques mouvements de capœira ?

Elle ne savait pas quoi ajouter, mais elle savait qu'elle ne voulait pas laisser s'évanouir la magie de cet instant. Et la première chose qui lui était venue à l'esprit était la capœira.

Ses doigts s'arrêtèrent une fraction de seconde avant de reprendre leur douce caresse.

— Bien sûr, mais tu auras du mal à bouger dans cette robe. Et si on allait chez moi ?

9

Carlos attendit environ une seconde entre le moment où il sortit de l'ascenseur et entra dans le penthouse avec Sofia et celui où il la prit dans ses bras pour lui donner un long et langoureux baiser. Toute la journée, il avait lutté pour ne pas la toucher, et cela l'avait épuisé bien plus qu'il ne l'aurait imaginé. Dès qu'il la voyait, il se sentait happé par elle, et il avait beau assouvir la soif qu'il avait d'elle en l'embrassant, cela ne lui suffisait jamais…

Alors que leurs langues se mêlaient, il se rendit compte qu'elle partageait son désir brûlant. Après une si longue abstinence, Carlos était surpris par ce retour subit du désir et il ne savait pas quoi en penser. Si quelqu'un lui avait demandé le mois dernier s'il avait envie d'être avec une femme, sa réponse aurait été non.

Puis Sofia était entrée dans sa vie comme un tourbillon, et les défis qu'elle lui avait lancés au travail l'avaient décontenancé, créant dans son cœur un petit espace où elle s'était nichée. Maintenant, il avait l'impression qu'elle faisait partie de sa vie, alors qu'il s'était justement protégé de toute intrusion pendant les cinq dernières années. Ce qui le déconcertait plus encore, c'était que cette situation semblait lui convenir. Pourtant, il savait qu'il devait y mettre fin, et qu'il n'aurait jamais dû inviter Sofia chez lui…

Il lui avait parlé de Rosa, alors qu'il s'était jusque-là bien gardé d'évoquer sa défunte femme devant quiconque. Il ne savait pas pourquoi, mais il n'avait pas pu s'en empêcher, et quand elle lui avait demandé où il avait appris à danser le tango, quelque chose en lui l'avait poussé à lui dire la vérité. Après tout, elle lui avait déjà confié beaucoup de choses sur elle-même, et il n'avait pas vu de raisons de lui cacher cette information.

Entre deux baisers torrides, Sofia souffla tout contre sa bouche :

— C'est comme ça que commences tes cours de capoiera, d'habitude ?

Cette remarque lui valut un petit rire.

— Non, c'est juste pour toi, répondit-il.

Il était tout à fait sincère. Elle était la seule personne qu'il avait envie d'embrasser ainsi depuis une éternité, et elle le touchait bien plus que toutes les femmes qu'il avait rencontrées ces derniers temps.

Les lèvres gonflées, elle le regarda, et il lut dans ses yeux la promesse sensuelle de ce que serait cette nuit.

— Qu'est-ce que j'ai fait pour mériter ça ? ajouta-t-elle d'un ton léger.

Elle tentait de dissimuler sa nervosité, mais Carlos l'avait très bien perçue, car il la prit par les hanches et l'écarta de lui pour pouvoir la regarder.

— Tu mérites ce qu'il y a de mieux, Sofia, dit-il, se réjouissant de voir ses lèvres s'entrouvrir un peu plus. Et si quelqu'un t'en a jamais fait douter, eh bien c'est un imbécile ! Ces dernières semaines, tu m'as lancé des défis incessants, m'obligeant à être toujours meilleur, et je t'en suis reconnaissant...

Il se tut avant d'en dire trop sur lui-même, tandis que les paroles de la jeune femme résonnaient dans son esprit. C'était un homme mystérieux, et il cultivait ce mystère. Car s'il se montrait tel qu'il était, son vrai visage serait révélé à tous : celui d'un chirurgien incapable de traiter des victimes d'accident de la route, car il était lui-même traumatisé. Sa réputation était en jeu, ainsi que son avenir professionnel, et il n'avait nulle envie de se mettre ainsi en danger.

Mais Sofia avait gagné sa confiance le plus naturellement du monde, et elle avait découvert son secret de manière tout à fait fortuite. Si elle devait apprendre autre chose à son sujet, il voulait que cela vienne de lui.

— Tu m'as vu dans l'un de mes pires moments, alors que j'étais très vulnérable, et tu as su garder cela pour toi, ce dont je te suis très reconnaissant, dit-il. Certains auraient douté de mes capacités après m'avoir vu ainsi, mais cela n'a pas été ton cas, visiblement.

Bien que leur conversation soit très sérieuse, Carlos n'oubliait pas le but de sa visite dans son appartement. Tout en parlant, il fit glisser ses mains sur ses bras, suscitant en elle un délicieux frisson.

Sofia ferma les yeux quelques instants et, lorsqu'elle les rouvrit, ses genoux faillirent se dérober sous elle.

— Je sais à quel point tu aimes ton travail, répondit-elle simplement.

Soudain, il comprit qu'elle voulait le ménager. Si un collègue médecin lui avait dit que des opérations spécifiques déclenchaient chez lui une réaction de stress, il aurait douté de ses capacités et lui aurait conseillé de consulter un thérapeute.

Mais son cas était différent. Plus grave, car il était directement responsable de la mort de Rosa. Peu importe qu'il y ait eu d'autres conducteurs sur la route cette nuit-là pouvant être mis en cause, c'est lui qui était au volant, et toutes les thérapies du monde n'y pourraient rien changer.

Carlos repoussa ces pensées douloureuses, s'efforçant de vivre l'instant présent. Combattre sa culpabilité face aux erreurs du passé était son combat quotidien, mais il s'apaisait dès qu'il parvenait à se distraire. Le travail lui avait permis de prendre un peu de recul, mais Sofia… lui inspirait des sentiments bien différents.

Ses mains s'arrêtèrent sur ses hanches et il la fit pivoter sur elle-même.

Quand elle fut face au mur, il s'accroupit lentement derrière elle et, d'un geste lent, lui retira ses chaussures.

— Avant d'effectuer le moindre mouvement, il faut avoir les deux pieds bien posés au sol, souffla-t-il.

Puis il fit remonter ses mains sous sa robe, caressant sa peau nue.

— Le corps doit être aussi libre que possible, continua-t-il en cherchant la fermeture Éclair de sa robe, qu'il fit glisser vers le bas.

Il retint son souffle : elle était nue en dessous.

— Comme ça ? murmura-t-elle en se retournant avec un sourire langoureux qui faillit avoir raison de lui.

Elle posa la main sur son torse, puis défit un à un les boutons de sa chemise. Il ne décelait pas la moindre hésitation chez elle, alors que la dernière fois il l'avait sentie se tendre sous sa caresse, comme si elle appréhendait ce qui allait suivre.

Rien de tout cela n'existait aujourd'hui. Non, elle le regardait avec le sourire sensuel d'une sirène, et balançait ses hanches tout en reculant légèrement pour qu'il puisse l'admirer tout à son aise.

Fou de désir, Carlos arracha sa chemise, puis saisit ses hanches à pleines mains, avant de prendre sa bouche et de la plaquer contre le mur. Elle ondula contre lui, son ventre pressé contre son érection…

Le gémissement qui s'échappa de sa gorge acheva de lui faire perdre la tête. Depuis combien de temps une femme n'avait-elle pas soupiré ainsi entre ses bras ?

Il la souleva dans ses bras pour l'emporter dans la chambre. Sofia gémit de nouveau lorsqu'il la déposa sur le lit, mettant ses nerfs à rude épreuve.

N'y tenant plus, il envoya valser ses chaussures tandis que les mains de Sofia tiraient sur sa ceinture, déboutonnaient son pantalon qui disparut en même temps que ses sous-vêtements. Alors qu'ils avaient commencé par s'embrasser, longuement, avec douceur, leurs gestes se faisaient de plus en plus impatients. Entre eux, il n'y avait plus de place pour la langueur, désormais…

Il se retourna d'un mouvement vif et saisit un préservatif dans le paquet qu'il avait acheté la veille, après le départ de Sofia, avant de le ranger avec soin dans sa table de nuit. Sa main tremblait tandis qu'il déroulait le petit rond de caoutchouc sur son sexe tendu à l'extrême…

Être avec Sofia, la sentir tout autour de lui, l'obsédait depuis si longtemps qu'il se demandait si cet instant était bien réel, ou si c'étaient ses fantasmes qui lui jouaient des tours. Une fois qu'il aurait franchi cette limite, songea-t-il, il ne pourrait plus revenir en arrière…

Tout à coup, elle le ramena à la réalité en s'appuyant sur ses coudes.

— Ça va ? demanda-t-elle, son beau regard sensuel posé sur lui.

Il la dévora des yeux, détaillant chaque creux, chaque courbe de son corps. Les pointes de ses seins étaient dressées, et il percevait sa respiration de plus en plus rapide… Visiblement, elle était en proie à un désir pareil au sien, mais ce qui attira son attention cette fois-ci, ce fut sa chevelure qui tombait sur ses épaules en un épais rideau de soie noire.

— Je crois que je ne t'ai jamais vue avec les cheveux détachés, dit-il d'une voix rauque.

Carlos s'étendit tout contre elle, et Sofia frémit d'anticipation en sentant son sexe entre ses cuisses.

— Tu me rends fou, Sofia, murmura-t-il à son oreille.

— Tu as fait preuve d'une grande retenue la dernière fois, dit-elle d'un air mutin. Veux-tu faire la même chose aujourd'hui ?

— Je ne suis pas un égoïste, corazón.

Baissant la tête, il happa la pointe d'un sein entre ses lèvres, avant de le taquiner de la langue.

Excitée au plus haut point, Sofia se redressa légèrement, et laissa échapper un soupir tremblant.

— Ce n'est pas égoïste si je te le demande, répondit-elle à voix basse.

— Mmm…

Sa voix vibrait sur sa peau tandis qu'il mordillait son autre sein. Tous les sens en éveil, elle ne songeait plus qu'à une chose : lui appartenir.

— Tu as raison, dit-il avant de semer une pluie de baisers sur son visage. Tu es si belle que je pourrais passer des heures à t'embrasser !

Ils avaient beau être nus dans les bras l'un de l'autre, ces mots lui firent monter le rouge aux joues. Personne n'avait jamais rien dit qui la fasse se sentir aussi désirable, aussi complètement… femme.

— Carlos…

Son nom était un appel sur ses lèvres. Le cœur battant la chamade, elle souleva ses hanches, dans son impatience de sentir son sexe en elle…

N'y tenant plus, il s'enfonça en elle avec un profond soupir, qui résonna dans toute sa chair. Ses muscles se tendirent, mais très vite cet inconfort s'estompa au profit de la sensation la plus merveilleuse qui soit : celle de leurs corps réunis qui n'en formaient plus qu'un…

Carlos commença à aller et venir en elle, et elle le rejoignit, ses yeux rivés aux siens. Leurs souffles se mêlaient, leurs bouches se joignaient, à mesure qu'ils se rapprochaient du gouffre. Lorsqu'il glissa sa main entre eux pour caresser son bouton sensible, une vague enfla en elle, menaçant de tout balayer sur son passage.

Un gémissement s'échappa de ses lèvres tandis que ses muscles se contractaient puis se relâchaient sous l'effet d'un orgasme dévastateur… Éperdu, Carlos continua à bouger en elle, son plaisir augmentant à chaque coup de boutoir. Alors qu'il lui donnait les derniers assauts, un son étranglé qui ressemblait à son nom sortit de sa gorge, et il jouit à son tour, enfin libéré.

Une sensation de chaleur dans son dos tira Sofia de son sommeil. Encore à moitié endormie, elle essaya de comprendre ce qui l'avait réveillée, jusqu'à ce que les souvenirs de sa nuit torride lui reviennent.

Carlos faisait courir ses doigts dans son dos, en une caresse paresseuse. Elle soupira comme pour mieux savourer ce doux contact. Une part d'elle voulait se rendormir, mais il avait peut-être une raison de la réveiller. Était-il déjà temps de partir ?

— Je suis désolé de t'avoir réveillée. Rendors-toi, ma chérie, murmura-t-il avant qu'elle puisse lui parler, anticipant une fois de plus ses besoins.

— Non… c'est trop bon.

— Ah oui ? Tu aimes ça ?

Sa voix se rapprocha, puis elle sentit son souffle sur sa peau tandis qu'il déposait des baisers sur son épaule. Au paradis, elle s'abandonna entre ses bras.

Chaque parcelle de peau qu'il touchait prenait vie sous ses doigts, et Sofia se surprit à se demander ce qu'elle éprouverait si elle se laissait aller aux sentiments qu'il lui inspirait. Serait-ce une si mauvaise chose ? Elle savait qu'il s'agissait d'une relation à court terme, mais rester sans cesse sur ses gardes devenait de plus en plus difficile, et l'empêchait de profiter pleinement de cette parenthèse enchantée.

— J'ai essayé de voir ton tatouage au bar, hier soir, avoua-t-il tout contre sa peau.

Ses mains descendirent à nouveau vers ses reins, balayèrent le bas de son dos, décoré d'un dessin représentant de petites hélices d'ADN entremêlées.

Sofia se crispa lorsqu'il mentionna son tatouage – une réaction involontaire de sa part qui en révélait bien plus qu'elle n'en avait l'intention. Quand sa main se figea, elle sut qu'il l'avait compris, lui aussi.

— Tu veux que j'arrête ? demanda-t-il d'une voix où perçait l'inquiétude.

— Non, ce n'est pas ça. Mais…

Elle hésita lorsque des mots qu'elle n'était pas sûre de vouloir prononcer se formèrent dans sa tête. Mais la chaleur de son corps contre le sien la rassura, et elle oublia toute retenue.

— Mon ex n'aimait pas ce tatouage. Il pensait que j'avais abîmé ma peau en le faisant, et… je ne sais pas pourquoi, mais cela m'est resté en travers de la gorge.

Elle se tendit à nouveau, comme si elle se préparait à entendre d'autres commentaires négatifs à propos de son tatouage. Daniel avait-il raison ? Était-il vraiment si laid ?

Carlos resta silencieux pendant quelques battements de cœur.

Puis elle sursauta en sentant qu'il posait sa main à l'endroit précis du dessin.

— C'est bien de Daniel que tu parles ? demanda-t-il. C'est lui qui t'a dit ça à propos de ton tatouage ?

Elle acquiesça, luttant contre le malaise qui montait en elle. À la seconde où le nom de son ex avait franchi ses lèvres, elle l'avait regretté. Se débarrasserait-elle un jour de son souvenir ?

— Oui, c'est lui.

Carlos continuait de caresser son dos, faisant monter en elle une étrange tension. Il n'avait pas dit s'il aimait son tatouage, mais cela n'avait pas d'importance, songea-t-elle. Il n'était qu'une présence éphémère dans sa vie, et pour sa part elle était là pour prendre le plaisir qu'il lui offrait sans rien demander d'autre…

Les draps bruissèrent lorsque Carlos se lova tout contre elle, mêlant ses jambes aux siennes.

— Qu'a-t-il fait qui est resté gravé dans ta mémoire, à part ça ? demanda-t-il.

Sofia marqua une pause, à la fois pour réfléchir et pour savourer la chaleur de son corps. Parler de Daniel était-il une bonne idée ? Certainement pas, d'autant qu'ils étaient convenus de ne pas évoquer le passé, ni les sujets trop personnels. Une règle qu'ils avaient déjà enfreinte plusieurs fois…

— Il… m'a trompée, lâcha-t-elle. Il a trouvé une nouvelle petite amie alors que nous étions encore ensemble et a publié des photos sur Instagram. Beaucoup de mes relations ont échoué à cause de mon métier et de mon emploi du temps imprévisible et trop chargé, ce que je peux comprendre. Mais Daniel, lui, se montrait très compréhensif, et il m'a beaucoup encouragée dans ma carrière. Il n'a jamais dit qu'il avait besoin que je sois plus présente. Jusqu'à ce que…

Sofia ferma les yeux tandis que les souvenirs de leur horrible dispute lui revenaient en mémoire. Elle s'attendait à avoir mal, mais aucune des sensations habituelles ne se manifesta.

— Quand je lui ai parlé de l'*autre* femme, il m'a dit qu'il ne m'aurait pas trompée si j'avais été plus présente. Je l'avais mis dans une situation telle qu'il n'avait pas eu d'autre choix que d'aller voir ailleurs...

La main de Carlos s'arrêta au milieu de son dos, puis glissa jusqu'à sa taille.

— Et tu l'as cru ?

On lui avait déjà posé cette question, mais jamais sur ce ton. Il n'y avait ni pitié ni incompréhension dans sa voix. Il l'invitait simplement à parler si elle le souhaitait. Et, pour la première fois, elle se rendit compte qu'elle avait envie de lui dire le fond de sa pensée.

— Pendant quelque temps, oui. Il était beaucoup plus facile de chercher la faute en moi-même plutôt que d'admettre que mon partenaire ait pu dire des choses aussi blessantes par pure méchanceté. Après tout, nous nous étions promis d'être sincères l'un envers l'autre.

Elle frémit lorsque Carlos déposa un doux baiser sur sa nuque, comme pour l'encourager à poursuivre.

— Aujourd'hui, je comprends qu'il a agi par pur égoïsme, et qu'en fin de compte, c'est cela qui m'a sauvée. Je sais maintenant que les relations sérieuses ne peuvent pas s'accommoder de l'emploi du temps surchargé et du quotidien imprévisible d'un chirurgien traumatologue.

La main posée sur son ventre trembla, mais lorsque Sofia baissa les yeux, elle continua à dessiner des cercles sur sa peau, tranquillement. Une question se forma sur ses lèvres, mais sa bouche l'empêcha de la formuler.

— Je suis content que tu aies enfin compris que ce type était un idiot ! gronda Carlos. Et pas seulement parce que ton tatouage est magnifique, mais à cause de tout le reste !

Le visage toujours enfoui dans ses cheveux, Carlos se détendit tout contre elle. On aurait dit qu'exprimer le fond de sa pensée lui avait fait du bien.

Sofia n'avait rien à ajouter, et elle se laissa envahir par la sensation que ses caresses lui procuraient. Une légèreté qu'elle n'avait pas ressentie depuis longtemps s'empara d'elle.

Comme elle avait été stupide de faire confiance à Daniel ! Et plus encore, d'avoir évité de parler de lui de crainte d'être jugée.

Partager ces quelques souvenirs de son passé avec Carlos lui paraissait facile, tout à coup. Et c'est le désir qui brûlait en elle qui la poussa à poser la question suivante, bien qu'ils fussent convenus de ne pas évoquer de sujets trop personnels.

— Cela était-il différent entre toi et ta femme ? Elle savait dans quoi elle s'était engagée en t'épousant ?

— Mmm... Mon travail pouvait parfois susciter des tensions, mais c'est souvent le cas lorsqu'un chirurgien est marié à une personne qui n'est pas médecin.

Sofia ne s'attendait pas à cette réponse, ni au feu d'artifice que ces mots simples déclenchèrent au creux de son ventre. Carlos était peu bavard, surtout lorsqu'il s'agissait de parler de lui-même. Et jamais encore il ne lui avait révélé quoi que ce soit au sujet de la vie qu'il menait avant de quitter le Brésil.

— Mais tu as fini par trouver une solution, n'est-ce pas ? demanda-t-elle, sans trop savoir pourquoi.

Une part d'elle voulait en savoir plus sur ce mariage qui s'était terminé par la mort de son épouse.

— Pas vraiment, dit-il avant de déposer un baiser au creux de son cou.

10

Était-il possible qu'il se sente complètement différent, bien que rien n'ait changé dans sa vie ?

Cette question hantait Carlos durant ses longues journées passées à l'hôpital. Car, qu'il veuille l'admettre ou non, Sofia avait laissé son empreinte en lui – le marquant plus fortement qu'il ne l'aurait cru.

Le désir qu'ils éprouvaient l'un pour l'autre n'avait pas faibli après leur première nuit ensemble, au point qu'elle passait depuis lors la plupart de ses nuits chez lui. Ainsi, il était plus facile pour lui de garder ses distances lorsqu'il la voyait au travail. Plus facile, mais pas toujours possible. Car le temps leur était compté, et il passait très vite : dans quelques jours son contrat arriverait à son terme et il partirait poursa prochaine mission.

Cette aventure n'était pas censée changer quoi que ce soit dans sa vie, et pourtant c'était le cas. Avec sa douceur, ses mots réconfortants et sa bouche qu'il voulait sentir sur sa peau pour le restant de ses jours, Sofia avait ouvert une porte qui était demeurée fermée depuis la mort de Rosa. Même si sa culpabilité n'avait pas disparu, il la sentait se dissiper jour après jour, remplacée par un désir et un plaisir partagés.

Carlos ne savait pas expliquer ce phénomène. En lui, le désir ne faisait que croître, et chaque jour qui passait, chaque baiser volé échangé au détour d'un couloir le renforçait encore.

Carlos aurait terminé son contrat à la fin de la semaine et il était déjà occupé à rédiger un aide-mémoire récapitulant tous les protocoles qu'il avait mis en œuvre, et il terminait de rédiger quelques notes sur les patients pour que les transferts se fassent en douceur. Après cela, il n'avait plus rien de prévu, à part une démonstration avec le groupe de capœira pendant le carnaval, qui aurait lieu le week-end suivant.

— Docteur Cabrera…

Il leva les yeux de l'écran de son ordinateur en entendant son nom et vit le Dr Sebastian Lopez s'approcher de lui d'un pas rapide. Il donnait l'impression d'être très fatigué, et les poches sous ses yeux étaient plus prononcées que la dernière fois qu'il l'avait vu, il y a quelque temps déjà.

— Docteur Lopez ! lança-t-il en se levant de sa chaise pour le saluer.

— Tout va bien ?

— Comment ?

Sebastian s'arrêta devant son bureau, les sourcils froncés comme s'il ne comprenait pas sa question.

— Vous avez l'air… fatigué.

Carlos se surprit à réaliser que l'inquiétude dans sa voix était sincère. S'était-il déjà préoccupé de ses collègues de l'hôpital – au-delà de la simple courtoisie professionnelle ? Car ce qui causait les nuits blanches de Sebastian n'avait probablement rien à voir avec le travail, sinon Carlos en aurait déjà entendu parler.

— Oh… Oui. Comme nous attendons des triplés, la grossesse de Bella est à haut risque depuis le début, dit Sebastian en jetant un coup d'œil distrait à son téléphone.

— Cela fait longtemps que j'ai fait mon stage de gynécologie-obstétrique à l'école de médecine, mais je me souviens que le risque de naissance prématurée est accru chez les triplés, ajouta Carlos.

Sebastian poussa un soupir, puis rangea son téléphone et se redressa.

— J'essaie de réduire encore ses heures de travail, ce qui ne lui plaît pas. Je n'aime pas ça non plus, car nous manquons déjà de personnel, et Bella est une menace lorsqu'elle a trop de temps libre et rien à faire !

Il n'y avait aucune dureté dans sa voix lorsqu'il parlait de sa femme. Seulement une joie tranquille qui transparaissait dans ses paroles et serra le cœur de Carlos. Il se souvenait de l'époque où c'était lui, le mari qui parlait de sa femme sur ce ton. L'accident lui avait ôté l'envie de parler d'elle. Mais tandis que Sebastian poursuivait son récit, un besoin différent naissait en lui, l'incitant à confier quelque chose sur lui-même, à construire un lien avec son confrère.

Le seul problème, c'était que ce qu'il voulait partager concernait Sofia…

— Quoi qu'il en soit, ce n'est pas de cela que je voulais vous parler.

Sebastian marqua une pause, et une expression pensive passa sur son visage.

— Mais je vous remercie d'avoir posé la question. Je vous en suis reconnaissant. Vous vous êtes bien intégré au personnel, et tout le service de traumatologie vous apprécie, vous savez.

Carlos cligna des yeux, surpris par cet aveu auquel il ne s'attendait pas le moins du monde. Bien sûr, il s'était montré assez amical avec le personnel, mais en gardant ses distances. Son but était toujours de transmettre des connaissances sans chercher l'approbation ni la sympathie du personnel. En temps normal, la moitié d'entre eux ne l'aimaient pas, car il les incitait à changer leurs méthodes de travail et leur imposait des choses auxquelles ils n'étaient pas prêts. Et il ne parvenait pas à nouer des liens avec l'autre moitié qui l'appréciait, parce qu'il partait généralement avant d'avoir pu prendre le temps de se rapprocher d'eux.

Sofia avait réussi à passer d'un groupe à l'autre, mais aussi à se frayer un chemin dans son cœur pour former le lien qu'il combattait d'ordinaire avec tant de véhémence.

— Je suis heureux de l'entendre. Ce fut un plaisir d'enseigner ici, dit-il avec sincérité.

Il était rare qu'il en vienne à aimer autant un endroit où il travaillait, d'autant qu'il n'avait généralement pas assez de temps pour se faire une opinion. Mais, mêmesans parler de son attirance pour Sofia, il avait rencontré au bloc opératoire et dans les environs des gens avec lesquels il aimait vraiment travailler. Les jeunes médecins étaient désireux d'apprendre, les infirmières dévouées et attentives, et les chirurgiens les plus expérimentés avaient tous fait l'effort d'adhérer à son projet.

— Donc...

Sebastian marqua une pause, puis son téléphone bipa à nouveau.

— Mince, je dois y aller ! Avec Bella qui travaille moins, je fais maintenant le travail de trois personnes. En fait, je suis venu ici pour vous faire une offre...

Carlos haussa les sourcils, mi-curieux mi-défiant. Sebastian ne pouvait lui faire qu'une seule offre.

— On vous pose probablement cette question dans tous les endroits où vous allez, mais je serais fou de ne pas vous demander de rester. Vous avez fait de grandes choses avec l'équipe. La durée moyenne des interventions chirurgicales a diminué de façon sensible, et le moral des troupes n'a pas été affecté par les changements mis en œuvre. J'ai parlé au chef du service de chirurgie et nous avons un poste à pourvoir pour un chirurgien principal. Il est à vous si vous le souhaitez.

— Je vous remercie. Je...

Il s'arrêta avant de poursuivre, désireux de se donner au moins le temps de la réflexion. Il avait déjà reçu des offres similaires dans plusieurs hôpitaux au fil des ans, qu'il avait toutes refusées. Il n'avait pas envisagé de s'installer où que ce soit depuis la mort de Rosa. À quoi bon s'il amenait avec lui sa solitude et sa tristesse ?

Mais il ne voulait pas refuser ce poste sans réfléchir.

— J'apprécie votre offre, reprit-il. Quand avez-vous besoin de connaître ma réponse ?

Sebastian s'était déjà détourné, mais il le regarda par-dessus son épaule.

— Votre contrat prend fin dans quelques jours, alors faites-moi savoir d'ici là si vous voulez continuer. Vous pouvez appeler mon secrétariat pour les détails, dit-il avant de disparaître dans l'agitation des urgences, le laissant seul avec ses pensées.

Un poste à l'hôpital général ? Le cœur de Carlos s'emballa et, en un clin d'œil, un monde de possibilités s'offrit à lui. Un monde où il pourrait retrouver chaque jour aux côtés de Sofia la chaleur tranquille qu'il sentait grandir en lui. Cette rencontre avait ramené dans sa vie quelque chose qui en était absent depuis longtemps, et qu'une part de lui le poussait à attraper à deux mains et à ne jamais lâcher...

Mais ce n'était pas si simple, même si Sofia lui faisait croire le contraire. C'était à cause d'elle qu'il n'avait pas voulu refuser d'emblée cette offre d'emploi, préférant prendre son temps pour y réfléchir, même s'il savait que la réponse serait finalement positive. Sofia ne pouvait pas être la raison pour laquelle il décidait de rester, car comment faire reposer sur elle seule une décision aussi importante ? Comment pouvait-il lui dire que c'était à cause d'elle qu'il se devait de réfléchir à cette offre ? Ils s'étaient mis d'accord sur le fait que, quoi qu'il arrive entre eux, ce ne serait pas quelque chose de sérieux.

Au début de leur liaison, elle avait dit qu'elle ne cherchait pas une relation à long terme. Elle lui avait même fait comprendre dès le début qu'il ne devait se faire aucune illusion. Il était d'accord avec elle et ignorait si ce qui se passait en lui était dû à un changement profond. Ou s'il désirait simplement réchauffer son âme auprès d'elle, et dissiper son chagrin. L'esprit embrumé, il avait du mal à décrire les sentiments qu'il avait développés pour elle, mais il savait que leur situation devenait de plus en plus délicate avec le temps qui passait. Peut-être était-ce une bonne chose qu'il parte bientôt ?

Sofia ne voulait pas être avec lui, il se le répétait sans cesse, comme si cela pouvait l'aider à prendre ses distances. Et elle ne le voudrait pas non plus à l'avenir, surtout pas si elle savait qu'il était impliqué dans la mort de sa femme. Aucune personne saine d'esprit ne resterait avec quelqu'un comme lui, alors pourquoi risquer d'être rejeté ?

Carlos était un homme de principes. Il ne reviendrait pas sur la parole qu'il lui avait donnée et lui ferait savoir ce qu'il ressentait, dût-il en avoir le cœur brisé. Oui, ce serait pour le mieux. Elle attendait de lui bien plus que ce qu'il pourrait jamais lui donner.

— Très bien, merci de nous avoir présenté ce cas, Yasmine. Comme nous en sommes au deuxième jour après la splénectomie, nous devrions commencer à administrer à ce patient des antibiotiques prophylactiques et le surveiller pour déceler tout signe de complication postopératoire, déclara Sofia alors qu'elle terminait sa tournée avec les jeunes internes dont elle avait la charge.

— Quelles sont les complications spécifiques sur lesquelles nous devons être vigilants ? demanda Yasmine, le stylo posé sur le petit carnet qui ne la quittait jamais.

— Après cette opération et le type d'accident qu'il a subi, il faut surveiller tout signe inhabituel, mais surtout la détresse respiratoire ou l'infection, répondit-elle.

Un mouvement dans son champ de vision périphérique attira son attention, et un sourire se dessina sur ses lèvres lorsque Carlos sortit d'une salle d'examen avec ses propres internes. Des bribes de leur conversation lui parvinrent, trop discrètes pour qu'elle puisse en comprendre le sens. Mais le grondement sourd de sa voix suffit à remplir sa tête de souvenirs de la nuit précédente. Et de la nuit d'avant. Et de toutes les autres nuits...

— C'est bien. Veuillez mettre à jour les dossiers des patients avant de regagner les urgences. Vous pouvez demander votre planning à l'infirmière responsable.

Le groupe de jeunes médecins s'éloigna et Sofia retourna au poste des infirmières, en jetant des coups d'œil discrets en direction de Carlos, qui se dirigeait vers les salles d'opération d'un pas pressé. Une urgence ? Sofia baissa les yeux vers son bipeur, mais celui-ci resta silencieux.

Leur relation avait évolué au-delà de ses espérances, à tous points de vue. Ce qui était au départ une liaison temporaire était devenu une sorte de compagnonnage qui s'était renforcé au cours de la semaine écoulée. Car ils ne s'étaient pas contentés d'aller chez lui pour faire l'amour... Elle lui avait fait visiter Buenos Aires, lui montrant ses coins préférés. Parfois aussi, ils admiraient tranquillement le coucher du soleil, les doigts mêlés, appréciant le simple plaisir d'être ensemble.

Leur relation évoluait-elle vers quelque chose de plus... sérieux ? Cette idée avait surgi à plusieurs reprises dans son esprit, mais elle l'avait étouffée à chaque fois, n'osant même pas évoquer ce sujet avec lui.

Pourtant, Sofia devait reconnaître qu'elle avait développé pour Carlos des sentiments bien réels, qu'elle sentait grandir avec inquiétude. Comment avait-elle pu tomber amoureuse d'un homme qu'elle connaissait à peine ? Il lui avait parlé de sa femme, partageant un peu de sa douleur de l'avoir perdue, mais sans s'ouvrir véritablement à elle. Certes, il avait évoqué son passé, les hôpitaux qu'il avait fréquentés, les pays qu'il avait visités. Mais que savait-elle *vraiment* de lui, au fond ?

Elle secoua la tête pour chasser ces pensées douloureuses, puis vérifia l'heure avant de se rendre à la cafétéria. Les accalmies dans son emploi du temps étaient rares, et elle en profitait pour se nourrir un peu.

Lorsqu'elle aperçut son amie Isabella assise seule, elle lui fit un signe de la main et lui sourit avant d'aller s'installer près d'elle.

— Cela fait longtemps que je ne t'ai pas vue ! lança Sofia avec chaleur. Quand pars-tu en congé maternité ?

Bella la regarda, sa main posée sur son ventre déjà très rond.

— Sebastian ne me laisse pas faire grand-chose, et il s'est allié à mon gynécologue pour me faire faire de plus en plus de tâches administratives !

Sofia rit de l'indignation sincère de son amie.

— Ils sont méchants de te donner des conseils médicaux judicieux et de t'inciter à les suivre !

— Je sais qu'ils ont raison, mais cela ne change rien au fait que je ne sais pas quoi faire de moi-même en dehors du travail.

Bella soupira, avant d'ajouter :

— Pour être honnête, je ne me sens pas non plus au mieux de ma forme. Mais je ne l'avouerai jamais à Sebastian, sinon il m'enfermerait à la maison. Il est toujours prévu que j'aide à tenir le poste de secours au carnaval, mais je crois qu'il vaut mieux que je laisse Gabriel s'en occuper. Il m'a dit qu'une de ses amies d'enfance médecin généraliste allait venir aider, elle aussi. Mais je ne voudrais pas manquer cet événement !

— Ne me parle pas du carnaval ! répliqua Sofia. Je me sens déjà épuisée. Les festivités amènent toujours beaucoup trop de monde aux urgences !

Mais ce n'était pas la seule chose qui la faisait trembler. Le début du carnaval signifiait aussi la fin de sa relation avec Carlos.

Comme si Bella lisait dans ses pensées, elle plissa les yeux.

— Es-tu impatiente d'assister à la dernière journée du Dr Cabrera ?

— Quoi ? Non, pourquoi dis-tu cela ?

— Sebastian dit que tu ne l'aimes pas et que vous vous disputez sans cesse.

Bella haussa les épaules, tandis que Sofia protestait.

— « Se disputer » n'est pas vraiment le mot. Disons plutôt que nos opinions divergent… Et puisque Carlos s'est impliqué dans l'enseignement aux jeunes médecins, j'ai pensé qu'il était tout à fait approprié de lui donner mon avis sur son comportement avec eux.

Elle vit un sourire se dessiner sur les lèvres de son amie.

— Quoi ?

— Tu l'as appelé « Carlos », dit-elle, les yeux brillants de malice.

Sofia s'efforça de prendre l'air indifférent pour répondre :

— Et alors ? Je vous appelle aussi par vos prénoms, toi et Sebastian !

— Oui, car cela fait plus de *deux* ans que nous travaillons ensemble ! Cabrera est ici depuis combien de temps ? Un mois ?

Isabella secoua la tête avant de la fixer plus sérieusement.

— As-tu l'intention de révéler votre relation au personnel ?

Cette fois-ci, Sofia fut incapable de garder son calme. Ses yeux s'arrondirent devant le ton employé par Bella. Non parce que la question lui semblait déplacée, car ils avaient théoriquement l'obligation d'informer l'hôpital. Cependant, cette règle s'appliquait aux couples « établis », or ce n'était pas vraiment leur cas, n'est-ce pas ? Du moins, c'était l'idée à laquelle elle voulait s'accrocher...

— Je ne suis pas dans une relation durable avec Carlos, tu sais...

Isabella leva une main.

— Arrête... J'ai du mal à y croire.

Sofia se mordit la lèvre inférieure, jeta un coup d'œil autour d'elle pour s'assurer que personne ne pouvait les entendre, puis se pencha pour chuchoter à l'oreille de son amie.

— Comment ça ?

— Vous êtes bien moins subtils que vous ne le pensez, tous les deux. *Dios mio*, je vous ai vus vous embrasser, Sofia !

Des images de ce baiser, dans la salle de repos, lui revinrent en mémoire, et elle se sentit rougir.

— Sebastian pensait aussi qu'il y avait quelque chose entre vous, et je ne serais pas surprise que d'autres personnes aient remarqué les regards torrides que vous vous lancez dans la salle des urgences.

Des regards torrides ? S'étaient-ils vraiment laissé emporter à ce point par leur passion ? Le visage dans les mains, Sofia soupira longuement. Mais, malgré sa gêne, elle respirait plus facilement qu'elle ne l'avait fait au cours des dernières semaines, et elle sentait qu'un poids se détachait de ses épaules. Si Bella savait, elle avait enfin quelqu'un à qui parler !

— C'est une relation... temporaire. D'ailleurs, il part la semaine prochaine pour on ne sait où, et je ne le reverrai probablement jamais. Il s'est déjà éloigné de moi.

Isabella pencha la tête sur le côté.

— Il s'est éloigné de toi ? répéta-t-elle, et Sofia acquiesça.

Bien qu'ils passent toutes leurs nuits ensemble, elle sentait que son esprit s'évadait et que leurs conversations n'étaient plus aussi fluides qu'auparavant. Mais, chaque fois qu'elle lui demandait si quelque chose n'allait pas, il ne répondait pas, préférant l'attirer à lui pour l'embrasser. Sofia avait déjà remarqué ce comportement chez lui, lorsqu'elle lui posait des questions personnelles, et elle comprenait qu'il était parfois plus facile d'exprimer ses pensées par des gestes, mais aussi d'éluder de la même manière toute tentative de dialogue...

Essayait-il de lui dire quelque chose ou refusait-il de s'ouvrir à elle ?

La réponse n'était pas claire.

— Je pense que c'est parce qu'il part bientôt et qu'il ne veut pas faire traîner les choses. Nous avons toujours dit qu'il ne s'agissait que de sexe entre nous.

— Et c'est le cas ?

Sofia marqua une pause, le mot « oui » restant bloqué dans sa gorge. Bella l'avait percée à jour avec une telle facilité qu'elle ne pouvait pas lui mentir. Elle secoua donc la tête, en serrant nerveusement entre ses doigts son gobelet en plastique.

— Non... J'éprouve des sentiments pour lui, alors que je n'étais pas censée tomber amoureuse de lui.

Elle résista à l'envie de se cacher à nouveau derrière ses mains, maintenant qu'elle avait enfin prononcé les mots qu'elle redoutait de prononcer.

Elle vit l'expression d'Isabella s'adoucir.

— Évidemment, je n'ai aucun espoir de vivre un jour avec lui, alors il ne me reste plus qu'à... attendre que ça passe.

Attendre que la flamme qu'il avait allumée en elle s'éteigne.

— Pourquoi n'as-tu aucun espoir de vivre un jour avec lui ?

Sofia marqua une pause, les sourcils froncés. S'agissait-il d'une question piège ?

— Parce que... il va quitter l'hôpital.

Isabella laissa échapper un long soupir, et Sofia comprit que son amie savait quelque chose qu'elle-même ignorait.

Elle se pencha vers elle.

— Bella... Qu'est-ce que tu ne me dis pas ?

Isabelle secoua la tête, puis serra brièvement les lèvres.

— Rien, rien… Ne t'inquiète pas.

— Crache le morceau ! Je t'ai confié mon secret. Tu me dois la vérité, maintenant !

Son cœur battait contre sa poitrine tandis que les pires scénarios se dessinaient dans son esprit. Carlos était-il déjà parti ? Avait-il révélé leur « liaison » à la direction de l'hôpital ?

Isabella baissa la voix.

— Après avoir parlé au chef du service de chirurgie des résultats obtenus au bloc opératoire, Sebastian a proposé à Carlos un poste permanent ici, à l'hôpital.

Les yeux de Sofia s'arrondirent de surprise. Le directeur voulait que Carlos reste ? Carlos le voulait-il aussi ? Le manque de connaissances qu'elle possédait sur cet homme lui revint comme un boomerang lorsqu'elle se retrouva incapable de prédire comment il allait réagir. Elle était presque certaine que c'était à cause de sa défunte femme qu'il avait fui le Brésil, mais cela signifiait-il qu'il devait continuer à courir le monde ?

— Et qu'a-t-il répondu ?

Sofia avait hésité à poser cette question. Car, si elle apprenait qu'il avait décliné l'offre, cette petite lueur d'espoir s'évanouirait aussitôt, alors qu'elle venait à peine de naître. Allait-il prendre une décision sans même en parler avec elle ? D'accord, elle n'était pas sa petite amie, mais comptait-elle vraiment si peu pour lui ?

— Apparemment, il a dit…

Un bip strident interrompit Isabella, et Sofia baissa les yeux en détachant le petit appareil de sa ceinture. Son sang se glaça lorsqu'elle lut le message sur le petit écran.

911-OR 2-Dr CC- pression.

Pression ? Carlos avait un problème en salle d'opération numéro 2 ? Quel genre d'urgence avait-il à gérer pour…

Sofia bondit de sa chaise lorsque le sens du message se mit en place. Pression… Carlos faisait une crise d'angoisse !

— Je dois y aller, dit-elle en se levant précipitamment.
— Attends, tu ne veux pas savoir…
— Pas le temps ! Carlos a besoin de moi au bloc.
Sans ajouter un mot, elle se rua vers le service de chirurgie.

11

Lorsque Sofia entra dans la salle d'opération, elle écarquilla les yeux en découvrant la scène. Carlos, les mains sur la poitrine de la patiente, faisait un massage cardiaque, tandis que le chirurgien qui l'assistait posait les palettes d'un défibrillateur interne dans la cavité thoracique. Tout le monde s'éloigna de la table.

Le moniteur continua de biper, et une ligne plate apparut. Sofia s'approcha de la patiente tandis que Carlos reprenait le massage. Il respirait plus fort que d'habitude, sa peau était pâle et moite, ses yeux concentrés sur ses mains. Quelque chose au cours de l'intervention chirurgicale avait déclenché la crise qu'il essayait manifestement de combattre.

— Depuis combien de temps la patiente est-elle en asystolie ? demanda Sofia à l'anesthésiste.

— Onze minutes.

— Qu'en est-il du réflexe pupillaire ?

L'anesthésiste sortit une petite lampe de sa poche, souleva les paupières fermées de la patiente, puis secoua la tête.

— Un pouls ?

Sofia regarde cette fois le jeune interne qui cherchait le pouls à différents endroits du corps avant de s'écarter avec ses palettes.

En jetant un coup d'œil sur le plateau, elle vit qu'ils avaient administré plusieurs doses d'épinéphrine sans résultat. La gorge nouée, elle regarda Carlos, toujours occupé à effectuer un massage cardiaque désormais inutile.

— Docteur Cabrera, appela-t-elle le plus doucement qu'elle put pour ne pas l'affoler.

Elle devait à tout prix le sortir de ce cercle infernal !

— Malgré tous vos efforts, nous avons perdu la patiente, hélas. Son électrocardiogramme est plat. Il faut indiquer l'heure du décès afin que nous puissions informer ses proches.

Carlos ralentit la pression de sa main, et tourna vers elle un regard hagard. Il l'entendait, ce qui était bon signe. Elle pouvait tenter de le raisonner.

— Je prends le relais, dit-elle doucement, en ne destinant ses mots qu'à lui.

Lorsqu'il acquiesça, elle ravala un soupir de soulagement et regarda l'horloge accrochée au mur.

— Heure du décès : 17 h 21, annonça-t-elle, avant de regarder le jeune interne.

— Pouvez-vous mettre à jour le dossier et vérifier ensuite si ses proches sont là ? Si c'est le cas, dites-leur que le chirurgien sera bientôt auprès d'eux pour leur parler. Nous allons refermer la patiente.

En prononçant sa dernière phrase, elle regarda l'anesthésiste qui acquiesça puis actionna les interrupteurs du moniteur avant de rassembler ses affaires et de partir.

Lorsque les portes de la salle d'opération se refermèrent et qu'ils se retrouvèrent seuls, Sofia s'approcha de Carlos.

— Vous m'avez bipée avec le mot « pression » parce que tu as senti la crise arriver, n'est-ce pas ?

Le souffle de Carlos était haché, et ses mains tremblaient encore.

— Elle est... Je n'ai pas pu l'aider, et elle...

Ses paroles se perdirent dans un balbutiement inaudible, et Sofia ravala son inquiétude grandissante pour se concentrer sur l'essentiel : le calmer. Il était hors de question de lui parler d'autre chose, pour l'instant du moins.

— D'accord... Tu connais la technique des cinq-quatre-trois-deux-un, n'est-ce pas ?

Elle s'arrêta, saisit doucement ses poignets et l'attira vers elle jusqu'à ce qu'il ne puisse plus voir qu'elle.

— Désigne-moi cinq objets que tu vois en ce moment, lui ordonna-t-elle.

Il promena son regard dans la salle, et Sofia raffermit sa prise sur ses poignets pour l'empêcher de se disperser. Ce qui avait déclenché la crise avait un rapport avec la patiente.

— Le moniteur de fréquence cardiaque, la poubelle pour les déchets biologiques, les lampes du bloc opératoire, mes mains… tes mains.

Il prononça chaque mot lentement, tournant la tête de gauche à droite pour nommer les objets qu'il voyait. Le rythme de sa respiration diminua et Sofia raffermit sa prise sur ses poignets.

— Maintenant, nomme quatre choses que tu peux toucher, dit-elle pour poursuivre l'exercice.

Il serra les poings et baissa le regard.

— Avec tes mains autour de mes poignets, je ne peux toucher que toi et moi, dit-il, d'une voix plus stable qu'auparavant.

— Je sais, répondit-elle en relâchant légèrement sa prise. Observe simplement ce que tu pourrais atteindre si tu en avais besoin.

— Le moniteur de fréquence cardiaque, le plateau d'instruments, moi-même et toi.

Puis il tourna les paumes vers le haut.

— La famille de la patiente est là ? Je dois… leur parler.

Elle sentit son cœur se serrer. En proie à une crise d'angoisse, il pensait d'abord à sa patiente.

— Tu n'es pas en état de parler à la famille, Carlos. Ils viennent de perdre un être cher. Leur chagrin ne t'aidera pas à surmonter cette crise.

Bien qu'elle comprenne son désir de parler à la famille, elle voulait le protéger, et gagner un peu de temps, même si elle savait qu'en tant que médecin c'était à lui de dire ce qu'il s'était passé dans la salle d'opération.

— Maintenant, nomme-moi trois choses que tu peux entendre.

— Le tic-tac de l'horloge, le bruissement de nos blouses, ta voix...

Sofia fit une pause, les yeux toujours rivés aux siens, ne sachant pas si elle devait continuer. L'étape suivante consistait à lui faire nommer deux choses qu'il pouvait sentir. Car, comme après toute opération de longue durée, l'odeur aseptisée de la salle d'opération avait été remplacée par celle du sang. Si ses sens s'y accrochaient, sa panique pourrait reprendre de plus belle.

— Es-tu en mesure de bouger ?

Elle poussa un soupir de soulagement lorsque Carlos acquiesça, et elle le conduisit jusqu'à la poubelle de déchets biologiques, qu'il avait mentionnée quelques instants auparavant, pour jeter leurs gants et leurs blouses avant de le pousser vers la sortie du bloc.

— Je vais appeler un des internes pour qu'ils viennent refermer la patiente, dit Sofia.

À peine une seconde plus tard, la porte s'ouvrit sur le médecin qui avait assisté Carlos.

— La famille est là, docteur Martinez. Ils attendent dans la salle de réunion.

Sofia le remercia d'un signe de tête.

— S'il vous plaît, faites transporter la patiente dans une chambre pour qu'ils puissent la voir quand ils seront prêts. Je vais informer la famille.

Carlos tendit la main lorsqu'elle passa devant lui et l'attrapa par le bras.

— C'est ma patiente. C'est à moi de leur dire, déclara-t-il, un tremblement dans la voix.

Quoi qu'il veuille lui faire croire, elle savait qu'il n'allait pas bien. Mais elle ne pouvait pas lui manifester son désaccord devant le personnel, sous peine de révéler accidentellement ce qu'il voulait cacher. Elle acquiesça donc, et le suivit.

Il n'y avait qu'une seule salle de réunion à leur étage, et elle était réservée aux familles des patients qui n'avaient pas survécu à l'opération. Carlos n'avait jamais redouté d'y entrer pour annoncer une mauvaise nouvelle, jusqu'à cet instant.

Il avait reçu l'ordre de se rendre au bloc opératoire numéro 2 pour une intervention chirurgicale d'urgence. Tous les autres chirurgiens étant occupés, il avait dû écourter sa tournée. En poussant les portes de la salle d'opération, il avait vu la femme inconsciente allongée sur la table, et le bruit trop familier de son sang battant à ses oreilles l'avait assailli.

Contrairement aux nombreuses autres fois où il avait dû faire face à une crise d'angoisse en traitant une patiente qui lui rappelait Rosa, cette fois-ci les techniques d'ancrage n'avaient pas réussi à l'empêcher de sombrer. Il avait tenu la crise à distance pendant la majeure partie de l'opération, jusqu'à ce qu'il devienne évident que les dommages causés à la patiente étaient trop importants pour pouvoir être réparés – et qu'il soit une fois de plus confronté à sa propre impuissance.

Encore une personne qu'il n'avait pas pu sauver ! Combien cela en faisait-il, maintenant ?

Alors que le noir total menaçait de le submerger, il avait eu la présence d'esprit de biper Sofia en écrivant un mot de code dans l'espoir qu'elle comprendrait. Il s'était éloigné d'elle ces derniers jours, à l'approche de sa dernière garde, mais s'il l'avait tenue à distance pendant la journée, sa détermination s'était effondrée une fois le soir venu et ils s'étaient retrouvés chez lui toutes les nuits .

C'était la deuxième fois qu'il comptait sur Sofia pour le sortir d'une situation délicate, et il se demandait pourquoi il maîtrisait si mal ses crises, alors qu'il les gérait seul par le passé. Il respectait son traitement à la lettre, car il en avait besoin pour fonctionner dans l'environnement très stressant de l'hôpital.

Était-ce à cause de Sofia ? Bien qu'il ait connu des hauts et des bas au cours des années qui avaient suivi la mort de Rosa, la culpabilité ne l'avait jamais quitté, lui rappelant sans cesse de ne plus jamais se montrer aussi négligent, et de garder les gens à distance parce qu'il n'était pas digne de confiance. La douleur familière s'était atténuée, disparaissant même parfois complètement lorsqu'il était en compagnie de Sofia – et il s'était demandé ce qui se passerait s'il s'engageait avec elle dans une relation au long cours.

Il n'avait pas prévu de s'attacher ainsi à elle, et cette situation avait mis ses nerfs à rude épreuve.

Pourtant, c'est Sofia qui l'avait sauvé, une fois encore...

Une fois devant la porte fermée, il se repassa le scénario de ce qu'il devait faire et dire. Il s'agissait d'annoncer une mauvaise nouvelle, et les mots étaient exactement les mêmes que ceux qu'il avait déjà prononcés à maintes reprises. Mais il ne s'agissait pas de Rosa, et ce n'étaient pas les parents de sa femme qui se tiendraient face à lui, mais ceux de Valentina Alvarez.

— Tu vas bien ?

Sofia se tenait derrière lui, suffisamment près pour qu'il sente la chaleur de son corps dans son dos.

Il secoua la tête, et prit une profonde inspiration en comptant les secondes, avant de répéter la même chose à l'expiration. Il n'allait pas bien, et il n'irait jamais bien. Ces dernières semaines l'avaient presque convaincu qu'il pourrait recommencer à mener une vie normale, qu'il pourrait trouver en lui la force d'aimer à nouveau – et de laisser une femme comme Sofia l'aimer en retour. Mais hélas c'était impossible, même s'il aurait préféré qu'il en soit autrement.

Comme il posait la main sur la poignée de la porte, l'angoisse revint en force, lui coupant le souffle. Il ne parvenait plus à respirer profondément, et sa vision se brouilla, alors que son regard cherchait quelque chose à quoi s'accrocher.

— Carlos...

Sofia posa sa main sur son épaule, et il comprit qu'il devait lâcher prise.

— Pourrais-tu parler à la famille ? Je ne peux pas...

Le renoncement avait un goût amer, mais il était tellement tendu à l'idée d'entrer dans cette pièce qu'il savait qu'il ne pourrait pas prononcer un seul mot, de toute façon.

— Bien sûr.

Il n'y avait rien d'autre que de la compréhension dans sa voix, ce qui ne fit que le désespérer davantage. Serait-elle aussi bienveillante à son égard si elle savait ce qu'il avait fait ? Que c'était sa faute si sa femme était morte ? Il doutait qu'elle ait autant de compassion pour lui à ce moment-là. Peut-être même regretterait-elle de l'avoir rencontré...

— Merci.

Il s'éloigna d'elle à la hâte pour aller se réfugier dans un endroit tranquille.

Bien qu'elle n'ait assisté qu'à la toute fin de l'intervention, Sofia se sentait en mesure donner aux parents de Valentina Alvarez toutes les informations sur les causes du décès de leur fille et de leur apporter autant de compassion que possible. Il n'était pas facile d'être la porteuse de mauvaises nouvelles, et on ne s'y habituait jamais. Mais la médecine d'urgence connaissait plus d'issues malheureuses que n'importe quelle autre discipline, et parler aux familles désemparées faisait partie intégrante de son travail.

Elle avait relégué Carlos à l'arrière-plan, en attendant d'être vraiment disponible pour s'occuper de lui. C'était une compétence qu'elle avait acquise très tôt dans sa formation de chirurgien traumatologue. Même au bloc opératoire, elle devait trier les différentes urgences pour se concentrer sur celle qui était prioritaire et nécessitait son attention immédiate.

Maintenant qu'elle avait laissé la famille endeuillée, elle se dirigea sans réfléchir vers les urgences. Jusqu'à maintenant, elle n'avait pas révélé les problèmes de Carlos à la direction de l'hôpital, car elle s'était dit que ce n'étaient pas ses affaires. Et jusqu'à ce jour cela n'avait eu aucun impact sur les soins dispensés aux patients. Mais maintenant les choses avaient changé, et elle devait peut-être mettreSebastian au courant. Certes, Carlos partait dans quelques jours, mais il pouvait se passer beaucoup de choses dans ce laps de temps. S'il avait une nouvelle crise d'angoisse et qu'elle n'était pas là pour l'aider… ?

Elle parlerait d'abord à Carlos avant d'aller voir Sebastian, décida-t-elle, et elle lui suggérerait de solliciter lui-même un rendez-vous.

Comme elle passait devant le réduit à fournitures où Carlos et elle avaient partagé leur premier baiser, elle poussa la poignée de la porte et, mue par son instinct, elle se glissa à l'intérieur. Ce qu'elle découvrit lui fendit le cœur.

Carlos était assis sur un carton, la tête dans les mains et les yeux braqués au sol. Sa respiration était plus régulière qu'elle ne s'y attendait, mais sa peau était encore pâle et luisante de sueur.

— Carlos…

Elle s'accroupit devant lui.

— Tu vas bien ? Je m'inquiète pour toi, tu sais…

Carlos souffla bruyamment, puis ferma un instant les yeux avant de relever la tête.

— Il semble que ce soit pire ici que dans les autres hôpitaux où j'ai travaillé, et je me demande pourquoi, répondit-il. Les jeunes femmes victimes d'accidents de la route me rappellent à chaque fois Rosa, évidemment, mais j'ai toujours réussi à maîtriser la crise dans ces situations. Jusque-là, personne n'a jamais eu à me secourir dans mon propre bloc opératoire.

Rosa ? S'agissait-il de sa femme ? Avaient-ils eu ensemble un accident de voiture qui l'avait tuée ? Un frisson parcourut Sofia à cette pensée : combien de fois avait-il été exposé à ce même événement traumatisant en tant que chirurgien urgentiste ?

— Suis-tu un traitement ?

Même si elle voulait en savoir plus sur Rosa, elle ravala toutes les questions qui la taraudaient. Elle avait besoin d'informations, mais elle ne voulait pas les obtenir alors que Carlos n'était pas au mieux de sa forme.

Il eut un bref signe de tête.

— Mon psychiatre est au Brésil. Je ne l'ai pas vu depuis un

certain temps, mais mes médicaments fonctionnent très bien, il n'y a donc aucune raison de continuer à le consulter.

Sofia tendit une main et la posa doucement sur son genou.

— Peut-être que cela ne fonctionne plus aussi bien, puisque...

Il la coupa.

— Mes crises d'angoisse se multiplient parce que j'ai tué ma femme et que j'essaie de reprendre ma vie en main ! s'écria-t-il sans préambule. Je me suis laissé aller à penser que je pouvais être heureux à nouveau, que je pouvais mériter l'affection de quelqu'un après si longtemps...

Les mots avaient jailli avec une intensité qui la bouleversa, et Sofia se glaça lorsqu'elle comprit ce qu'il venait de dire. Le ton de sa voix lui déchira le cœur. Il avait fait *quoi* ?

Elle s'efforça de se concentrer sur une chose à la fois. Il était impossible qu'il ait nui de quelque manière que ce soit à sa défunte femme, sinon il ne serait pas en face d'elle en ce moment. Sofia ne savait peut-être pas grand-chose de Carlos ou de son passé, mais elle connaissait la personne qu'il était au fond de lui.

— Tes crises d'angoisse sont déclenchées par les victimes d'accidents de la route. C'est toi qui conduisais, quand ta femme a eu cet accident ? demanda-t-elle.

Carlos prit une grande inspiration et hocha la tête.

— Nous rentrions d'un dîner. Je ne me souviens plus des détails, seulement qu'il était plus tard que d'habitude. Nous étions en train de nous disputer, et tout est devenu... sombre.

La fragilité de sa voix et la douleur qui déformait son visage la bouleversèrent. Elle ne savait pas quoi dire, même si elle doutait encore qu'il soit vraiment responsable de ce qu'il décrivait.

— Je me suis réveillé à l'hôpital en apprenant qu'un conducteur ivre avait percuté le côté passager de la voiture alors que nous traversions une intersection. Rosa avait été tuée sur le coup.

Elle serra son genou pour lui signaler qu'elle était toujours là, à l'écoute. Soudain, toutes les pièces du puzzle se mettaient en place : Carlos n'avait pas de famille qui l'attendait au Brésil parce que Rosa n'était plus là, et c'était pour cette raison qu'il passait son temps à voyager d'un pays à l'autre, sans but et sans attache... Sofia l'avait pris pour un play-boy, un homme qui avait une femme dans chaque port, mais elle n'aurait pas pu se tromper davantage.

Était-elle la première femme à attirer son attention depuis le décès de son épouse ? Et s'il ressentait pour elle la même chose qu'elle ressentait pour lui ?

— Un conducteur ivre vous a percutés sur le côté et tu t'en veux ?

Les mots étaient plus durs qu'elle ne l'avait voulu, et quand Carlos se redressa pour la fixer elle se figea devant son regard glacial.

— J'étais distrait, je ne me souviens même pas des circonstances de l'accident. Et s'il y avait eu des signes avant-coureurs ? J'aurais peut-être pu entendre la voiture arriver, et...

Il s'interrompit et secoua la tête.

— Si tu traitais un cas semblable aux urgences, serais-tu d'accord avec ce que tu dis ? Je ne crois pas. Tu sais à quel point la culpabilité du survivant peut déformer sa vision des événements.

Elle soutint son regard dur.

— Toi aussi, tu penses que ce que j'ai vu, ce que j'ai ressenti et vécu n'est pas vrai, c'est ça ?

Sofia prit une profonde inspiration, et tenta de clarifier sa pensée.

— Ce que je veux dire, c'est que tu as un long chemin à parcourir avant de pouvoir te pardonner. Et je le comprends. Mais je te vois aussi tel que tu es : un homme brillant et plein d'empathie, qui lutte contre ses démons...

Sofia s'agenouilla devant lui, son visage à la hauteur du sien. Son souffle tremblait, mais elle tendit les bras vers lui, encadrant son visage de ses mains.

Carlos ne s'éloigna pas quand elle poursuivit.

— Je vois à la fois la lumière et l'obscurité en toi. Je vois tout cela, et pourtant je ne te repousse pas.

Un soupir s'échappa de ses lèvres en même temps que ses mots trop longtemps retenus. La vérité était là, enfin, mais Sofia n'en avait pas peur. Elle avait cru ne jamais pouvoir se remettre du mal que Daniel lui avait fait, mais s'éloigner de l'homme qu'elle aimait, d'un éventuel avenir commun, lui paraissait impossible. La meilleure revanche était d'aller de l'avant, de s'engager et de se battre pour une vie meilleure. Avec Carlos...

Elle s'approcha encore, et n'eut pas à attendre longtemps avant qu'il ne comble l'écart entre eux, posant sa bouche sur la sienne en un baiser à la fois tendre et passionné. Son parfum familier assaillit ses narines, et sa tension disparut comme par magie : il la choisissait, lui aussi...

Brusquement, Carlos se leva, et elle se figea lorsqu'il posa sur elle un regard navré.

— Je ne peux pas... Je ne suis pas libre de me donner à toi, Sofia.

Il avait la gorge nouée, et chaque inspiration qu'il prenait faisait écho aux siennes.

— Il y a une raison pour laquelle je ne reste nulle part plus de quelques mois, y compris ici. C'est parce que...

Il serra les poings. Il luttait contre lui-même, c'était évident. Même maintenant, il hésitait encore ?

Déçue, frustrée, elle répondit d'un ton plus cassant qu'elle ne l'aurait voulu :

— Parce que tu as besoin de continuer à fuir tes problèmes. Je comprends... Mais ne vois-tu pas que tes problèmes te suivent partout où tu vas ?

Puis, sans un regard en arrière, elle ouvrit la porte et sortit, son cœur se brisant davantage à chaque pas qui l'éloignait de l'homme qu'elle aimait.

12

Pourquoi les urgences étaient-elles aussi calmes ? Sofia n'aurait jamais osé prononcer ces mots à voix haute, de crainte qu'une catastrophe se produise. Sans être superstitieuse, elle savait qu'il existait des règles à respecter pour maintenir l'harmonie aux urgences, et elle ne voulait pas être celle qui la perturberait.

La salle d'opération était vide, le comptoir des admissions calme, et même les médecins des urgences n'avaient pas besoin de son aide. Elle se retrouva à déambuler dans le couloir en direction des salles de traumatologie, passant la tête dans chacune d'entre elles pour demander s'ils avaient besoin de ses services. Deux étaient vides, une autre en cours de nettoyage, et dans la dernière elle trouva Sebastian penché sur son ordinateur portable, exactement dans la même position que la dernière fois qu'elle était passée, vingt minutes plus tôt.

— Tu hantes les couloirs des urgences ? demanda-t-il sans lever les yeux, et Sofia choisit d'interpréter ses paroles comme une invitation à le rejoindre.

Elle s'adossa à la table d'examen, près du bureau de son chef de service qui laissa échapper un long soupir.

— Excuse-moi, mais je suis un peu contrarié, dit-il. Carlos a refusé l'offre de poste permanent que je lui ai proposé. Je ne suis pas surpris, mais de fait, nous manquons encore de chirurgiens et d'urgentistes.

Il lui lança un regard interrogateur.

— Que s'est-il passé entre vous deux ? La semaine dernière, vous étiez carrément fusionnels, et d'un seul coup...

Sofia laissa échapper un soupir alors que les souvenirs de leur dispute lui revenaient en mémoire, ravivant ses sentiments pour lui. Était-il donc si évident qu'ils sortaient ensemble ? Tout le monde à l'hôpital l'avait-il remarqué sans qu'elle s'en doute ?

— Cela n'a pas d'importance. Nous nous sommes un peu trop... rapprochés, justement.

Parce que c'était cela, n'est-ce pas ? Du sexe, et rien d'autre ? Rien d'autre que du plaisir partagé, sans aucune contrainte.

— Mais je ne suis pas venue pour te faire des confidences...

À sa grande surprise, Sebastian ferma son ordinateur, s'adossa à son fauteuil et la regarda, les mains croisées devant lui.

— Tu sais que Bella et moi avons rencontré des difficultés dans notre mariage. Il nous a fallu un certain temps pour retrouver notre chemin l'un vers l'autre... Pourquoi ne pas essayer ?

Perplexe, elle le dévisagea.

— Sebastian, tu es le chef du service des urgences... Ne devrais-tu pas être le premier à décourager une liaison secrète entre deux membres du personnel ?

Sofia n'était pas certaine de savoir pourquoi elle plaidait contre elle-même. Peut-être son mépris flagrant des règles avait-il fini par la rattraper ? C'est peut-être pour cela qu'ils n'avaient pas réussi à s'entendre, Carlos et elle...

Sebastian sourit.

— Parce que tu te soucies des règles, maintenant ? Première nouvelle !

Il secoua la tête.

— Sofia... Je n'aurais aucun problème si vous officialisiez les choses, tous les deux, tu sais...

Voulait-elle vivre avec Carlos ? Sans doute pas, car elle avait tout fait pour qu'il s'éloigne d'elle. Comme tous les autres hommes de sa vie. Aucun d'entre eux n'avait résisté, et ajouter Carlos à cette liste la mettait au supplice. Il connaissait son métier, ses failles, et il ne lui avait jamais rien reproché. Il lui avait montré à quel point il la chérissait, pour s'effacer lorsqu'elle avait voulu l'aider, l'aimer à son tour…

— Je lui ai proposé, mais il a dit qu'il n'était pas intéressé, souffla-t-elle après un long silence.

— Tu lui as dit que tu l'aimais ?

Sofia se tourna vers Sebastian, surprise par cette question inattendue.

— Comment ? Non…

Elle enfouit son visage dans ses mains.

— Je l'aime, mais je ne devrais pas. Je ne le connais que depuis un mois.

— Et alors ? protesta Sebastian avec un haussement d'épaules. Vous avez vécu ensemble plusieurs opérations stressantes, et tu l'as défié chaque fois que tu as pensé qu'il pouvait faire mieux. Je comprends pourquoi il est tombé amoureux de toi…

— Il n'est pas amoureux de moi, et il me l'a dit clairement ! répliqua-t-elle, sur la défensive.

Sebastian leva les mains en signe d'apaisement.

— Je ne sais pas exactement ce qu'il s'est passé entre vous, dit-il, mais Bella et moi t'avons vue te débattre dans des relations sans issue. Tu essayais d'entrer dans un moule alors que tu dois trouver quelqu'un qui t'apprécie telle que tu es. Cabrera est ton égal, et tu n'as pas besoin de changer quoi que ce soit pour lui plaire parce que, dès le premier jour, il t'a vue telle que tu es.

Il fit une pause, pianotant sur son ordinateur fermé, un geste qu'elle l'avait souvent vu faire lorsqu'il réfléchissait.

— Daniel t'a vraiment fait souffrir, et je pense qu'une part de toi croit encore qu'il faut choisir entre le travail et l'amour. Mais ce n'est pas le cas. Dès que tu auras le courage de lâcher prise, tu diras à Carlos ce que tu ressens.

Lâcher prise ? Elle savait au fond d'elle-même que Sebastian avait raison, sinon ces paroles ne l'auraient pas troublée autant. Avec Daniel, elle avait cru trouver l'homme idéal, qui comprenait suffisamment sa passion pour son métier pour accepter les longues gardes, les rendez-vous manqués et les réveils nocturnes.

Mais, au lieu d'être franc avec elle et de lui faire part de son insatisfaction, Daniel avait choisi de lui être infidèle. Carlos n'était pas ainsi. Au plus profond de son cœur, elle le savait. Si elle lui disait ce qu'elle ressentait, sa réponse resterait-elle la même ? Ou bien était-ce l'information cruciale qui lui manquait pour prendre une décision ?

— Est-ce que mon passé me gâche la vie à ce point ? demanda-t-elle à voix haute, comme pour chasser les pensées qui tourbillonnaient dans sa tête.

— Sans doute. C'est grâce à nos expériences passées que nous progressons. Nous apprenons de nos erreurs. Mais il est parfois difficile d'accepter de changer, parce que ça peut faire mal, répondit Sebastian, soulignant une réalité dont Sofia avait déjà conscience depuis un certain temps, mais qu'elle refusait de reconnaître.

Si Sebastian avait raison sur ce point, pouvait-il aussi avoir raison sur le fait que Carlos partageait ses sentiments ?

— Sais-tu s'il a déjà quitté l'Argentine ? demanda-t-elle alors qu'un plan se dessinait dans sa tête.

— Désolé, je ne sais rien de ses projets d'avenir. Tu n'as pas son numéro de téléphone ?

Elle l'avait, mais depuis quelques jours elle laissait courir ses doigts sur le clavier plus souvent qu'elle ne voulait l'admettre, sans jamais envoyer aucun texto. Même si Carlos était toujours à Buenos Aires, c'était le premier jour du carnaval et…

Elle se redressa brusquement, dans un regain d'espoir.

— Il est au carnaval, au moins pour aujourd'hui. Mais… je suis de garde, et…

Cette fois, Sebastian haussa les sourcils, puis se tourna vers la salle des urgences presque vide.

— Et tu crois qu'on est vraiment débordés, en ce moment ?

Il se posta face à elle et ajouta :

— Va le chercher et ramène-le. C'est un ordre ! L'hôpital a besoin de lui. Si un cas difficile se présente et que nous n'arrivons pas à gérer la situation avec les internes, je te biperai.

Elle le regarda d'un air perplexe, comme si elle doutait de son sérieux. Pouvait-elle vraiment partir, ou cela ne ferait-il que lui attirer des ennuis ? Non qu'elle puisse être d'une grande utilité aux urgences, où seuls quelques patients avaient été admis aujourd'hui pour de simples bobos. Rien qui ne nécessite l'intervention d'un chirurgien.

— D'accord, dit-elle en hochant la tête avec détermination. Je vais essayer.

Le carnaval avait envahi Buenos Aires dans une explosion de couleurs et de sons, et Sofia fut entraînée à la seconde où elle entra dans le cortège qui traversait la ville en empruntant son artère principale. Sur leurs chars, les danseurs costumés se déhanchaient au son de la musique diffusée par les haut-parleurs. Dans la foule, les tambours et les maracas leur répondaient, et bien que chacun suive son propre rythme tous se fondaient dans la foule qui vibrait au son du carnaval de Buenos Aires.

Depuis combien de temps Sofia n'était-elle pas venue ici pour s'amuser ? Elle ne s'en souvenait pas, mais elle avait sûrement passé ces jours de festivités au bloc opératoire.

Carlos lui avait dit que le groupe de capœira auquel il appartenait ferait sa démonstration habituelle pendant le carnaval afin de susciter l'intérêt pour cette discipline. Mais, maintenant qu'elle connaissait suffisamment la capœira, elle avait compris qu'ils ne pourraient pas effectuer leurs *jogos* sur un char, mais qu'ils les feraient sur la terre ferme, dans une rue adjacente, par exemple.

Serait-il difficile de les repérer ? Sofia regarda autour d'elle en parcourant les rues bordées de stands de nourriture et de chaises que les habitants des appartements voisins avaient sorties pour que les participants puissent se reposer.

Les capœiristes, qui étaient entièrement vêtus de blanc, devaient former un grand cercle qui ne manquerait pas d'attirer son attention. Du moins l'espérait-elle. Elle consulta son bipeur : personne n'avait tenté de la joindre.

Arrivée à un petit carrefour, Sofia observa les environs. Son regard s'arrêta sur une personne en blouse assise sous une tente. Un drapeau représentant une croix rouge sur fond blanc flottait au vent : le stand des premiers secours.

Un sourire se dessina sur ses lèvres lorsqu'elle reconnut Gabriel. Ainsi, c'était lui le responsable aujourd'hui ? Bella avait dû lui demander de la remplacer, comme elle le lui avait confié. Puis une femme en fauteuil roulant apparut, et Sofia fronça les sourcils. Il devait s'agir de l'amie d'enfance de Gabriel, la généraliste dont Bella avait parlé.

Elle plissa les yeux pour tenter de lire le badge accroché à sa blouse quand elle vit l'homme assis lever la main et lui indiquer une direction. Sofia sursauta en remarquant son pantalon ample, blanc comme sa tunique : il faisait partie du club de capœira, c'était sûr !

Elle marcha d'un pas rapide dans la direction indiquée, déterminée à trouver Carlos. Elle jetait des coups d'œil rapides dans les petites ruelles où les gens buvaient, dansaient et faisaient la fête lorsqu'elle aperçut enfin le cercle d'hommes en blanc et entendit le son grave et désormais familier du *berimbau* et de l'*atabaque*.

Elle s'approcha, et retint son souffle en voyant Carlos quitter la *roda* pour entrer dans le *jogo*. Il se déplaçait comme s'il n'était pas fait de chair et d'os, mais plutôt d'une espèce de fluide qu'il pouvait déformer à sa guise, se pliant pour esquiver son adversaire avant de se redresser aussitôt.

Le contrôle dont il faisait preuve en combattant était une métaphore de sa propre vie, comprit Sofia en l'observant. De la sienne, aussi… Tous deux avaient donné à l'autre autant qu'il lui avait pris, entrant et sortant de son espace sans jamais vraiment le toucher. Chacun avait pris soin d'éviter de laisser l'autre s'approcher trop près. Elle, à cause de Daniel qui avait détruit sa confiance en elle, et lui parce qu'il était persuadé d'avoir causé la mort de sa femme et de ne plus mériter d'être aimé.

La sueur coulait sur son front lorsque Carlos se baissa pour éviter un coup de pied, puis il utilisa son élan pour faire une roue sur le côté alors que le troisième homme s'engageait dans le *jogo*. C'est alors qu'il aperçut une paire d'yeux mordorés qui l'observaient. Avant d'avoir eu le temps de réagir, il fut ramené au centre du cercle, sous les acclamations du public.

Était-elle… ? Il tourna à nouveau sur lui-même, scrutant la foule. Ses yeux s'écarquillèrent lorsqu'il vit Sofia, dans le public, qui le regardait avec une telle adoration qu'il fut touché au cœur. Il esquiva un dernier coup de son adversaire, puis bascula en arrière et se rattrapa avec les mains. Profitant de son élan, il effectua un saut périlleux et atterrit au bord de la roda. Puis un nouveau combattant prit sa place.

Sofia était là, et le besoin de connaître les raisons de sa présence le brûlait. Pourquoi chercherait-elle à le revoir après leur dernière rencontre ?

Depuis qu'il l'avait repoussée, Carlos se tournait et se retournait dans son lit chaque nuit pour tenter d'oublier à quel point elle lui manquait. Mais il avait du mal à accepter qu'elle se soit si facilement insinuée dans sa vie, alors même qu'il avait passé les cinq dernières années à se protéger. Elle possédait la clé de son cœur, mais il ne pouvait pas se permettre de la lui laisser. Chaque moment passé avec elle avait le goût de la culpabilité, et pourtant, c'était elle qui avait ramené son âme à la vie.

Sofia était tout pour lui. Tout ce qu'il attendait d'une femme : qu'elle le mette au défi, le soumette aux mêmes exigences que celles qu'il avait pour les autres. Elle était passionnée par son travail, extrêmement habile, et lorsque leurs corps se rencontraient au creux d'un lit il avait l'impression d'être au paradis.

Carlos avait su qu'il était perdu dès la première fois qu'ils avaient dansé ensemble, dans ce bar : il avait vu changer l'expression de son visage, tandis qu'elle s'abandonnait, lovée tout contre lui. L'étincelle qui brillait dans ses yeux avait achevé de le séduire et il avait compris à ce moment-là qu'il était tombé amoureux de cette femme.

La repousser pour la protéger contre lui-même avait été l'une des choses les plus difficiles à faire. Comme elle l'évitait à l'hôpital, il avait cru que sa manœuvre avait fonctionné. Pourtant, elle se tenait là, devant lui, et elle le regardait avec une intensité bouleversante.

Carlos se fraya un chemin parmi la foule et la rejoignit. Depuis la semaine dernière, rien n'avait changé. Il avait encore trop de choses à se faire pardonner pour la laisser entrer dans sa vie.

— Qu'est-ce que tu fais ici ? lança-t-il lorsqu'elle lui sourit sans dire un mot.

Il avait parlé d'un ton dur alors qu'il n'avait qu'une envie : la serrer contre lui à l'étouffer et l'embrasser comme si sa vie en dépendait.

— Je suis venue te parler, répondit-elle, le souffle un peu court.

Avait-elle couru jusqu'ici ?

Il osa la saisir par le bras, et une chaleur désormais familière se répandit dans son corps. Mais il savait qu'il ne fallait pas y céder.

— Me parler ? Sofia, je crois que nous n'avons plus rien à nous dire, rétorqua-t-il en l'entraînant dans une ruelle plus tranquille.

Mais elle paraissait bien résolue à poursuivre cette conversation.

— Ce n'est que ton avis, répliqua-t-elle. Nous sommes dans le même bateau, toi et moi, et j'ai mon avis sur la suite des événements. Ma plus grande crainte est que j'aie simplement mal interprété la situation. Que mes sentiments soient beaucoup plus profonds que les tiens et…

Sa voix vacilla sur les derniers mots, révélant l'effort qu'elle avait dû fournir pour se jeter ainsi à l'eau. Carlos avait de plus en plus de mal à lutter contre l'instinct qui l'incitait à la réconforter, tout simplement parce qu'il ne voyait plus de raisons de résister à l'élan qui les poussait l'un vers l'autre. Tout ce qu'elle avait fait, et tout ce qu'elle faisait à cet instant, c'était pour lui. Il le savait au plus profond de son cœur, et pourtant en ce moment même elle s'interrogeait sur la nature des sentiments qu'il avait pour elle.

— Sofia... Tu n'es pas...

Carlos s'arrêta, cherchant des mots qui ne venaient pas. Comment lui parler de ce qu'il ressentait, alors qu'il ne pouvait pas s'engager envers elle ? Tandis qu'en lui les sentiments et la raison se livraient une lutte sans merci, il vit Sofia prendre une grande inspiration.

— Je te vois en difficulté et je veux t'aider, Carlos. Je veux être celle à qui tu parles de tes peurs, de la culpabilité que tu ressens au fond de toi. Je veux être cette personne pour toi, si tu me le permets. Bien sûr, je n'ai pas subi les mêmes traumatismes que toi, mais...

— Tu ne sais pas ce que c'est que de vivre avec un tel fardeau, coupa-t-il. Je n'ai pas envie de partager ma souffrance avec toi, et encore moins de te l'imposer. Tu comptes trop à mes yeux pour cela...

Enfin, il avait avoué ses sentiments ! songea-t-il, mi-accablé, mi soulagé.

Il la vit serrer les poings, puis avancer le menton avec cet air de défi permanent qu'il avait remarqué dès le premier jour où il avait commencé à travailler à l'hôpital général de Buenos Aires. Elle ne reculait jamais devant les difficultés, et lui avait toujours fait savoir exactement ce qu'elle pensait de lui. Visiblement, elle n'avait pas l'intention de s'arrêter maintenant.

Et lui, qu'avait-il fait ? Avait-il vraiment essayé d'apaiser la douleur qui le rongeait depuis si longtemps, de se réconcilier avec le passé, et avec lui-même, pour recommencer à vivre, enfin ? Cette attitude de repli ne lui ressemblait pas, et pourtant c'est ainsi qu'il expliquait les choix qu'il avait faits depuis l'accident...

Après ce cauchemar, il avait cru pouvoir laisser derrière lui tout ce qui lui rappelait Rosa, et il s'était perdu lui-même.

— Je ne sais pas quoi faire, Sofia...

Carlos recula d'un pas, puis baissa la tête en un mouvement d'impuissance.

— Si, tu le sais. En salle d'opération comme ailleurs, tu sais toujours quelles sont tes priorités. Tu l'enseignes même aux autres !

Il faut regarder la situation dans son ensemble, puis plus en détail, et faire des choix, Carlos…

Son nom sur ses lèvres fit naître une pluie d'étincelles en lui. Il la sentit s'approcher, puis elle prit son visage entre ses mains et planta ses yeux dans les siens.

— Tu n'es plus seul maintenant, *mi amor*, dit-elle, ses pouces caressant ses pommettes, puisque je t'aime.

Ces mots lui firent l'effet d'un électrochoc, réveillant tous ses sens et réchauffant son âme blessée. Quelque chose en lui s'épanouit, et il eut la sensation très nette qu'on venait de retirer un poids de ses épaules. La magie de Sofia avait opéré…

Pendant cinq ans, il avait choisi la peur. Une peur si profondément ancrée en lui qu'il l'avait accueillie comme une fidèle compagne, sans réaliser à quel point elle l'empêchait de vivre sa vie.

Parce qu'il était plus facile de choisir la peur que de l'affronter, comme Sofia le faisait en ce moment même. Et dire qu'il avait repoussé cette femme courageuse, préférant la perdre que de lui avouer les sentiments qu'il éprouvait pour elle ! Mais elle avait choisi une autre voie, et elle était venue ici pour le lui dire.

— Je t'aime aussi, murmura-t-il, vaincu.

Au moment où ces mots franchissaient ses lèvres, il se sentit totalement libéré. Sofia l'avait vu au plus mal et l'avait aidé à vaincre ses démons, avant même qu'ils entament une liaison. Aujourd'hui encore, au lieu de le laisser s'enfuir à nouveau, elle était venue le chercher.

Les yeux écarquillés, elle souffla :

— C'est vrai ?

Elle noua les bras autour de son cou, s'agrippant à lui comme s'il pouvait s'envoler d'une seconde à l'autre.

— Je suis loin d'être parfait, Sofia. Tu le sais mieux que quiconque. Ces dernières années, au lieu de faire face à mes problèmes, j'ai choisi le déni et la fuite. Une part de moi veut toujours fuir, d'ailleurs…

Il n'était pas fier de l'admettre, mais s'il voulait la garder, il devait tout lui dire.

— Je veux me faire aider. Je veux être un homme meilleur. Pour toi, ma chérie…

— Carlos…

Ému aux larmes, il l'attira contre lui et glissa une main dans ses cheveux.

— Merci de m'avoir donné une nouvelle chance…

Parce que c'était cela que Sofia avait fait pour lui, sans se décourager. Pourtant, il avait essayé de se cacher, y compris de lui-même, mais elle n'avait pas eu peur de le pousser dans ses retranchements.

Il se pencha et prit ses lèvres en un long baiser passionné qui les laissa tous deux pantelants.

Carlos avait choisi la peur depuis si longtemps qu'il avait du mal à lutter contre cette habitude. Mais il avait une envie plus forte encore : tout donner à la femme qui gémissait doucement sous la pression de ses lèvres. Elle, qui l'avait vu comme il était, et qui avait osé l'approcher, l'apprivoiser…

Pour Sofia, il était prêt à tout.

Vous avez aimé ces romans ?
Découvrez la suite de la série « Médecins argentins »
dès le mois prochain dans votre collection Blanche !